Schöne Lesestunden
wünscht herzlichst

Petra Durst-Benning

Petra Durst-Benning

Spätsommerliebe

Band 4
der Maierhofen-Reihe

Roman

blanvalet

Sollte diese Publikation Links auf Webseiten Dritter enthalten, so übernehmen wir für deren Inhalte keine Haftung, da wir uns diese nicht zu eigen machen, sondern lediglich auf deren Stand zum Zeitpunkt der Erstveröffentlichung verweisen.

Verlagsgruppe Random House FSC® N001967

1. Auflage
Copyright © 2018 by Blanvalet
in der Verlagsgruppe Random House GmbH,
Neumarkter Str. 28, 81673 München
Umschlaggestaltung: © Johannes Wiebel | punchdesign,
unter Verwendung von Motiven von Shutterstock.com
(Subbotina Anna; harmpeti; Antonova Ganna;
panna-yulka; baibaz; Morozov Maxim)
JF · Herstellung: sam
Satz: Uhl + Massopust GmbH, Aalen
Druck und Bindung: GGP Media GmbH, Pößneck
Printed in Germany
ISBN 978-3-7341-0637-8
www.blanvalet.de

»Wo Herz, da auch Glück!«
(Polnisches Sprichwort)

Brief an meine Leser

Liebe Leserinnen und Leser, liebe Freunde und Maierhofen-Urlauber,

herzlich willkommen zurück im Genießerdorf des Württembergischen Allgäus! Glauben Sie mir, es hat sich viel getan seit Ihrem letzten Besuch.

Ach, Sie waren noch nie in Maierhofen, kennen dort keine Menschenseele? Das ist zwar schade, aber nicht schlimm. Obwohl die »Spätsommerliebe« schon der vierte Band meiner Maierhofen-Reihe ist, können Sie auch diesen Roman wie jedes meiner Bücher für sich lesen. Es sind keine Vorkenntnisse nötig, ich verspreche Ihnen, dass Sie nach ein paar Seiten mitten im Geschehen sind!

Wie sehr man in meine Geschichten eintaucht, davon können die eingefleischten Maierhofen-Fans ein Lied singen. Denn was Therese, Greta, Christine, Rosi und all die andern erleben, sind Erfahrungen, wie auch wir sie aus unserem Leben, unserem eigenen Umfeld kennen und deshalb umso lieber nachlesen.

Erinnern Sie sich, wie sich Magdalena und Apostoles im letzten Roman Hals über Kopf in ihre neue Liebe gestürzt haben? Und wissen Sie noch, was für eine wunderschöne Liebeserklärung Reinhard am Ende vom dritten Band seiner

Christine gemacht hat? Einen ganzen Blütenstrauß an Liebe hat er ihr geschenkt...

Sich zu verlieben ist einfach, die Liebe am Leben zu erhalten ist dagegen sehr viel schwerer. Ganz gleich, ob man in jungen Jahren zueinander gefunden hat und seit Ewigkeiten zusammen ist, so wie mein Mann und ich, oder ob man sich erst später im Leben getroffen hat wie einige Paare in Maierhofen. Irgendwann kommt der Moment, an dem die Schmetterlinge verflogen sind und die Arbeit beginnt. Arbeit?

Es hat schon seine Gründe, dass die meisten Liebesromane genau an der Stelle enden, wo Miss Right nach einigen Hürden ihren Mister Perfect gefunden hat und sie sich selig in die Arme schließen. Was für ein Happyend! Was für ein perfekter Schluss! Als Leserinnen seufzen wir an dieser Stelle zufrieden auf. Klar stellt man sich manchmal die Frage, wie es wohl mit den beiden weitergeht. Ob die Romanheldin immer noch so happy ist, wenn ihr Schatz zum dritten Mal vergessen hat, aus dem Supermarkt eine Kiste Mineralwasser mitzubringen. Oder wenn sich herausstellt, dass er in Bezug auf die Finanzen kleinlich ist. Oder wenn es ihn plötzlich stört, dass sie jeden Abend mit ihrer besten Freundin telefoniert.

Wir Autoren machen es uns in dieser Beziehung ein wenig einfach, indem wir sagen: »Sie haben sich gekriegt! Was wollt ihr mehr? Unser Job ist an dieser Stelle erledigt!«

Das kann man natürlich so sehen. Da ich selbst auch gern und viel lese, spreche ich hier einfach mal für uns alle: Wir, die Frauen von heute, wollen beim Lesen erleben, wie Menschen sich entwickeln, als Person, aber auch in einer Beziehung. Wir wollen herausfinden, ob die liebgewonnenen Romanfiguren von den Stürmen des Lebens gebeugt werden oder daran wachsen. Immer nur eitel Sonnenschein? Das gibt es im wahren Le-

ben auch nicht, wer weiß das besser als wir? Was jahrelang gut funktioniert hat, kann auf einmal zum Störfaktor werden. Unsere Bedürfnisse verändern sich, plötzlich spüren wir, dass wir etwas anderes benötigen als in all den Jahren zuvor. Oder dass uns Dinge, die uns früher immens wichtig waren, plötzlich nichtig erscheinen. Menschen kommen in unser Leben und gehen wieder, wir lassen uns von neuen Begegnungen inspirieren, wachsen im besten Fall daran. Kurz gesagt: Wir entwickeln uns weiter. Meinen Romanfiguren geht es nicht anders.

Wie ist das nun mit der »Spätsommerliebe«? Gibt es Geheimtipps für immerwährendes Liebesglück? Was gehört dazu, damit eine Beziehung lange währt? So intensiv wie beim Schreiben dieses Romans habe ich schon lange nicht darüber nachgedacht. Eine allgemeingültige Antwort habe ich nicht gefunden, dafür aber ein Mosaik aus vielen kleinen Steinchen, die – vielleicht – für den einen oder andern ein großes Ganzes ergeben. Für mich persönlich war am Ende eine Erkenntnis, die Magdalena hatte, ganz wichtig. Aber lesen Sie bitte selbst…

*Mit viel Liebe,
Ihre Petra Durst-Benning*

Prolog

Kreta, im Spätsommer

Der steinige Weg, der sich vom Dorf nach unten in Richtung Meer schlängelte, war schmal. Links und rechts davon wuchsen wilde Kräuter, deren würziger Duft die Luft erfüllte und noch intensiver wurde, wenn man auf eines der Kräuter trat oder es mit dem Knie streifte.

Magdalena musste dem Impuls widerstehen, immer wieder anzuhalten, in die Hocke zu gehen und ein paar der Stängel zu pflücken. Wilder Thymian, Eukalyptus und Fenchel. Salbei, wildes Bohnenkraut und die Zistrose. Überall die Zistrose mit ihren pinkfarbenen Blütenblättern und orangegelben Augen! Was für ein Augenschmaus! Was für eine Duftorgie! Und dazu der Wind, der von der Sonne erwärmt ihre nackten Arme streichelte. Magdalenas Sinne waren so wach gekitzelt, dass ihr manchmal ganz schwindlig davon wurde.

Apostoles, der vor ihr lief, hielt an und drehte sich zu ihr um. Sein Gesicht war verschwitzt, doch seine Augen leuchteten. »Geht es noch? Sollen wir eine Pause machen?« Er stellte den Picknickkorb ab und schaute über Magdalena hinweg zu den andern, die gemütlich plaudernd immer weiter zurückfielen. Zeit gab es hier auf Kreta genauso reichlich wie die duftenden Kräuter.

»Lass uns kurz verweilen, die Aussicht ist so schön«, sagte Magdalena.

Aneinandergeschmiegt standen sie da und schauten schweigend auf das blaue Meer, das sich irgendwo weit draußen mit dem Horizont vermählte. Vor den Touristenorten entlang der Küste tüpfelten unzählige Segelboote und Katamarane das Meer, ihre weißen Segel im Einklang mit den kleinen Schaumkronen der Wellen.

Genau so hatte sie sich Kreta vorgestellt, dachte Magdalena glücklich.

Apostoles jüngere Schwester Ismene und der Rest ihrer Gruppe gingen schweigend an ihnen vorüber, mit einem leisen Lächeln auf den Lippen. Frischverliebte durfte man nicht stören, das wusste jeder.

Vor einer Stunde hatten sie gemütlich auf dem Balkon ihrer kleinen Pension gesessen, als Ismene bei ihnen vorbeigekommen war. Sie war die Mutter von Elena, die sich in Ludwigshafen um Apostoles' Restaurant kümmerte. Ihr Mann Jannis würde heute früher von der Arbeit heimkehren, hatte Ismene verkündet. Und dass sie spontan beschlossen habe, das Abendessen als Picknick am Meer einzunehmen – ob sie beide sich anschließen wollten? Filosofena und ihr Mann Philipos würden ebenfalls mitkommen.

Schon wieder Filosofena!, hatte Magdalena genervt gedacht. Dass Apostoles Exfrau bei so vielen Unternehmungen mit von der Partie war und die beiden Geschiedenen sich bestens verstanden, passte ihr nicht. Wollte diese Filosofena etwa doch noch was von Apostoles? Die Blicke, die seine Ex ihr ständig zuwarf, waren jedenfalls alles andere als freundlich. Kritisch, skeptisch, mürrisch. Dabei war sie es doch gewesen, die sich einst von Apostoles getrennt hatte! Da konnte es ihr doch egal sein, wenn er nun mit einer Neuen auftauchte, oder? Auf einen weiteren Ausflug mit Filosofena konnte sie, Magdalena, gut verzichten! Dafür hätte ihr ein bisschen mehr Zweisamkeit umso besser gefallen.

Doch bevor sie sich zu Wort hatte melden können, hatte Apostoles schon zugesagt. Apostoles liebte die Geselligkeit, das wusste sie inzwischen.

»Wie soll ich in der Kürze der Zeit zu diesem Picknick etwas beitragen? So etwas muss man doch organisieren!«, hatte Magdalena ihn gefragt, als sie wieder allein waren. Derart spontane Unternehmungen waren ihr fremd. In Maierhofen wurde alles meist von langer Hand geplant, ganz gleich, ob es eine einfache Festivität war oder das berühmte Kräuter-der-Provinz-Festival. Doch Apostoles hatte nur gelacht, seinen Geldbeutel geschnappt und gemeint, im kleinen Laden von Evgenias Tochter würde sich schon etwas finden.

Mit Melone, eingelegten Oliven und einem knusprigen Weißbrot waren sie kurz darauf aufgebrochen. Georgios, einer von Apostoles' alten Schulkameraden, den sie auf dem Marktplatz getroffen hatten, schloss sich ihnen spontan an.

Magdalena gab sich kopfschüttelnd geschlagen. Ganz gleich, ob diese Filosofena dabei war oder nicht – allein war sie mit Apostoles hier sowieso nie. Gestern, im kleinen Hafen, hatten sie zwei andere Schulfreunde von Apostoles getroffen, spontan hatten die beiden sich ihrem Bootsausflug angeschlossen. Vorgestern hatten Apostoles' ehemalige Nachbarn sie beide eingeladen, zum Abendessen, ebenfalls ganz spontan. Morgen war ein weiteres Fest mit der weitläufigen Verwandtschaft geplant, alle wollten Zeit mit Apostoles verbringen.

Nun, spätestens nach ihrer Rückkehr nach Deutschland würden sie wieder genügend Zeit für Zweisamkeit haben, tröstete Magdalena sich. Und irgendwie gefielen ihr die Gastfreundschaft und das große Interesse, das die Menschen ihnen gegenüber zeigten, auch.

Sie stellte sich auf die Zehenspitzen und drückte Apostoles einen Kuss auf die vollen Lippen. »Und jetzt ab ans Meer! Das Wasser sieht so einladend aus, ich kann es kaum erwarten, schwimmen zu gehen. Ich dachte immer, solche Blautöne gäbe es nur auf retuschierten Fotografien!«

Apostoles lächelte stolz. »Siehst du, dort unten hinter dem Felsen? Da liegt die Bucht, von der ich dir schon so viel erzählt habe. Ich hoffe so sehr, dass alles noch so ist, wie ich es in Erinnerung habe...«

Wie bang er sich anhörte. Niemand konnte den Lauf der Dinge aufhalten, alles war dem Wandel unterlegen, jeder Ort und jeder Mensch, das wusste niemand besser als Magdalena. Trotzdem hoffte sie um Apostoles' willen aus ganzem Herzen, dass sich sein Sehnsuchtsort nicht zu einer weiteren touristischen Hochburg mit Wasserski und Kitesurfen verändert hatte.

»Lassen wir uns überraschen«, sagte sie in leichtem Ton.

Apostoles nahm den Picknickkorb wieder auf und ging weiter.

Was für breite Schultern er hatte. Und wie groß er war!, dachte Magdalena, die ihm folgte, nicht zum ersten Mal.

Ihr Apostoles... Ein Bild von einem Mann!

Wie aus dem Nichts war er im Juni dieses Jahres dahergekommen. Ein großer Grieche, der aussah wie Alexis Sorbas im gleichnamigen Film. Mit buschigen Augenbrauen, einem ausgeprägten Kinn und einer Ausstrahlung, die für drei Männer gereicht hätte! Als der Gastwirt aus Ludwigshafen an einem renommierten Kochwettbewerb in ihrem Heimatdorf Maierhofen teilnahm, hatte sie gleich gewusst, dass er jemand ganz Besonderes war. Aber dass sie ein Paar werden würden, dass sie mit ihm den schönsten Urlaub aller Zeiten verbringen würde, dass er danach sogar zu ihr nach Maierhofen ziehen würde – all das hatte sie nicht einmal zu träumen gewagt.

Liebe auf den ersten Blick. Ja, die gab es.

Mit einem Lächeln, das aus ihrem tiefsten Innern kam, atmete Magdalena tief ein und aus. Was hatte sie nur getan, dass das Leben sie so reich beschenkte?

Eine Reise nach Griechenland. So viele Jahre hatte sie davon geträumt. Daran, dass sie das noch einmal in diesem Leben würde erleben dürfen, hatte sie nicht geglaubt, zu sehr fraßen die Bäckerei und ihr Alltag sie auf. Doch manchmal geschah ein Wunder. Und da war sie nun, Magdalena Stoll, Bäckersfrau aus dem kleinen Allgäuer Dorf Maierhofen, und besuchte mit ihrer neuen Liebe Apostoles dessen Heimatdorf in den Hügeln Kretas. Sie, die geglaubt hatte, dass es nach dem Tod ihres Mannes Gottfried mit der Liebe aus und vorbei war. Sie, die sich eingebildet hatte, ohne sie würde die Bäckerei binnen weniger Tage vor die Hunde gehen.

Manchmal schlug das Leben Purzelbäume wie ein junger Hund. Und man tat gut daran, einfach mitzumachen!

Magdalena staunte, wie gut ihr das gelang.

Lange war sie die einsame Wölfin gewesen, nach Gottfrieds Tod hatte sie außer ihren Freundinnen niemanden zum Reden gehabt. Sie hatte sich so verloren gefühlt! Und niemand im Dorf hatte es gemerkt. Fast war es ihr so vorgekommen, als wären ihre Kunden froh gewesen, dass sie, die Bäckersfrau und Beichtmutter, allein lebte. So konnte sie abends niemandem erzählen, was man ihr tagsüber zwischen Brot und Kuchentheke anvertraute. »Du, der Kurt und seine Elfriede haben sich mal wieder gezankt. Elfriede sagt...«

Abend für Abend war sie in ihre viel zu große Wohnung über der Bäckerei gegangen, hatte den Fernseher angemacht, um zu erfahren, was draußen in der Welt alles geschah. Denn in ihrer Welt geschah weiß Gott nicht viel.

Und jetzt?

Magdalena lachte auf. Jetzt geschah so viel auf einmal, dass sie Mühe hatte, Schritt zu halten mit allem, was das Leben ihr bot.

Sie waren gerade einmal zwanzig Minuten vom Dorf bergab gegangen, als sie am Meer ankamen. »Da wären wir!«, sagte Apostoles und stellte mit einem tiefen Seufzer der Erleichterung den Picknickkorb im Sand ab.

Magdalena schaute sich ergriffen um. Der Strand der kleinen Bucht war einsam und wild. Es gab weder Liegen noch Sonnenschirme, so wie in den touristischen Hochburgen rund um Chania, Bali oder Plakias. Dafür wuchsen die Olivenbäume bis an den Strand heran. Sattgrün hingen die Früchte an den Bäumen.

»Alles ist noch wie früher«, sagte Apostoles erleichtert. Er legte einen Arm um Magdalena. »Hier in dieser Bucht habe ich meine halbe Kindheit verbracht...«

»Es ist wunderschön«, flüsterte Magdalena andächtig.

Er nickte. »Niki hat mir erzählt, dass die Jugend des Dorfes noch immer hierherkommt. Sie spielen Gitarre, machen Lagerfeuer, grillen Fische – genau wie einst wir. Und das im Zeitalter von Smartphones und Internet!«

Niki war Apostoles' Neffe und sah umwerfend aus. Wie sein Onkel, dachte Magdalena verträumt.

»Wenn du später schwimmen gehst, dann achte darauf, nah genug am Ufer zu bleiben, alles andere ist zu gefährlich«, sagte Apostoles.

Ihren Schwimmkünsten traute Apostoles anscheinend nicht, dachte Magdalena. Das Wasser war doch so still wie das in einer Badewanne!

Einen Moment lang standen sie nur da, umhüllt vom Rauschen der sanften Wellen, die in ihrem ureigenen Rhythmus ans Ufer schwappten.

»Wo sind eigentlich die andern?«, fragte Magdalena schließlich.

Statt zu antworten, grinste Apostoles nur. Er nahm den Picknickkorb in die eine, Magdalenas rechte Hand in die andere Hand, und wandte sich nach rechts.

»Ich dachte, wir wollen hier picknicken?«, sagte Magdalena verwundert. Nach ein paar Metern wurde ihr Erstaunen noch größer, denn vor ihnen erschien wie aus dem Nichts ein verlassenes Gebäude, wie sie noch keines gesehen hatte.

»Da seid ihr ja endlich!«, rief Filosofena, Apostoles' Exfrau, ihnen zu.

»Was um alles in der Welt ist das? Habe ich gerade eine Fata Morgana? Oder hat hier einst Zeus gelebt?«, sagte Magdalena, der Filosofena ausnahmsweise einmal egal war. Verwirrt lachend zeigte sie auf das Gebäude, das von den

Olivenbäumen regelrecht versteckt wurde. Es war genauso weiß gekälkt wie die meisten Häuser auf Kreta. Doch damit hörten die Gemeinsamkeiten auch schon auf. Denn der breit angelegte Bau bestand lediglich aus drei Wänden und war auf der Vorderseite, also zum Meer hin, völlig offen. Türen oder Fenster gab es nicht. Vor den seitlichen, schmalen Wänden befand sich je eine steinerne Säule. Auf der linken stand eine Statue, die aussah wie Neptun. Rechts stand eine Frauenstatue. Ihre rechte Hand fehlte, und vielleicht fehlte auch noch mehr. Hatte die Figur einst einen Korb mit Früchten getragen? Der Innenraum des Gebäudes wurde fast völlig von einem riesigen Tisch aus Stein eingenommen, der von zwei ebenfalls steinernen Sitzbänken flankiert war.

»Das hier sind die Überreste eines ehemals viel größeren Anwesens. Hier hat sich um 1900 herum ein reicher Athener Adelsmann einen Sommersitz erbauen lassen. Ich glaube, das Gebäude war eine Art Sommerküche«, sagte Apostoles und stellte den Picknickkorb auf dem Tisch ab. »Warum die Besitzer ihr Anwesen haben so verfallen lassen, weiß allerdings niemand.«

Magdalena trat an die Frauenstatue heran und ließ ihre Hand über den schwärzlich verfärbten Stein gleiten. Er war warm und weich und fühlte sich fast lebendig an. Das war bestimmt echter Marmor...

»Und – gefällt dir unser Picknickplatz?«, fragte Ismene, die schon dabei war, den Tisch zu decken. Apostoles' Schwester zeigte auf das Dach, dessen vorderes Ende tief nach unten geneigt war. »Hier ist es schön schattig, auch dann noch, wenn die Sonne später ins Meer fällt. Und sollte eine zu kühle Brise aufkommen, sitzen wir hier ebenfalls geschützt.«

Magdalena nickte. »Irgendwie habe ich das Gefühl, in einer Zauberwelt gelandet zu sein. Das alles hier...« Sie zuckte mit den Schultern, um Worte verlegen.

Apostoles' Schwester legte freundschaftlich einen Arm um ihre Schultern. »Warum schaust du dich nicht ein wenig um, während wir das Abendessen vorbereiten? Oder wie wäre es mit einem Bad im Meer?«

»Nichts da, ich helfe euch natürlich!«, wehrte Magdalena, die so viel Gastfreundschaft nicht gewöhnt war, ab. Als sie Ismenes enttäuschte Miene sah, sagte sie: »Du bist so lieb zu mir! Wenn es nach dir ginge, würde ich von früh bis spät nur die Beine hochlegen und den lieben Gott einen braven Mann sein lassen.«

Apostoles' Schwester nickte eifrig.

»Aber das bin ich nicht gewohnt, verstehst du? Zu Hause bin ich von früh bis spät auf den Beinen, die Arbeit nimmt kein Ende. Da fällt es mir schwer, auf einmal das süße Nichtstun zu genießen.«

Ismene schob Magdalena sanft, aber bestimmt zur Seite und sagte: »Umso wichtiger ist es, dass du das süße Nichtstun endlich lernst!«

Bevor Magdalena wusste, wie ihr geschah, wurde sie von Apostoles in einen eilig aufgestellten Klappliegestuhl gesetzt. Ismene reichte ihr ein Glas Zitronenlimonade und die Sonnenbrille, die Magdalena zuvor auf dem Marmortisch abgelegt hatte.

Magdalena schüttelte den Kopf. »Das ist ja wie im Urlaub!«

Die andern lachten.

Kurze Zeit später war alles angerichtet. Oliven mit Zitronenstückchen. Kleine ovale Tomaten, so saftig, dass einem das Wasser beim ersten Bissen die Mundwinkel hinablief. Kapern, größer als Magdalena je welche gesehen hatte, salzig eingelegt. Ihr festes Fruchtfleisch erinnerte von Geschmack und Konsistenz her an die Austern, die sie vor langer Zeit einmal in Brüssel gegessen hatte. Ein Salat aus weißen Bohnen, Tomaten, viel Thymian und Olivenöl. Auberginenpüree, grau und unscheinbar und doch so ein Gaumenschmaus! Knusprig gebratene panierte Zucchinischeiben, die tausend Mal besser schmecken als jedes Zucchinigericht, das Magdalena bisher gegessen hatte. Daran änderte auch der unaussprechliche Name des Gerichtes nichts: »*Kolokithakia Tiganita*«.

Und dazu ein Rotwein, der duftete wie die Insel. Nach Kräutern und Sonne und nach den kleinen Feigen, die es hier gab.

»*Kali Orexi!*«, sagte Apostoles und hob sein Glas.

»*Kali Orexi!*«, erwiderten die andern.

»*Kali Orexi!*«, sagte auch Magdalena und zwickte sich unauffällig in den Unterarm. Doch, sie war wach.

Sie aßen und sie unterhielten sich, die Stimmung war gelöst und fröhlich. Magdalena war gerade dabei, ein Brot mit Tomatenscheiben für Apostoles zu belegen, als Filosofena, die neben ihr saß, an sie heranrückte und ihr zuflüsterte: »Ich gebe es ganz ehrlich zu – am Anfang, als Apostoles mit dir angekommen ist, war ich skeptisch. Aber jetzt, nach ein paar Tagen, kann ich nur sagen: Du bist ein Engel! Ein Segen! Ich bin so froh, dass Apostoles endlich wieder glücklich ist.« Und damit drückte sie ihr einen Kuss auf die Wange.

Magdalena war derart gerührt von Filosofenas Gefühlsausbruch, dass ihr die Worte fehlten. Ein wenig verlegen lächelte sie Apostoles' erste Frau an.

Kurz darauf verfielen Apostoles und die andern ins Griechische, doch Magdalena machte das nichts aus. Sie genoss es, einfach nur dazusitzen. Die Luft war erfüllt vom Zirpen der Grillen, hin und wieder wehte der Wind vom Meer eine salzige Brise zu ihnen herüber, in der Ferne rief ein Esel nach seiner Gefährtin.

»Dieser Ort ist geradezu magisch! Apostoles und Filosofena, wie konntet ihr überhaupt von hier weggehen?«, platzte Magdalena heraus.

Das ehemalige Paar tauschte einen langen Blick.

Oje, hatte sie mit dieser Bemerkung womöglich irgendwelche alte Wunden aufgerissen?, dachte Magdalena erschrocken. Schließlich war Filosofenas und Apostoles' Sohn Alexis als junger Mann bei einem Motorradunfall in Deutschland ums Leben gekommen, an der Tragödie war letztlich auch die Ehe kaputtgegangen.

Apostoles zuckte mit den Schultern. »Damals, in den neunziger Jahren, gab es noch nicht so viel Tourismus hier auf der Insel. Die Jobs waren knapp, eigentlich blieb uns gar keine andere Wahl als zu gehen...«

Filosofena runzelte die Stirn. »Ganz so war es nicht. Wir wollten gehen! Wir waren jung und hatten das Gefühl, da draußen wartet die Welt auf uns, während hier auf der Insel alles immer im alten Trott verläuft.« Sie schaute Apostoles an. »Und es war eine gute Entscheidung, nach Deutschland zu gehen, nicht wahr?«, sagte sie mit Nachdruck.

Es dauerte einen Moment, bis Apostoles antwortete. »Ja«, sagte er sanft. »Ja, es war eine gute Entscheidung.«

Magdalena atmete auf.

»Und ihr zwei wollt nach diesem Urlaub also zusammenziehen?«, fragte Ismene, wohl um den angespannten Moment zu beenden. »Im schönen Allgäu wohnst du, nicht wahr?«

»Ja«, sagten Apostoles und Magdalena wie aus einem Mund. Sie grinsten.

»Meine Sachen habe ich schon gepackt. Der Notartermin, bei dem ich das Akropolis Elena überschreibe, findet gleich nach unserer Rückkehr statt. Deine Tochter kann es kaum erwarten, endlich Chefin zu sein«, sagte Apostoles. »Sie hat schon tausend Ideen, was sie im Restaurant verändern will.«

Elena. Wann immer Magdalena an Apostoles' Nichte dachte, schickte sie ein kleines Dankesgebet an den lieben Gott. Denn sie hatte ihren Onkel einst bei diesem Kochwettbewerb angemeldet, ohne sie wäre Apostoles nie in Maierhofen aufgetaucht...

Ismene nahm die Flasche Wein und schenkte jedem einen Schluck nach. »Ich freue mich sehr, dass sich alles so gut fügt«, sagte sie mit warmer Stimme. »Elena wird dein Restaurant würdig weiterführen. Und ihr zwei...« Ihre Augen glänzten. »Euch wünsche ich das größte Glück der Welt!«

Magdalena spürte, wie sie vor lauter Rührung schon wieder einen Kloß im Hals bekam.

Ismene seufzte. »Kann gut sein, dass wir euch mal besuchen kommen. Jetzt, wo unser Niki diese Zusatzausbildung in Deutschland machen will...«

Magdalena merkte auf. »Niki will nach Deutschland? Wenn wir helfen können bei der Wohnungssuche oder bei etwas anderem, sagt ihr Bescheid, nicht wahr?«

»Das soll er mal alles selbst regeln«, erwiderte Apostoles' Schwester streng. »So ehrgeizig, wie er in seinem Job ist, wird es ein Leichtes für ihn sein, für die Zeit seiner Fortbildung eine Bleibe zu finden. Es ist ja nur für ein halbes Jahr. Danach wartet der Posten eines Hotelmanagers auf ihn!«, fügte sie stolz hinzu.

Apostoles war beeindruckt. »Wenn er tatsächlich auf Kreta bleibt! So, wie der Tourismus wieder boomt in Griechenland, wird er sich vor weiteren Angeboten nicht retten können. Einem Mann wie Niki steht heutzutage die ganze Welt offen!«

Ismene zuckte mürrisch mit den Schultern.

Magdalena konnte sie gut verstehen. Sie selbst war froh, ihre Tochter Jessy in der Nähe zu haben und nicht tausende von Kilometern entfernt. Es war schön, sich im Dorf über den Weg zu laufen oder einfach auf eine Tasse Kaffee beieinander hereinzuschneien.

»Niki ist jung! Und die Jungen muss man ziehen lassen«, sagte Filosofena. »Aber auch für uns Alten kann ein Neuanfang manchmal genau das Richtige sein. Nichts vermag alte Wunden besser zu schließen.« Filosofena warf ihrem Mann Philipos einen liebevollen Blick zu. »Meine Heimkehr hierher war die beste Entscheidung für mich. Und dabei heißt es doch immer, alte Bäume soll man nicht verpflanzen.«

Magdalena lachte. »Bei uns in Maierhofen wird ständig irgendjemand oder etwas verpflanzt. Wenn ich mir überlege, wie viel Wandel und Neuanfänge es bei uns gibt...«

Die andern warteten darauf, dass sie ihre Bemerkung weiter ausführte, doch Magdalena sagte nur leise zu Apostoles: »Ich kann es kaum erwarten, dich endlich jeden Tag um mich zu haben.«

»So geht es mir auch«, flüsterte Apostoles zurück, und sie sahen sich liebevoll an.

Während Magdalena ein Bad im Meer nahm und die andern sich auf ausgebreiteten Decken im Schatten der Olivenbäume niederließen, schenkte sich Apostoles vom Wein nach. Das Glas in der einen Hand, strich er mit der andern versonnen über den alten Marmortisch. Hier zu sitzen weckte so viele Erinnerungen…

An diesem Tisch hatten sie als Kinder gesessen und die mit einer hölzernen Angel gefangenen und auf einem Lagerfeuer gegrillten Fische gegessen. Einmal war bei einem ihrer heimlich entzündeten Feuer ein wertvoller alter Olivenbaum abgebrannt, da hatte es zu Hause ein Donnerwetter gegeben!

Hier an diesem Tisch hatten sie viele Familienfeiern abgehalten. Geburtstage. Hochzeitstage. Das Osterfest und den Tag der Arbeit – an diesem Tag hatten sie sich immer beeilen müssen, um den Platz zu ergattern, denn es war in vielen Familien üblich, am ersten Mai zu einem Picknick aufzubrechen. Oft waren sie so viele gewesen, dass die beiden Steinbänke nicht ausgereicht hatten. Dann hatten sie Klappstühle mitgebracht, auf denen dann die Alten hatten sitzen dürfen – mit Lehne saß es sich bequemer als ohne.

An diesem Tisch hatten sie gegessen, gesungen und gelacht. Tränen hatte es nur selten gegeben, warum auch? Ohrfeigen dagegen häufiger, vor allem er, Apostoles, hatte sich öfter eine gefangen. Wenn er in einem scheinbar unbeobachteten Moment mit einem Stecken unreife Oliven von den Bäumen geschlagen hatte. Wenn er nicht aus dem Wasser gekommen war, obwohl seine Mutter schon unzählige Male nach ihm gerufen hatte. Einmal hatte er sich am Tsoureki, dem griechischen Osterbrot, vergriffen, noch bevor seine Mutter die Tafel eröffnet hatte ...

Apostoles lächelte. Er war ein richtiger Lümmel gewesen.

Hier an diesem Tisch hatte er auch um Filosofenas Hand angehalten. Eine billige Flasche Sekt hatte er besorgt und zwei dickwandige Gläser dazu. Aus den Blättern der wilden Rosen hatte er ein Herz gestreut und in dessen Mitte den Ring platziert. Silber mit einem Amethyst in der Mitte. Als hätte der liebe Gott ein Einsehen gehabt, war der Sonnenuntergang an diesem Abend besonders romantisch gewesen.

Genutzt hatte alles nichts. Die Ehe war gescheitert. Oder besser gesagt, *er* war gescheitert. Statt sich nach dem Tod ihres Sohnes Alexis tröstend um Filosofena zu kümmern, hatte er sein Leid im Alkohol ertränkt. Filosofena hatte um ihn und ihre Liebe gekämpft, jedoch vergebens. Zu gemeinsamer Trauer war er nicht fähig gewesen, und sein Herz war zu Stein geworden. Zwei Jahre später hatte sie um die Scheidung gebeten. Dann war sie gegangen, zurück nach Kreta, in den Schoß der Familie. Als er hörte, dass sie kurz darauf Philipos, einen alten Schulfreund von ihm, geheiratet hatte, hatte Apostoles nicht gewusst, ob er sich freuen oder traurig sein sollte.

Kreta ... Die Sehnsucht nach der Insel war nie weniger geworden in all den Jahren, in denen er in Deutschland nun schon lebte. Er hatte ihr Einhalt geboten, indem er sich jeden Gedanken an sein Zuhause verbot. Denn hätte er angefangen, zurückzudenken an sein Dorf mit den weißen Häusern, an die kretischen Sommer, an die Würze der Luft und das Salz auf der Haut – hätte er sich in den nächsten Flieger gesetzt und wäre fort gewesen! Deine Heimat ist nun Deutschland, hier hast du Arbeit und Freunde – so hatte sein Mantra gelautet. Das Leben war erträglich gewesen. Und nach Alexis' Tod war ihm sowieso alles egal.

Doch dann hatte er Magdalena kennengelernt. Einen Engel mit Mehl im Haar und einer Sehnsucht nach Griechenland, die noch größer war als seine.

Magdalena...

Nie hätte er geglaubt, dass nochmals ein Mensch ihn so erreichen würde, wie sie es tat.

Apostoles ließ seinen Blick schweifen. Wo war sie eigentlich? Er stand auf und suchte die kleine Bucht ab. Weder am Strand noch im Wasser war etwas von ihr zu sehen. Hatte sie nicht schwimmen gehen wollen? Vielleicht zog sie sich auch gerade um, versuchte er sich zu beruhigen.

»Weißt du, wo Magdalena ist?«, fragte er Ismene, die in Jannis' Arm noch immer auf ihrer Decke vor sich hindöste.

»Sie wollte doch schwimmen gehen«, kam träg die Antwort.

Er runzelte die Stirn. »Ich sehe sie aber nicht.«

Abrupt setzte sich Ismene auf. »Du hast sie doch sicher vor den Strömungen hier gewarnt, oder?«, fragte sie nervös. »Letztes Jahr gab es allein im Bezirk Rethymno sieben Tote bei Badeunfällen.«

»Ja, weil die Leute die rote Flagge nicht ernst genommen haben«, sagte Jannis und rappelte sich auf. »Bei Bali ist auch einer ums Leben gekommen. Da war es aber ein Herzinfarkt.«

»Danke für das Gespräch«, sagte Apostoles bissig. »Soll mich das jetzt etwa beruhigen?« Er biss sich auf die Unterlippe, während sein Herz bis zum Halse schlug. Hektisch schaute er sich um.

»Magdalena!«, rief er. »Magdalena!«

»Die Strömungen! Bestimmt wurde sie aufs Meer hinausgetrieben«, sagte Ismene und schlug angstvoll eine Hand vor den Mund. »O Gott, es wird ihr doch nichts passiert sein.«

Filosofena, die an eine Palme gelehnt gehäkelt und den Wortwechsel mitgehört hatte, legte ihre Handarbeit beiseite und bekreuzigte sich. Sie rüttelte Philipos, der neben ihr auf der Decke schlief, an der Schulter. »Wach auf, Magdalena ist weg!«

So tief Philipos geschlafen hatte, so schnell war er auf den Beinen. Er rannte zu Apostoles nach vorn ans Wasser, schirmte seine Augen mit der rechten Hand ab. »Schaut mal, da ganz links, der kleine Fleck im Wasser. Das könnte sie sein!«

»Das ist doch fast schon vor Plaka!« Filosofena war kreidebleich.

»Ich renn in den Hafen und organisiere ein Boot!«, rief Philipos. Er hatte noch nicht zu Ende gesprochen, als Apostoles sich das T-Shirt vom Leib riss und ins Wasser ging. Lieber Gott, nimm mir nicht noch einmal das Liebste auf der Welt, betete er, während er mit kraftvollen Zügen hinaus aufs Meer schwamm. Die Strömung erfasste ihn, doch statt sich dagegen zu wehren, passte er seine Schwimmbewegungen ihr an. Schneller. Weiter. Ein Zug um den andern. Und wenn es das Letzte war, was er auf dieser Welt tat – dieses Mal würde er seine Liebe retten!

In Magdalenas Kopf schwirrte es. Schweiß lief über ihre Stirn, die wie Feuer brannte. Hätte sie nur eine Kappe aufgesetzt, dachte Magdalena, während sie mit hektischen Ruderbewegungen ihrer Arme und Beine versuchte, irgendwie ans Ufer zu kommen. Doch statt sich dem Strand zu nähern, wurde sie wie an unsichtbaren Fäden weiter durchs Wasser gezogen, immer die Küste entlang. Die kleine Bucht war nicht mehr zu sehen, der Felsen, der die linke Seite flankierte, wurde immer kleiner.

Du lieber Himmel, wo trieb sie hin? Angst überfiel Magdalena, sie hatte Mühe, nicht in Panik zu verfallen.

Unterwasserströmungen. Man las und hörte immer wieder davon. Und Apostoles hatte sie auch gewarnt, nicht aus der Bucht hinauszuschwimmen. Hätte sie ihn nur ernst genommen!

»Apostoles... Wo bist du?«, rief sie. »Hilfe...«

Gerade noch hatte sie so schön in der kleinen Bucht gepaddelt, hatte es genossen, wie das Salzwasser ihren Körper leicht und schwerelos machte. Sie hatte ihre Augen geschlossen. Das Gefühl, wie das Wasser durch ihre gespreizten Finger floss, war so schön! Der Sand unter ihren Füßen so fein, so zart. Und das Wissen, dass sie überall in der Bucht stehen konnte, hatte ebenfalls zu ihrem Wohlgefühl beigetragen.

Dass sie immer weiter von der Bucht wegtrieb, war ihr nicht bewusst gewesen. Und als sie es merkte, war es zu spät. Stehen konnte sie im Wasser schon lange nicht mehr.

Lieber Gott im Himmel, sie würde doch nicht ertrinken? Da machte sie einmal in vierzig Jahren eine Reise, und nun das!

»Hilfe!«, rief Magdalena, »Hilfe!« Doch ihre Rufe verhallten ungehört. So weit war das Ufer doch gar nicht entfernt! Dort vorn war ein Dorf, ein Hafen, Boote. Warum hörte sie niemand? Und warum gelang es ihr nicht, näher ans Ufer zu kommen? Vor Wut und Frustration schlug Magdalena mit der Faust aufs Wasser, als könne sie es dazu zwingen, sich ihr untertan zu machen. Doch der kleine Wutausbruch hielt nicht lange an, im nächsten Moment beherrschten sie wieder die unheilvollen Gedanken. Wie lange würde sie noch schwimmen können? Ihre Arme und Beine brannten schon jetzt wie Feuer. Bloß kein Krampf!, betete Magdalena, als es in ihrer rechten Wade unangenehm zu ziepen begann.

Eine kleine Welle schlug ihr ins Gesicht. Bevor sie es verhindern konnte, schluckte sie einen riesigen Schwall Wasser. Ein Gurgeln kroch aus Magdalenas Kehle, dann ein kleiner, verzweifelter Wehlaut. Sie würde untergehen, jämmerlich ertrinken, noch bevor jemand es bemerkte. Ihr geliebter Apostoles würde abermals einen Menschen verlieren. Lieber Gott im Himmel, tu ihm das nicht an!

Tränen schossen ihr in die Augen, ihr Salz vermischte sich mit dem des Meeres.

Sie durfte nicht aufgeben! Sie musste sich irgendwie über Wasser halten. Für Apostoles. Und für Jessy. Der Gedanke, dass sie ihre Tochter, mit der sie sich nach vielen Jahren gerade erst wieder versöhnt hatte, nie mehr sehen würde, raubte ihr fast den Verstand.

Die Arme vor. Und zurück. Vor. Und zurück. Es tat so weh... Magdalena leckte sich über die rissigen Lippen. Sie hatte solchen Durst! Und so viel Wasser um sie herum... Die Sonne... so grell... Vielleicht, wenn sie kurz die Augen schloss...

»Magdalena!«

Sie blinzelte. War das...? Konnte es sein? Oder hörte sie schon Stimmen? Ihre Schultern brannten wie Feuer, als sie sich umdrehte, um zu sehen, woher der Ruf gekommen war.

Und dann sah sie ihn.

Apostoles.

Mit kräftigen Bewegungen teilten seine Arme das Wasser. Er schwamm direkt auf sie zu.

Magdalena schluchzte vor Erleichterung auf. Danke, danke, lieber Gott!

Erschöpft lagen sie am Ufer. Apostoles schnaufte wie ein Walross, die Rettung hatte ihn sichtlich an seine Grenzen gebracht. Doch statt sich auszustrecken und wieder zu Atem zu kommen, hielt er seine Arme fest um Magdalena geschlungen.

Sie war froh darum. Alles drehte sich, das Gefühl, den Boden unter den Füßen verloren zu haben, hielt weiter in ihr an. O Gott! Um ein Haar wäre sie ertrunken!

Was wollte das Schicksal ihr damit sagen? Dass sie ihr Glück doch nicht verdient hatte? Dass die Gewässer, in denen sie zu schwimmen gewagt hatte, für sie zu tief waren – und das nicht nur im wortwörtlichen Sinn? Während sie gegen ihre unguten Gedanken und den Schwindel ankämpfte, spürte sie, wie Apostoles neben ihr auf einmal heftig zu zittern begann. O Gott, erlitt er jetzt noch einen Schock?

Ihr eigenes Unbehagen vergessend löste sich Magdalena aus seiner Umarmung. »Was ist los, mein Schatz?«, sagte sie erschrocken und erkannte zu ihrem Entsetzen, dass der Grieche weinte.

»Alles ist gut. Es ist doch nochmal gut gegangen...«, flüsterte sie und hauchte unzählige kleine Küsse auf sein Gesicht.

»Deshalb wollte ich nie mehr lieben. Genau diese Angst wollte ich nie mehr verspüren«, schluchzte Apostoles. »Dich zu verlieren würde ich nicht verkraften, es...«

»Psst!« Sanft legte Magdalena ihren rechten Zeigefinger auf seinen Mund, zwang ihn so zum Schweigen. »Mich wirst du nicht so schnell los, wir zwei haben schließlich noch viel vor. Zum Beispiel glücklich sein bis ans Ende unserer Tage...«

1. Kapitel

Maierhofen, Anfang Juni

Zärtlich strich Apostoles Magdalena eine Haarsträhne aus dem Gesicht. »Magdalena, Geliebte …«, flüsterte er. Wie immer, wenn ihre Körper zueinanderfanden, kam es Apostoles vor wie ein Bad im Meer an einem warmen Spätsommertag. Weiche Bewegungen in einem Meer aus Liebe und Geliebtwerden. Sanfte Wellen, auf und ab. Salz auf der Haut, und auf den Lippen der Name des anderen …

Er spürte, wie sich Magdalenas Beine fester um ihn schlangen, er hörte, wie sie leise aufseufzte. Küsse landeten auf seinen Wangen, hektisch, unkoordiniert. Seine Aphrodite. Keine lauten Schreie der Lust. Kein zerkratzter Rücken. Kein schneller Höhepunkt und eine Zigarette danach. Magdalenas Hingabe war so viel mehr! Jedes Mal, wenn sie ihn in sich aufnahm, hatte er das Gefühl, wiedergeboren zu werden. Er, der schon abgeschlossen hatte mit dem Leben und der Liebe. Nie hätte er gedacht, dass er nochmals solche Wonnen erleben würde! Mit einem seligen Lächeln drang er noch tiefer in sie ein. Gleich, gleich würden sie gemeinsam den Gipfel der Lust erreichen …

»Dann wollen wir mal.« Ächzend wälzte sich Magdalena eine halbe Stunde später aus dem Bett. Es war halb zwei Uhr in der Nacht. Magdalena dehnte sich, streckte die Arme nach oben und stöhnte. »O mein Gott, ich bin völlig zerschlagen.«

Wie eine schöne, träge Katze, dachte Apostoles liebevoll. Dabei war Magdalena alles andere als träge!

Seinen Blick auf sich spürend, wandte sie sich ihm zu. »Kommst du?«

Er nickte lächelnd.

Pünktlich um zwei standen sie in der hell erleuchteten Backstube. Wie jeden Tag zu Beginn des Backens holte Magdalena die schweren Brotteige hervor, die seit dem späten Nachmittag hatten ruhen dürfen. Apostoles machte als Erstes das Radio an, dann suchte er die Zutaten für den Brezelteig zusammen.

Sie beide – ein eingespieltes Team. Apostoles lächelte.

In seinem früheren Leben als Gastwirt hatte er um diese Zeit das »Akropolis« abgeschlossen. Normalerweise hätte immer um Mitternacht Schluss sein sollen, doch seine Stammgäste hatten geduldiges Sitzfleisch, und zu Hause wartete niemand auf sie. Wenn die übrigen Gäste gegangen waren, hatte sich Apostoles, auf den ebenfalls niemand wartete, dazugesetzt. Bei einer Flasche Ouzo hatten sie dann bis ein oder zwei Uhr schwadroniert. Dann erst war wirklich Feierabend gewesen. Apostoles hatte diesen Moment gehasst, in dem er sich seiner Einsamkeit stellen musste.

Heute, mit Magdalena an seiner Seite und dem Duft von Brotteig in der Nase, liebte er die frühen Morgenstunden. Wenn er beim Brezelnmachen aus dem Fenster schaute, kam es ihm vor, als wären sie die beiden einzigen Menschen auf der Welt. Rund um den Maierhofener Marktplatz war alles noch dunkel, nur in der Wohnung über der Wäscherei Mölling brannte Licht. Kurt Mölling war eine ausgesprochene Nachteule und schaute nächtelang alte amerikanische Serien. Am Morgen schlief er dann wohl gern aus, sehr zum Ärger seiner Frau Sabrina, die seine Hilfe in der Wäscherei gut hätte gebrauchen können.

Apostoles liebte es, mit Magdalena zusammenzuarbeiten! Er mochte den Umgang mit dem pudrig-feinen Mehl, das der Müller aus dem Nachbarsort zweimal wöchentlich lieferte. Er liebte es zu sehen, wie aus ein paar einfachen Zutaten ein geschmeidiger Teig entstand. Und noch mehr liebte er es, aus dem Teig Brötchen zu formen oder Seelen oder andere Gebäckstücke. Die Arbeit hatte etwas Geerdetes, fast Biblisches an sich. Und sie erinnerte ihn an sein Dorf auf Kreta, wo er als kleiner Junge jede Woche die Frauen ins Backhaus begleitet hatte. Dasselbe Wohlgefühl, das ihn inmitten des Dufts von Holzkohle, reifer Hefe und Zuckerkaramell überkommen hatte, überfiel ihn auch heute noch.

Leicht war die Arbeit in der Backstube jedoch nicht, das hatte er in den letzten Monaten gelernt. Manchen Arbeitsgang hätten die Maschinen noch übernehmen können, aber Magdalena legte großen Wert auf Handarbeit. Das gefiel Apostoles. Dennoch war es ihm rätselhaft, wie sie das all die Jahre allein hinbekommen hatte. Seine Magdalena. Eine Frau wie keine …

Das Leben ist ein Wunder, dachte er, während er mit leichter Hand Brezeln schlang. Ein großes, nicht berechenbares Wunder. So viel Elend und Leid es bereithielt, so viel Glück und Freude schenkte es. Er, Apostoles Karamidas, war jedenfalls mehr als reich beschenkt worden. Dennoch hatte er sehr viel Mut gebraucht, sich für Magdalena und Maierhofen zu entscheiden und das Akropolis aufzugeben. Zu wissen, dass seine Nichte Elena das Restaurant weiterführte, hatte ihm die Entscheidung allerdings ein wenig leichter gemacht. Das – und seine Liebe zu Magdalena.

Inzwischen war fast ein Dreivierteljahr vergangen, seit er mit ein paar Koffern hierhergezogen war. Und er war überzeugt davon, dass sein Mut belohnt worden war. Maierhofen hatte ihn mit offenen Armen empfangen! Ein paar Freunde – Reinhard und Christine – hatte er ja schon während der Kochwoche im vergangenen Jahr gefunden, doch bald waren mehr dazugekommen. Da war Edy, ein veganer Metzger und komischer Vogel, der sein Herz aber am rechten Platz hatte. Und Vincent, der Zimmermann des Ortes. Dann gab es Josef Scholz, dem das Elektrogeschäft gehörte. Auch Gustav Kleinschmied, der »Hoffotograf« von Maierhofen, war ihm zum Freund geworden, genau wie der alte Doktor Huss, der ihn so sehr an seinen Onkel Germanos auf Kreta erinnerte.

Gemeinsam hatten sie den Stammtisch in der Goldenen Rose wiederbelebt, sehr zum Ärger von Elsbeth Kleinschmied, die anfangs sogar ins Gasthaus gekommen war, demonstrativ auf die Uhr geschaut und ihren Gustav dann mitgenommen hatte. Man erzählte sich, dass im Hause Kleinschmied am Tag darauf die Stimmen laut geworden waren, aber seitdem blieb Gustav so lange am Stammtisch hocken, wie er mochte.

Während Apostoles den Hefeteig, aus dem er als Nächstes die Hefezöpfe formen wollte, nochmals durchknetete, dachte er erneut an all die Veränderungen, die es in den letzten Monaten gegeben hatte, auch in der Bäckerei! Nicht nur hatte Magdalena endlich wieder Hilfe in der Backstube – auch das Angebot der Bäckerei war erweitert worden, und zwar um einige griechische Backwaren. Die Rezepte hatten sie aus ihrem gemeinsamen Urlaub mitgebracht, und die Maierhofener waren begeistert von dem neuen Angebot: kleine Butterkekse, die so wunderbar zu frisch aufgebrühtem Kaffee schmeckten. Loukoumades – frittierte Hefebällchen, mit Honig beträufelt und am besten noch lauwarm genossen, sie waren die Spezialität auf Kreta und nun auch in Maierhofen zu haben. Und griechische Fladenbrote, die man aufschneiden und wunderbar mit Gyros oder Grillgemüse füllen konnte. In Maierhofen kam meist noch eine ordentliche Portion Bergkäse dazu. Magdalena wollte die Fladenbrote beim kommenden Kräuter-der-Provinz-Festival an einem eigenen Stand anbieten, das freute Apostoles ganz besonders.

»Bist du so weit?«, rief Magdalena ihm zu, während sie Kaffee in zwei bauchige Becher einschenkte. Pause. Es war fünf Uhr, das erste Frühstück des Tages stand an.

»Ich komme!« Stolz schaute Apostoles auf die Brezeln, die er gerade aus dem Backofen zog. Sie seien das einzige Gebäck, durch das die Sonne drei Mal hindurchschien, sagten die Leute hier. Schön war das!

»Komm mein Schatz, leg dich ein wenig zu mir.« Einladend winkte Apostoles Magdalena vom Bett aus zu.

Es war drei Uhr am Nachmittag um, und wie jeden Tag hatte sich Apostoles ein wenig hingelegt.

»Besser nicht«, sagte Magdalena lachend, dabei hätte ihr ein kurzes Nickerchen gewiss gutgetan. Aber sie wusste genau, was passieren würde, sobald sie in seinen Armen lag... Wenn überhaupt, dann würde sie sich nachher kurz auf dem Sofa ausruhen.

»Falls ich nicht von selbst wach werde, dann weck mich, ja?«, sagte Apostoles wie jeden Tag.

Und sie nickte wie jeden Tag. Während sie die Tür sanft hinter sich zuzog, verspürte sie ein Gefühl großer Dankbarkeit. Wie sehr sie diesen Mann liebte! Heiß und innig. Manchmal vielleicht ein wenig zu heiß, dachte sie, und Bilder ihrer letzten Liebesnacht huschten durch ihren Kopf. Sie und Sex – dass sie das noch einmal erleben durfte... Aber genauso genoss sie seine liebevolle Art, seine Aufmerksamkeit im Alltag ihr gegenüber. Seine Lebensfreude. Seine Spontanität. Und seine große Gabe, auch mal fünfe gerade sein zu lassen. Ein Mittagschläfchen? Daran hatte sie in all den Jahren nicht mal zu denken gewagt, schließlich galt es, das Tagwerk zu schaffen! Doch dann war Apostoles gekommen und hatte ihr erklärt, dass das im Süden gang und gäbe sei. Und da das Württembergische Allgäu doch auch schon ziemlich weit im Süden läge, spräche doch nichts dagegen, dass sie sich diese Sitte zu eigen machten... Sanft, aber bestimmt hatte er sie mitten am Tag ins Bett gezogen. Und dann war passiert, was fast immer passierte, wenn sie zusammen ins Bett gingen. Sex. Mitten am Tag!

So konnte es aber nicht weitergehen, dachte Magdalena bedauernd. Sie war schließlich keine vierzig mehr. Auch wenn die Liebesstunden wunderschön waren – der Schlafmangel steckte ihr in den Knochen und machte sie häufig gereizt und grantig. Während Apostoles ihre Launen mit Humor nahm, war ihre Verkäuferin Cora wegen ein paar unwirscher Worte erst letzte Woche in Tränen ausgebrochen. Magdalena, völlig entsetzt darüber, was sie ausgelöst hatte, hatte sich eiligst entschuldigt. Doch Cora verhielt sich seitdem reserviert, fast ablehnend. Dabei war es jetzt, da das Kräuter-der-Provinz-Festival bald bevorstand, noch wichtiger als sonst, dass sie alle gut zusammenarbeiteten.

Besser also kein Sex und dafür die Wohnung aufräumen! Die Bügelwäsche stapelte sich. Und es gab jede Menge Sachen aufzuräumen.

Da waren die Wanderstiefel, die Apostoles vor zwei Tagen gekauft hatte und die er nun in der Wohnung einlief, damit sie bei ihrer ersten Wanderung nicht drückten. Da lagen diverse Wander- und Freizeitführer, Prospekte und handschriftliche Notizen, die er sich gemacht hatte. Die ganze Gegend wollte er erkunden! Apostoles brauchte kein Internet, um Infos zu sammeln. Er kam leicht ins Gespräch mit den Leuten, bereitwillig teilten die Gäste in der Bäckerei ihre Geheimtipps mit ihm. Die besten Waffeln gab es auf der Hirschenalm. Beim Käser Otto drei Täler weiter musste man unbedingt das Pfeffersäckle probieren. Und wenn man hinter dem Weiher in Richtung des nächsten Ortes weiterlief, kam man auf einer Anhöhe an ein kleines Bänkchen, auf dem man ganz vorzüglich bei einer Flasche Rotwein den Sonnenuntergang genießen konnte. Apostoles war Feuer und Flamme für alles! Das war ja schön und gut, aber was sprach gegen faule Sonntagnachmittage mit dem Traumschiff auf dem Sofa?, dachte Magdalena, während sie seine Unterlagen auf einen Stapel räumte. Sie fand es zwar bewundernswert, wie begeisterungsfähig Apostoles war. Gleichzeitig hatte sie jedoch manchmal das Gefühl, mit ihm nicht Schritt halten zu können. Vorgestern zum Beispiel, da hatte er sie überredet, nach der Arbeit in der Backstube auf ein Picknick an den Weiher zu gehen. Während jeder rechtschaffene Maierhofener seiner Arbeit nachging, hatten sie sich gesonnt und den lieben Gott einen braven Mann sein lassen. So schön es auch war, Magdalena hatte doch ein total schlechtes Gewissen gehabt. Als sie Apostoles davon erzählte, hatte er sie ausgelacht. »Es steht doch jedem frei zu entscheiden, wie er seine Zeit verbringt«, sagte er. Das stimmte! Aber nach all den Jahren, in denen sie ihren Alltag nur dadurch bewältigt hatte, dass sie alles streng durchplante, fiel ihr so ein Dolce Vita schwer. Das war doch verständlich, oder?

Wie kann man so viel herumliegen lassen!, dachte sie mit einem mürrischen Blick auf die Anrichte, die ebenfalls überquoll mit Sachen, die nicht dorthin gehörten. Warum konnte Apostoles die Flasche mit Jessys neuem Likör nicht zurück in den Wandschrank stellen, nachdem er sich ein Glas gegönnt hatte? Und da, die Karten für das Helene-Fischer-Konzert in Oberstdorf – die gehörten an die Pinnwand, wo sie sie im Dezember auch wiederfinden würden! Ismenes Päckchen mit der Olivenölseife, die sie beide so gern mochten, lag auch noch herum. Und die späten Tulpen, die er ihr vor ein paar Tagen mitgebracht hatte, brauchten auch schon wieder frisches Wasser.

Magdalena seufzte.

Sie war gerade dabei zu bügeln, als Apostoles verstrubbelt zu ihr kam. »Josef Scholz hat angerufen, der neue Akku für mein Handy ist da. Ich hole ihn ab, und dann gehe ich auf einen Sprung zum Stammtisch, ok?« Er küsste sie über das Bügelbrett hinweg auf den Mund.

Sie nickte stumm. Der Stammtisch! Auf den hätte sie auch gut verzichten können. Jede Woche trafen sich die Männer einmal, manchmal auch zweimal bei Therese in der Wirtschaft. In der Zeit hätten sie gut damit anfangen können, das ehemalige Kinderzimmer endlich zum Büro umzubauen, so, wie Magdalena es seit Jahrzehnten vorhatte. Mit einem Mann im Haus würde sich das Vorhaben gewiss schneller umsetzen lassen, hatte sie gedacht. Pfeifendeckel!

Aber vielleicht war es ganz gut, wenn sie nun für ein, zwei Stunden ihre Ruhe hatte, dachte sie bald darauf, als die Wäsche gebügelt vor ihr lag. Eine Tasse Kaffee, die Füße ein wenig hochlegen … Oder ein heißes Schaumbad, um die müden Knochen ein wenig zu regenerieren?

Resolut griff sie zum Telefon, um Therese für die heutige Joggingrunde abzusagen. »Ich bin einfach zu kaputt«, sagte sie entschuldigend.

»Oje, hast du es wieder im Rücken?«, fragte Therese.

»So ähnlich«, sagte Magdalena, während sie daran dachte, wie fest sie Apostoles mit ihren Beinen umklammert hatte. Da hatte es im unteren Rücken tatsächlich ein wenig geziept. »Dann grüß mal meinen Schatz am Stammtisch«, beendete sie das Gespräch.

»Heute ist doch gar kein Stammtisch, wir haben zu«, erwiderte Therese verwundert. »Sam und ich sind auf dem Weg in die Stadt.«

Im selben Moment hörte Magdalena, dass die Tür aufging. »Magdalena, Liebes, ich bin schon wieder da. Die Goldene Rose hat zu, da habe ich Edy und Rudolf spontan zu uns eingeladen. Ich werde uns einen griechischen Eintopf kochen! Du gehst doch eh joggen, nicht wahr?«

2. Kapitel

»Einmal den Miami-Beach-Sundowner-with-Strawberry-Topping and Crunchy Nuts! Und zwei Löffel.« Lächelnd platzierte Michelle ein gläsernes Monstrum, gefüllt mit Eis, Früchten und einer grell orangefarbenen Soße auf dem kleinen Tischchen. Die beiden jungen Mädchen zückten sogleich ihr Handy.

Michelle grinste. Etwas zu essen, ohne davon zuvor ein Foto auf Facebook zu posten, ging auch wirklich nicht, dachte sie ironisch, während sie auf einen der anderen Tische zuging, an dem sich eine Mutter mit zwei Kindern gestresst über die Riesenkarte beugte und versuchte, eine Entscheidung zu treffen. Einen Mammoth-Hazelnut-Donut-Vanilla-Dream oder doch lieber einen Enthusiastic-Elderflower-infused-Strawberry-Shake?

Es war Juni, der Frühsommer hatte Einzug gehalten, die Reutlinger Fußgängerzone brummte und mit ihr »Joe Berry's American Icecream Parlour«. Ab jetzt gab es keine heißen Waffeln mehr – die bei ihnen *Waffles* hießen und mit Ahornsirup serviert wurden –, ab jetzt war nur noch Eis in allen Variationen angesagt. Viele Gäste kamen in der warmen Jahreszeit schon zum Mittagessen und genehmigten sich statt Pizza oder Pasta einen Eisbecher.

»Schon wieder ein Eisbecher für zwei?«, fragte ihr Chef

stirnrunzelnd, als Michelle an der Theke ankam. »Sollen wir demnächst dichtmachen?«

»Sorry, aber ich kann den Leuten nichts aufzwingen, was sie nicht mögen«, erwiderte Michelle so neutral wie möglich. Bei jungen Mädchen saß das Geld nun mal knapp, da wurde jede Bestellung durchdacht, das verstand sie nur zu gut.

Es war nicht das erste Mal, dass sie dieses Gespräch führten. Ein freundschaftlich geteilter Eisbecher, ein Tag Regenwetter oder ein Tisch mit geringerem Umsatz – und schon tat Joe Berry, der in Wahrheit Josef Beuerle hieß, als stünde er kurz vor dem Ruin. Dabei brummte die Bude!

»Von Aufzwingen kann keine Rede sein. Schmackhaft sollst du den Leuten unser Eis machen, *tasty*, verstehst?«

Michelle lächelte gezwungen, während sie im Geiste die Augen verdrehte. Warum nur waren ihre früheren Chefs nach Italien zurückgegangen?, dachte sie bitter. Als das Eiscafé noch Venezia geheißen und Maria und Guiseppe gehört hatte, hatten Evi, Heike, Carola und sie in Jeans und Minirock servieren dürfen. Es hatte einen üppigen Erdbeerbecher und einen Pfirsich-Melba-Becher gegeben. Und die Soße über dem Eis hatte aus pürierten Früchten oder geschmolzener Schokolade bestanden und war nicht aus neonfarbenen Flaschen gekommen.

Heute waren von der alten Crew nur noch Heike und sie übrig, die andern beiden hatte Josef Beuerle nicht übernommen. Zwei Monate hatten Heike und sie den Laden allein wuppen müssen, dann endlich hatte der Chef zwei neue Kolleginnen eingestellt – Janice, zwanzig Jahre, blond und sonnenstudiogebräunt, und Evchen, zweiundzwanzig, dunkelhaarig und mit einem Body, der den Mädels von

»Germany's Next Top Model« Konkurrenz gemacht hätte. Gleich am ersten Tag hatte ihr Chef ihnen ihre neue Uniform überreicht: hellblaue Miniröcke mit weißen Blüschen, dazu eine rosa-weiß-karierte Schürze. Als Michelle sich das erste Mal darin im Spiegel sah, hatte sie schallend gelacht – nun sah sie selbst wie ein Eisbecher aus! Josef Beuerle hingegen hatte einen anerkennenden Pfiff ausgestoßen, als sie sich vorstellte. Ihre langen braunen Haare, ihre ebenmäßige Haut, der kleine Leberfleck über der Oberlippe, der an den von Cindy Crawford erinnerte, dazu diese Uniform...
»Jetzt siehst du aus wie ein ›all-american-dream‹«, raunte er anerkennend.

Bei seinem letzten Amerikaurlaub hatte er die Servicekräfte in einem amerikanischen Schnellrestaurant fotografiert und deren Uniformen zu Hause dann nachschneidern lassen. Um das Outfit zu komplementieren, bestand er außerdem auf weißen, kniehohen Strümpfen und Zöpfen oder Pferdeschwanz als Frisur. Und wehe, eine von ihnen vergaß, hellrosa Lippenstift aufzulegen!

»Immer dran denken – ihr seid der ›all-american-dream‹!«, wurde er nicht müde, ihnen zu predigen.

»Umsatz ist alles, da hast du völlig recht, alter Kumpel!« Anerkennend klopfte Axel Feuerschmied, der Verkäufer beim Herrenausstatter ein paar Häuser weiter war und jeden Tag mehrmals auf einen Espresso vorbeikam, Josef Beuerle auf die Schulter.

Der Eisdielenchef hob grinsend sein Prosecco-Glas.

Idiot! Warum kümmerst du dich dann nicht um *deinen* Umsatz?, lag es Michelle auf der Zunge zu sagen. »Ich geh jetzt in die Pause«, sagte sie düster und wollte schon in die Küche verschwinden, als Josef Beuerle ihr nachrief.

»Ja?« Unwillig drehte sie sich nochmal um. Ihr hing der Magen in den Kniekehlen, sie konnte es kaum erwarten, sich endlich über das Tomaten-Mozzarella-Brötchen herzumachen, das sie sich morgens beim Bäcker gekauft hatte.

»Deine Schenkel waren auch schon mal schlanker, wenn ich das so sagen darf.« Vielsagend musterte er sie von oben nach unten.

Michelle hatte das Gefühl, einen Schlag in die Magengegend bekommen zu haben. Das hatte er jetzt nicht gesagt, oder?

»Mensch Mädel, schau nicht so belämmert, ich meine es nur gut mit euch. Es gibt doch so viele Diäten! Ich hab keine Lust, eure Uniformen jedes Jahr eine Nummer größer zu kaufen. Also, reiß dich ein bisschen zusammen, ok?« Aufmunternd grinste er sie an.

»Die Mädels haben nun mal alle ein Verfallsdatum. Irgendwann muss man sich nach 'ner Neuen umschauen, ob privat oder beruflich«, hörte sie den Herrenausstatter sagen. Die Männer lachten.

Michelle stakste wie eine schlecht geführte Marionette in die Küche, wo Heike und ihre neue Kollegin Janice alles mitbekommen hatten.

»Diese Unverschämtheit! Diese Wortwahl! Verfallsdatum – ich bin doch kein Joghurt!« Wütend starrte Michelle auf ihr Brötchen. Ihr war der Appetit gründlich vergangen. Warum hatte sie dem unverschämten Kerl nicht irgendetwas Passendes entgegnet?

»Nimm es nicht persönlich«, sagte Heike, die nicht nur ihre Kollegin, sondern auch ihre beste Freundin war. »Du kennst ihn doch inzwischen.« Vorsichtig schaute sie zur Tür, um sicherzugehen, dass ihr Chef sie nicht belauschte.

»Genau deswegen nehme ich das persönlich, sehr sogar!«, fuhr Michelle auf. Wenn Josef Beuerle etwas sagte, dann meinte er es genau so.

Einen Moment lang herrschte Schweigen. Lediglich das klackernde Geräusch des Eisportionierers, mit dem Heike die nächste Bestellung zubereitete, war zu hören.

»Vielleicht solltest du wirklich ein wenig auf deine Figur achten«, sagte Janice gedehnt und schaute bewundernd ihre langen, künstlichen Fingernägel an. »Wenn ich ein paar Pfund verlieren möchte, trinke ich abends nur noch…«

»Spar dir deine Diättipps!«, unterbrach Michelle die junge Kollegin barsch. Aus Trotz biss sie nun doch von ihrem Brötchen ab. Sie trug Größe vierzig, damit war sie ja nicht gerade adipös zu nennen, oder?

Ihre zu schmal gezupften Augenbrauen hebend, musterte Janice sie in einer Art, wie ihr Chef es zuvor getan hatte. »Du musst es wissen. Aber wundere dich später nicht, wenn es dir ergeht wie deinen beiden alten Kolleginnen. Dann heißt es nämlich auch für dich: Aus die Maus! Ich kenne genügend Mädels, die scharf auf deinen Job sind.« Sie schnappte die zwei Eisbecher, die Heike für sie zubereitet hatte, und verschwand mit einem hochmütigen Hüftschwung.

»Mich rauschmeißen? Das soll er sich mal trauen!«, rief Michelle ihr hinterher.

»Ich würde es nicht drauf anlegen«, sagte Heike leise. »Wenn ein Chef dich loswerden will, findet er immer einen Grund.«

»Dann soll er doch!«, sagte Michelle heftig. »Ich habe die

Nase schon lange voll von dem Laden hier.« Angewidert schaute sie auf den Eisbecher, den Heike jetzt zubereitete. »Dieses ganze Amerika-Getue nervt mich dermaßen! Peinliche Fantasienamen, die irgendein Marketingfritze Josef ins Ohr gesungen hat, für ganz normale Eisbecher! ›A Strawberry-Cream-infused-Variation‹ – das versteht doch kein Mensch!« Sie zeigte auf die Flaschen mit den künstlichen Fruchtsoßen. »Außerdem all diese künstlichen Aromen! Und warum Plastikpalmen als Deko? Diesen ganzen Kram brauchte man doch bisher auch nicht. Unsere Gäste waren mit einem stinknormalen Erdbeerbecher mit Sahne glücklich, oder?«

Heike, die der Tirade geduldig zugehört hatte, seufzte resigniert. »Ach Michelle, ich würde auch viel lieber wieder mit frischem Obst und selbst gebackenen Cantuccini-Keksen dekorieren, so wie früher. Aber was willst du tun? Josef ist nun mal der Boss!«

»Das Einzige, was hier ein Verfallsdatum hat, ist der gute Geschmack«, sagte Michelle bitter. Sie schaute ihre beste Freundin an. »Vielleicht sollten wir uns wirklich nach einem neuen Job umschauen?«

»Ist mein ›Pear-in-Love-with-Double-Chocolate-Topping‹ endlich fertig? Oder kommt ihr vor lauter Selbstmitleid nicht mehr zum Arbeiten?«, fragte Janice, die wieder in die Küche gekommen war.

Heike knallte der jungen Kollegin den Eisbecher auf die Theke. »Einmal Birne Helene bitte!«

Michelle und sie schauten sich an und lachten. Galgenhumor – manchmal war er das Einzige, was noch half.

Als ihre Schicht abends um sechs zu Ende war, war Michelle mehr als erleichtert. Zum Glück war Josef Beuerle gegen Mittag mit seinem Audi Cabrio davongebraust und danach nicht mehr gesehen worden. Seine verletzende wie unverschämte Bemerkung hingegen hatte Michelle den ganzen Tag hindurch begleitet.

Jetzt noch einkaufen und kochen? Bloß nicht! Nach dem Tag hatte sie sich einen Ausgleich wirklich verdient, dachte sie, als sie auf ihrem Rad in Richtung des Industriegebiets fuhr, wo Jonas und sie wohnten. Sie hatte das alte Hollandrad vom Flohmarkt rosa angestrichen und mit einer Blumengirlande verziert, und wann immer sie damit durch die Gegend fuhr, stieg ihre Laune schlagartig an. Im Geiste sah sie ihren Abend schon genau vor sich: eine Pizza beim Italiener, ein Glas Rotwein dazu, später ein bisschen kuscheln mit Jonas... Und wenn er dann eingeschlafen war: lesen! Sie hatte sich die letzten fünfzig Seiten des Romans gestern Nacht extra aufgespart, um das Happyend noch ein bisschen hinauszuzögern. Na klar, sie wusste schon jetzt, dass alles ein gutes Ende nehmen würde.

Als sie an der ehemaligen Industriespinnerei ankam, in der Jonas' und ihr Loft lag, hatte sie ihr inneres Gleichgewicht fast wieder gefunden. Von einem Josef Beuerle ließ sie sich gewiss nicht unterkriegen! Was fiel ihm überhaupt ein, auf ihre Schenkel zu schauen?

Wenn ich das Jonas erzähle, dachte sie. Im Eingangsbereich begegnete sie Max Meuthe, der ein Stockwerk unter ihnen wohnte. Wie Jonas war auch Max Gründer irgendeines Start-up-Unternehmens, sein Büro hatte er in die Wohnung integriert, wie fast alle Freiberuflichen und Selbständigen, die in der alten Spinnerei lebten und arbeiteten.

Als er Michelle sah, verstellte er ihr den Weg und sagte anklagend: »Du lässt dein Rad aber nicht wieder im Hausflur stehen, oder?«

»Hier ist doch massig Platz, warum soll ich es im Lift mit nach oben nehmen?«, fragte sie erstaunt.

»Damit es hier nicht aussieht wie in einer spießigen Familiensiedlung! Sorry, aber dein alter Drahtesel ist nicht gerade ein cooler Anblick.«

»Mist! Warum nur habe ich mir nicht das siebentausend-Euro-Carbon-Rad gegönnt, das ebenfalls zur Wahl stand?«, sagte sie ironisch, dann stellte sie das Rad in einer Ecke ab, ohne sich weiter um ihren Mitbewohner zu kümmern. Der Einzige, der hier spießig ist, bist du, lag es ihr noch auf der Zunge zu sagen, aber sie hielt sich zurück.

Max Meuthe schaute sie noch einen Moment lang an, dann ging er, kopfschüttelnd und um weitere Worte verlegen, davon.

Michelle grinste. Sich bloß nicht alles gefallen lassen!, das hatte ihre Mutter ihr eindringlich beigebracht.

»Jonas, stell dir vor, was sich Josef Beuerle heute geleistet hat!«, rief sie, kaum dass sie den Schlüssel umgedreht hatte. Ihre Stimme hallte von den Sichtbetonwänden zurück. Den Schlüssel noch in der Hand, schaute sie sich in dem riesigen Loft um. Die Küchenecke und der Esstisch – leer. Der Wohnbereich – leer. Der Schlafbereich – ebenfalls leer. Die einzigen Wände, die es in dem 200-qm-Loft gab, waren die vom Bad und Jonas' Büro. Also war er entweder auf dem Klo, oder er arbeitete noch. Es war erst kurz nach sechs Uhr, Michelle tippte daher auf Letzteres. Dass ihr Freund fortgegangen sein könnte, schloss sie aus. Jonas war wie ein

Höhlenbewohner und verließ nur unter Zwang seine Behausung. Aber nach dem, was ihr heute widerfahren war, musste er einfach mit ihr zum Italiener gehen!

»Jonas? Arbeitest du noch?« Schwungvoll öffnete sie seine Bürotür. »Stell dir mal vor...«

Jonas war nicht allein. Sabine von der Leuken, die das Loft neben ihnen bewohnte, war bei ihm. Wieder einmal. Michelles Miene verdüsterte sich schlagartig wieder.

Sabine war ebenfalls eine Start-Up-Unternehmerin. Die Computerprogramme, die sie entwarf, hatten etwas mit den Logistik-Tools zu tun, an denen Jonas arbeitete, dementsprechend oft trafen die beiden sich zum Gedankenaustausch. Zumindest hoffte Michelle, dass es nur Gedanken waren, die während ihrer Abwesenheit ausgetauscht wurden.

Im Augenblick beugten sich die zwei jedenfalls so intensiv über Jonas' PC, als wollten sie den Schatz des Manitu daraus bergen.

Sabine war die Erste, die aufschaute. »Schon da? Arbeitest du nur noch halbtags?«

»Es ist sechs Uhr! Normale Leute haben um diese Zeit Feierabend«, erwiderte Michelle kühl. »Brauchst du noch lange?«, wandte sie sich an Jonas.

Anfangs hatte ihr der Gedanke, dass junge Menschen der alten Spinnerei wieder Leben einhauchten, indem sie hier nicht nur wohnten, sondern auch arbeiteten, gut gefallen. Doch jetzt, zwei Jahre später, war sie sich ihrer Sache nicht mehr sicher. Während für sie mit dem Verlassen der Eisdiele der Feierabend begann, kam Jonas aus seinem Büro kaum mehr heraus. Vielleicht gelang es den andern Selbständigen besser, eine gute Work-Life-Balance hinzubekommen – für

Jonas, der schon immer ein Workaholic gewesen war, war das Büro in der Wohnung jedenfalls Gift! Und Ruhe hatte man hier auch nicht, ständig schneite irgendein schwarzgewandeter Kreativer, Freiberufler oder sonstiger Start-Up-Unternehmer bei ihnen herein! Hatte Sabine eine Ameisenplage in ihrem Loft? Oder warum tauchte sie in letzter Zeit ständig bei ihnen auf?

»Was ist denn nun, Jonas?«, sagte sie ungeduldig.

Endlich schaute er hoch. Seine Augen waren müde, seine Stirn in Falten gelegt, als er sagte: »Ich habe irgendwo einen *Bug* im System, das könnte noch länger dauern.«

»Aber ... ich würde gern mit dir essen gehen. Und ich muss dir was erzählen, dringend!« Irgendwelche Systemfehler gab es doch immer! Das war nichts Neues, oder? Was Jonas genau machte, wusste Michelle gar nicht. Aber dass er wahnsinnig viel Geld damit verdient, das wusste sie, seit sie einmal seine Kontoauszüge gesehen hatte. Sie wäre beinahe rückwärts umgefallen angesichts der Zahlen. Nicht dass sie etwas von seinem Reichtum hatte! Nach wie vor teilten sie sich alle Kosten, lediglich die Raten für den Loft-Kredit übernahm er allein. Für sie war das in Ordnung, Geld war schließlich nicht alles. Zweisamkeit, zwei Herzen, die im Gleichklang schlugen, zwei Augenpaare, die in dieselbe Richtung schauten – das allein zählte!

Im Augenblick jedoch waren Jonas' Augen schon wieder auf den Bildschirm gerichtet. »Sorry, bevor ich den Fehler nicht finde, mache ich nicht Schluss.«

»Das bekommen wir schon hin«, sagte Sabine aufmunternd zu ihm. An Michelle gewandt, fuhr sie fort: »Vielleicht könntest du ein paar Sandwiches zubereiten, die man nebenher essen kann.«

»Ich bin doch nicht dein Dienstmädchen«, sagte Michelle und zog beleidigt die Tür wieder hinter sich zu.

Eine halbe Stunde später stand sie doch an der Küchenzeile und schmierte ein paar Brote. Irgendetwas musste Jonas schließlich essen. Nachdem sie den Imbiss ins Büro gebracht hatte – ohne Sabine eines Blickes zu würdigen oder ihr etwas anzubieten –, schob sie für sich eine Pizza in den Ofen, auf Wurstbrot hatte sie keine Lust. Dann ging sie in die Schlafzone – Jonas hatte etwas gegen den Begriff Schlafzimmer – und holte ihr Taschenbuch mit dem Titel »Lavendelblütenliebe«. Nur noch fünfzig Seiten, dachte sie bedauernd, während sie sich auf dem Sofa niederließ.

Ihre Schritte wurden immer schneller, am Ende rannte sie. Obwohl sie nach den Anstrengungen der letzten Tage todmüde hätte sein sollen, fühlte sie sich leicht und so glücklich wie noch nie. Denn dort hinten, inmitten wogender Lavendelfelder, stand Nicholas. Ihr Nicholas...

Sein sinnlicher Mund verzog sich zu einem Lächeln, er breitete seine Arme aus, und sie flog hinein. »Nicholas, endlich«, seufzte sie und schmiegte sich an seine breite Brust, während der Duft des Lavendels ihre Nase kitzelte.

»Meine Geliebte«, flüsterte er, und sein Atem war wie ein Streicheln. »Ab jetzt bleiben wir zusammen. Für immer.«

Michelle runzelte die Stirn. Etwas stimmte nicht. Anstelle des Duftes wogender Lavendelfelder hatte sie den Geruch von verbranntem Käse in der Nase.

Ihre Pizza! Sie warf ihr Buch zur Seite und rannte zum

Ofen. Zu spät. Der einstmals goldgelbe Käse war zu einer unansehnlichen schwarzen Kruste verbrannt.

»Verflixt, geht denn heute auch mal irgendetwas gut?« Mit Ofenhandschuhen packte sie das Blech und beförderte die Pizza schwungvoll in den Mülleimer. Abendessen adieu – vielleicht wurde es ja doch noch was mit den schlanken Schenkeln.

Und nun? Ihr Buch hatte sie ausgelesen – nicht einmal das Happyend hatte sie richtig auskosten können –, und der Abend dehnte sich vor ihr wie ein ausgeleiertes Gummiband. Dafür, ein neues Buch anzufangen, fehlte ihr die innere Ruhe. Allein weggehen wollte sie auch nicht. Um Heike oder eine andere Freundin anzurufen, war es zu spät, die saßen bestimmt schon alle mit ihrem Schatz zusammen.

Gefangen. Sie wusste nicht woher, aber auf einmal war die Assoziation da. Frustriert schaute sie sich um. Die Wände aus Sichtbeton. Die Fenstersockel aus Stahl. Der graue Boden, den man eins zu eins in einer Fabrikhalle hätte verlegen können. Die Designerlampen mit ihrem kühlen Licht. Alles wirkte so kalt, so unwohnlich! Gleich bei ihrem Einzug hatte sie Vorhänge nähen wollen, aber Jonas war dagegen gewesen. Genauso, wie er gegen bunte Teppiche war. Oder gegen eine Tischdecke, gegen Kissen oder Nippes jeder Art. »Wenn man in einem Loft wohnt, braucht man ein paar große, ausdrucksstarke Möbelstücke, mehr nicht«, erklärte er ihr immer wieder. Und da er das Loft finanzierte, hatte er auch das Sagen.

Warum nur hatten sie sich nicht für eine stinknormale Etagenmietwohnung entschieden?, dachte Michelle nicht zum ersten Mal. Dann hätte sie nach Herzenslust dekorieren können, und keiner hätte sich daran gestoßen.

Ihr Blick fiel auf das riesige Bücherregal an der Wand hinter dem Sofa. Ihre Bücher waren das Einzige, was ein wenig Farbe in das Loft brachte. Wie immer, wenn sie ihre Schätze betrachtete, wurden ihre Gesichtszüge weich, und ihre Augen bekamen einen besonderen Glanz.

Michelle war ein Büchermensch. Eine Vielleserin. Eine Buchliebhaberin. Lesen war ihr halbes Leben. Kein E-Reader für sie! Sie wollte ein Buch in den Händen halten, das Papier riechen, das leise Rascheln der Seiten beim Umblättern hören. Sie wollte sich am Buchcover erfreuen und Eselsohren an Stellen machen, die sie besonders gern gelesen hatte. Sie wusste genau, wo jedes einzelne Buch stand. Hätte man sie im Schlaf geweckt und darum gebeten, »Die Glasbläserin« herauszuholen, hätte sie ins zweite Regal von links in das mittlere Brett gegriffen. Sie wusste, wo »Der Medicus« stand und wo »Die Asche meiner Mutter«.

So viele Leben. So viele Schicksale, verpackt zwischen zwei Buchdeckeln. Auch nach all den Jahren grenzte dies für Michelle immer noch an Zauberei.

Beim Lesen konnte sie ihrem Alltag entfliehen. Buch auf – und weg waren Josef Beuerle und seine *Icecreammania!* Seite umgeblättert –, vergessen war Jonas' Unaufmerksamkeit ihr gegenüber. In den Romanen, die sie las, brachten die Männer ihren Frauen unerwartete Geschenke mit und dachten sich tolle Ausflüge als Überraschung aus. Im Roman wäre ihr Herzallerliebster heute Vormittag wie aus dem Nichts aufgetaucht, hätte Josef Beuerle eins auf die Nase gegeben und laut gesagt: »Wehe, es wagt nochmal jemand, die Schenkel meines Babys zu kritisieren.« Dann hätte er sie beschützend in den Arm genommen und ihr ins Ohr geflüstert: »Ich mag dich genauso, wie du bist, Liebes!«

Michelle seufzte. Kam das Wort Romantik eigentlich von Roman? Falls ja, warum fehlte dann genau das in ihrem echten Leben? Wo sie doch so viel las! Oder las sie genau deswegen so viel? Weil sie ihren Alltag bald nicht mehr ertragen konnte?

Ihr Blick wanderte weiter zu ihrem Schreibtisch. Auch er war voll mit Büchern, allerdings fanden sich hier keine Schmöker, sondern Bücher ganz besonderer Art: »Creative Writing«, »Der ultimative Schreibratgeber«, »Romane schreiben für Anfänger«, »Romane schreiben für Fortgeschrittene«. Ihre Zauberbücher, nannte Michelle sie heimlich.

Denn seit zwei Jahren gab es neben dem Lesen noch eine weitere Leidenschaft. Das Schreiben nämlich. Oder besser gesagt, der Traum vom Schreiben. Während andere davon träumten, nach Mallorca oder Kanada auszuwandern, träumte Michelle davon, eines Tages einen Roman zu Papier zu bringen. Einen Schreibworkshop in der Volkshochschule hatte sie schon besucht, hatte am Online-Workshop eines berühmten Autors teilgenommen, und derzeit belegte sie an einer Fernakademie einen Schreibkurs. Dank der heutigen Möglichkeiten im Selfpublishing war es lange nicht mehr so schwierig wie früher, ein Buch herauszubringen. Heutzutage schrieb ja quasi jeder ein Buch! Warum also nicht auch sie? Michelle wusste genau, was sie schreiben wollte: einen Liebesroman. Mit riesengroßem Happyend! Einen Roman, in dem man versinken konnte wie in einem weichen Kissen und aus dem man nie wieder auftauchen wollte…

Ihr Name auf dem Buchcover, oder besser noch – auf der Bestsellerliste. Da würde Jonas gucken! Und Sabine von der Leuken ebenfalls, und alle andern noch dazu! Dann würden sie kapieren, dass sie mehr draufhatte als nur Cappuccino servieren.

Gedankenverloren ließ Michelle ihre Hand über die Unterlagen der Fernakademie streichen. Der Kapitelaufbau, die Personen, die Dialoge – die Themen und Schreibtechniken ähnelten sich in jedem Buch, jeder Schreibschule. Eigentlich hatte sie genügend Wissen angesammelt, um loszulegen. Und eine Idee für einen Plot hatte sie auch schon. Aber hier, inmitten von Sichtbeton und ständig ein- und ausgehenden zukünftigen Bill Gates würde ihre Kreativität nicht fließen, das wusste sie. Nein, es musste ein besonderer Ort sein, mit einer besonderen Stimmung. Das Problem war nur, dass sie seit Jahren keinen richtigen Urlaub mehr gemacht hatten, und sie somit keine besonderen Orte mit besonderer Stimmung kannte. Jonas hielt nichts von Urlauben, er langweilte sich dabei. Das letzte Mal, als sie eine Woche in einem Robinson Club auf Fuerteventura verbracht hatten, hatte er ständig in der Tapas-Bar gesessen, weil dort der WLAN-Empfang am besten gewesen war. Während er telefonierte oder Mails schrieb, war sie allein zum Yogakurs und dem Sonnengruß aufgebrochen.

Wütend schaute sie auf die noch immer verschlossene Bürotür. Der Sommer stand vor der Tür, und sie hatten noch immer keine Pläne geschmiedet. Dabei wäre es wirklich wichtig, dass sie sich wieder einmal Zeit für Zweisamkeit nehmen würden! Aber immer, wenn sie über das Thema Ferien reden wollte, lenkte Jonas nach kürzester Zeit ab. Wie es aussah, suchte er lieber mit Sabine nach irgendwelchen Programmfehlern!

Ihr kam ein Gedanke: Was wäre, wenn *sie* sich eine Auszeit nehmen würde? Sie ganz allein. Sie hatte einen Tapetenwechsel dringend nötig. Sicher, der Sommer war im Eiscafé die arbeitsreichste Zeit des Jahres. Aber aus den zwei Monaten, in denen Heike und sie die beiden einzigen Angestellten gewesen waren, hatte sie so viele Überstunden angesammelt, dass sie andern davon abgeben könnte!

Einfach mal weg. Weg vom Eiscafé mit seinen *Hazelnut-Coffee-double-Vanilla-Chocolate-Sensations.* Weg von den Betonwänden und der Frage, wie es mit Jonas und ihr weitergehen sollte.

Sich in Ruhe dem Schreiben widmen ... Sich einmal nur auf sich selbst konzentrieren, die Kräfte bündeln und sie dann in einer kreativen Explosion münden lassen. Und das alles in einer Wohlfühl-Atmosphäre.

Das war verrückt. Total verrückt. Das würde sie sich nie trauen. Oder?

Bevor sie ihre Idee mit zu vielen Wenns und Abers kaputtdenken konnte, griff sie zum Telefon. Heikes Nummer war eingespeichert, sie kam gleich hinter der von Jonas.

»Michelle! Alles in Ordnung?«

Michelle hörte Heikes Stirnrunzeln förmlich. Sie lächelte. »Alles bestens«, sagte sie atemlos. »Ich habe nur eine Frage: Wie heißt der Ort im Allgäu, wo ihr letztes Jahr Urlaub gemacht habt und von dem du heute noch schwärmst?«

3. Kapitel

Es war morgens um kurz nach sechs. Die Arme hinter dem Kopf verschränkt, schaute Reinhard aus dem Fenster, wo im Kirschbaum langsam das Morgenkonzert der Amseln und Meisen verklang. Neben ihm erwachte dafür Christine mit einem leisen Seufzen. Wie jeden Morgen waren Jack und Joe, ihre beiden Labradore, sogleich zur Stelle, um Frauchens Gesicht abzulecken. Christine ließ sie lachend gewähren. So sehr Reinhard die Hunde mochte – dieses Morgenritual gefiel ihm ganz und gar nicht. Viel lieber hätte er Christine in den Arm genommen, noch ein wenig mit ihr gekuschelt und auf diese Weise gemütlich den Tag begrüßt. Aber frühmorgens war Christine ungemütlich. Keine Minute, nachdem sie die Augen aufgeschlagen hatte, sprang sie aus dem Bett und ging ins Bad. Die Arbeit rief! Sie wollte hinüber in ihr eigenes Haus, wollte nach dem Rechten schauen, durchlüften, das Frühstück für die Pensionsgäste herrichten.

Sie waren seit dem letzten Sommer ein Paar. Sie liebten und sie verstanden sich. Und sie verbrachten jede freie Minute zusammen. Er und seine langjährige Nachbarin – wer hätte das gedacht?

Reinhard lächelte. Alles hatte sich in seinem Leben durch diese Liebe geändert. Seine Gefühlslage, sein Alltag, seine

Rituale – sogar sein Haus! Nicht nur duftete es jetzt gerade verführerisch nach Rosenessenz aus dem Bad – auch anderswo im Haus hinterließ Christine ihre Spuren: bunte Vorhänge und Kissen, ein modernes Acrylgemälde, das sie gemeinsam auf einem Künstlermarkt ausgesucht hatten. Neue Kaffeebecher hatte sie ihm geschenkt, weil seine alten so hässlich und abgeschlagen waren. Jedes Mal, wenn sein Blick auf eines ihrer Stücke fiel, machte sein Herz einen kleinen Hüpfer vor lauter Glück. Dennoch – sie waren noch nicht zusammengezogen, jeder führte weiterhin seinen eigenen Haushalt, Haustür an Haustür. Die Leute im Dorf fanden das seltsam, manch einer sprach ihn sogar darauf an. Ihm wäre es auch lieb gewesen, wenn sie ganz zu ihm ziehen würde. Aber vielleicht war es für diesen Schritt einfach noch zu früh?

Immerhin übernachtete sie inzwischen die meiste Zeit bei ihm, wobei dies allerdings vor allem der Tatsache geschuldet war, dass sie jetzt, in der Hauptsaison, ihr eigenes Schlafzimmer ebenfalls vermietete. Anfragen gab es genug, und Christine sagte nur ungern einem Gast ab. Je mehr Buchungen, desto besser! Seit Mitte März war Christine Tag für Tag von früh bis spät auf den Beinen, um es ihren Gästen recht zu machen.

Eigentlich hatte Reinhard geglaubt, dass Christine nun, wo ihr das Haus ganz gehörte und ihr Exmann ihr nicht mehr dreinreden konnte, aufatmen würde. Doch das Gegenteil war eingetreten: Sie stand unter einem noch viel größeren Erfolgsdruck, schließlich musste sie schauen, dass sie jeden Monat pünktlich die Raten für den Kredit, für den er, Reinhard, und ihr gemeinsamer Freund Renzo gebürgt hatten, zurückzahlen konnte. Im vergangenen Winter, in dem so gut wie keine Gäste nach Maierhofen gekommen waren, war sie deswegen ganz nervös und fahrig gewesen. Reinhard hatte ihr angeboten, die Kreditraten zu übernehmen – für ihn gar kein Problem. Aber das hatte sie nicht gewollt. Ja, seine Christine war ein ziemlicher Sturkopf... Er lächelte. Dann stand er auf, um wie jeden Morgen die Kaffeemaschine in Gang zu setzen.

»Und, was hast du heute vor?«, fragte Christine, als sie kurz darauf auf der Bank in seinem Garten saßen. Sich morgens mit der ersten Tasse Kaffee rauszusetzen – auch das hatte er von ihr gelernt. Inzwischen konnte er sich einen Morgen ohne dieses kleine Ritual nicht mehr vorstellen, auch wenn Christines Blick dabei die ganze Zeit in Richtung ihres Hauses wanderte. Womöglich war schon ein Frühaufsteher wach und vermisste sein Frühstück!, dachte er ironisch.

Wie gut der Kaffee hier draußen in der frischen Luft schmeckte! Die Bohnen kamen aus einer Rösterei zwanzig Kilometer entfernt, und Reinhard hoffte, dass der Kaffeeröster ebenfalls beim Maierhofener Kräuter-der-Provinz-Festival mitmachte.

»Vielleicht gehe ich nachher mal ins Rathaus. Ich möchte unbedingt mit Therese einmal über die Slow-Food-Vereinigung und das, wofür sie steht, sprechen. Auf der letzten Dorfversammlung meinte unsere Bürgermeisterin schließlich, wir sollten uns Gedanken machen, wie sich unser Genießerdorf weiterentwickeln kann – eventuell wäre das hier ein guter Ansatz!« Er zeigte auf das Slow-Food-Magazin, das er alle zwei Monate zugeschickt bekam, seit er vor ein paar Monaten bei Slow Food Deutschland e.V. Mitglied geworden war. »Ein Artikel ist spannender als der vorige. Ich bin echt erstaunt, was ich noch alles lerne! Es gibt so viele Aspekte in Sachen Ernährung und Landwirtschaft, über die ich mir noch nie Gedanken gemacht habe. Und darüber hinaus gibt es auch viele schöne Genießer-Angebote, auch in unserer Gegend übrigens!«

Christine beugte sich über die Zeitschrift, blätterte ein wenig darin herum. »Der Vortrag hört sich wirklich interessant an! ›Wenn Bauern und Verbraucher sich zusammentun‹… Und da, dieser Arche-Markt, auf dem besonders schützenswerte Lebensmittel vorgestellt werden, der würde mich auch interessieren. Schützenswerte Lebensmittel, was versteht man darunter eigentlich?«

»Lass es uns herausfinden!«, sagte Reinhard erfreut. »Und zum monatlichen ›Schneckenstammtisch‹, so nennen die Mitglieder ihre Treffen, will ich auch mal mit dir fahren! Der nächstgelegene ist in Kempten, da würden wir bestimmt interessante Leute kennenlernen und neue Inspirationen bekommen.«

Christine nickte. »Ich finde es echt toll, dass du dich jetzt auch für Maierhofen engagierst«, sagte sie, und ihr Blick war voller Stolz und Zuneigung.

Er zuckte mit den Schultern. »Nun ja, praktisch veranlagt bin ich ja nicht sonderlich, aber hier – mit diesen Ideen kann ich was anfangen! Wer weiß, womöglich wird Maierhofen noch zu einem Slow-Food-Vorzeigedorf!« Er lachte auf.

»Aber ob Therese so kurz vor dem Kräuter-der-Provinz-Festival Zeit für neue Ideen hat?«, fragte Christine.

Reinhard nickte. »Vielleicht wäre es besser, ich überlege mir schon mal ein paar Ideen. Eine Art Arbeitspapier – dann hätte ich etwas in der Hand, wenn ich später mit Therese spreche. Ich könnte beispielsweise…«

Christine stellte ihre Kaffeetasse ab und drückte ihm einen Kuss auf den Mund. »Sorry, mein Lieber, aber ich muss jetzt wirklich rüber. Schau, bei den Münchnern sind schon die Rollläden hochgegangen, jetzt dauert es nicht mehr lange, bis der Erste ankommt, weil er mehr Handtücher oder sonst was braucht.« Mit einer Handbewegung forderte sie die Hunde, die auf der Terrasse vor sich hindösten, auf, ihr zu folgen.

»Lass die Hunde doch hier, ich nehme sie mit, wenn ich nachher in den Ort gehe. Und deinen Rasen mähe ich später auch noch, wenn er ein wenig abgetrocknet ist.«

»Du sollst doch nicht so viel für mich tun«, sagte Christine tadelnd.

»Ich mache das gern«, erwiderte er. »Und aus purem Eigennutz! Ich hoffe nämlich, dass ich dich heute Nachmittag zu einem Ausflug an den Alpsee überreden kann. Zu Kaffee und Himbeerkuchen!«

»Das wäre schön«, sagte Christine seufzend. »Aber heute Nachmittag reisen neue Gäste an.« Sie warf ihm einen Handkuss zu, dann war sie weg.

Reinhard schaute ihr enttäuscht hinterher. Die Gäste aus München. Die aus Ellwangen. Oder die aus Buxtehude. Irgendwer ging immer vor.

Gedankenverloren blätterte er durch das Slow-Food-Magazin.

Slow Food – diese Bewegung gab es nun schon seit über fünfundzwanzig Jahren in Deutschland, warum hatte er erst jetzt davon erfahren?, fragte er sich nicht zum ersten Mal. Nachhaltige Landwirtschaft, der Erhalt historischer Tier- und Gemüsearten, der langsame Genuss im Gegensatz zum Fast-Food-Konsum – all diese Themen faszinierten ihn. Wie viel davon war auf Maierhofen übertragbar? Oder anders gefragt: Wie viel vom Slow-Food-Gedanken war womöglich schon vorhanden? Vielleicht backte Magdalena schon mit alten Getreidearten? Und vielleicht widmete sich Rosi auf dem Franzenhof längst der Zucht von alten Kartoffelsorten? Und Madara auf der Kerschenalpe, bei der die Kälber einen Teil der Milch trinken durften, bevor für die Käseherstellung gemolken wurde – das war doch auch ein guter Ansatz.

Bisher stand Maierhofen für regionale und saisonale Genüsse. Aber vielleicht dachten sie dabei zu kurz?, fragte sich Reinhard. Womöglich steckte in Maierhofen noch viel größeres Potenzial? Er seufzte. Wie gern hätte er sich darüber mit Christine unterhalten. Und wie gern würde er mit ihr einmal eine Veranstaltung von Slow Food besuchen! Aber auch wenn sie vorhin begeistert getan hatte, so wusste er schon jetzt, dass sich wahrscheinlich nicht viel davon in die Tat umsetzen ließ.

Während er als Pensionär alle Zeit der Welt hatte, wurde Christine von der Arbeit und vom Alltag regelrecht aufgefressen. Natürlich half er ihr, wo es nur ging, nahm ihr Wege in die Stadt ab, mähte den Rasen, half ihr im Haus. Er hätte noch viel mehr für sie getan, aber Christine, die ein Leben lang ihrem Mann und ihren Töchtern alles hinterhergeräumt hatte, fiel es schwer, sich von ihm hofieren und verwöhnen zu lassen. Dass sie jetzt, als B&B-Wirtin, quasi in ihr altes Schema zurückgefallen war und es wieder nur allen andern rechtmachte, ohne auf sich zu schauen, fiel ihr gar nicht auf.

Reinhard, der dies umso bewusster wahrnahm, war ratlos. Was sollte er tun? Einerseits verstand er ja, wie sehr sie den Erfolg, den sie mit ihrer Pension hatte, genoss. Und dass sie ihren Kredit abzahlen wollte, war ebenfalls verständlich. Auf der anderen Seite war auch Christine nun in einem Alter, in dem sie es sich schön machen sollte. Das Leben genießen, das hatten sie sich fest vorgenommen! Zu einer Lesung gehen, Ausflüge machen, Konzerte besuchen – er hatte so viel mit ihr vor. Alles, was das Leben farbig machte und was er in seiner ersten Ehe vermisst hatte, wollte er mit Christine nachholen. Doch nie reichte die Zeit. Oder die Energie.

Das Lamentieren hilft nicht, dachte Reinhard und legte resolut das Magazin weg. Wenn er nach der Runde mit den Hunden Christines Rasen mähte und ihr danach noch den Einkauf abnahm, konnten sie heute Nachmittag vielleicht doch einen Ausflug machen! Zu Therese würde er morgen gehen, Christines Wohl ging vor!

Motiviert schnappte er sich die Hundeleinen und marschierte los.

Als er eine Stunde später mit glücklichen, aber erschöpften Labradoren bei Christines Haus ankam, war das Rattern ihres alten Benzinmähers unüberhörbar.

Stirnrunzelnd öffnete er das Gartentor. Sie würde doch nicht ... Tatsächlich – ein Tuch um die Stirn gebunden, rumpelte Christine mit ihrem schweren Mäher über den Rasen. Es waren gerade noch zwei Bahnen übrig.

Einen Moment lang wusste Reinhard nicht, ob er lachen oder wütend sein sollte. Er ging ins Haus und gab den Hunden eine frische Schüssel Wasser. Als er herauskam, kam Christine verschwitzt und mit Gras an den Beinen auf ihn zu.

»Ich hatte dir doch versprochen, dass ich das heute mache. Konntest du es mal wieder nicht erwarten?«, sagte er mit leisem Tadel.

Christine lachte verlegen. »Ich dachte, das mach ich kurz, solange du mit den Hunden weg bist, so sind sie schon nicht im Weg. Du kennst mich doch...«

4. Kapitel

Wie so oft in den letzten Tagen saß Magdalena über ihrer To-Do-Liste. Es war abends kurz vor sieben, die Bäckerei hatte sie gerade abgeschlossen. Ihre Beine waren geschwollen und taten weh, sie hätte sich gern eine halbe Stunde ausgeruht, aber in fünf Tagen fand das dritte Kräuter-der-Provinz-Festival statt. Magdalena wurde ganz schwindlig, wenn sie daran dachte, was noch alles zu tun war. Der hölzerne Stand samt einem Stromanschluss wurde wie immer von der Gemeinde gestellt, für alles andere waren die jeweiligen Standbetreiber zuständig. Wo war Apostoles eigentlich?, fragte sie sich, während sie mit leerem Blick auf die Liste starrte.

- ❀ Mehl für die Fladenbrote – war schon geliefert ☑
- ❀ Fladenbrote backen – am Freitag
- ❀ Mix-Gemüse – Rosi Lieferung am Freitagmittag

Wäre eine Anlieferung Freitagfrüh nicht besser? Und konnte man die gegrillten Gemüse für die Füllung der Brote eigentlich vorher zubereiten oder musste das am Samstag frisch gemacht werden? Stirnrunzelnd kaute Magdalena auf dem Stiftende herum. Noch so viele offene Fragen. In den letzten beiden Jahren war sie besser organisiert gewesen, das stand fest!

❋ Käse für die Füllung – Madara Lieferung Freitagfrüh

Hatte Apostoles mit Madara eigentlich vereinbart, dass sie den Käse hobelte? Oder blieb diese Arbeit auch noch an ihnen hängen? Sie schätzte, dass fünfhundert Portionen des gefüllten Fladenbrotes über ihre Theke gehen würden – das war eine Menge Käse zu reiben!

»Apostoles? Kommst du mal bitte?« Keine Antwort, dafür klingelte das Telefon.

Es war Greta. »Hi, ich habe nur eine Frage…« Sie klang mindestens so gehetzt, wie Magdalena sich fühlte. »Am Vorabend gibt es nun doch eine Fackelwanderung für die schon angereisten Gäste, Vincent hat sich bereit erklärt, eine Wandergruppe zu führen. Könntest du dafür eine Art Stockbrot vorbereiten?«

Magdalena stöhnte. »Och nee, nicht auch noch das! Du weißt doch selbst, wie viel am Tag vor dem Fest noch vorzubereiten ist.«

»Ich weiß… Aber vielleicht… Wenn du einfach ein bisschen Teig abzwackst…«

Noch mehr Extrawünsche, und sie würde auswandern!, dachte Magdalena, nachdem sie sich hatte breitschlagen lassen.

❋ Servietten – aus der Bäckerei, ihr Jahresvorrat gab das her ☑
❋ Getränke – nicht an ihrem Stand, bei Jessy gab es Cocktails oder Bowle ☑

Magdalenas Blick wanderte erneut über die noch offenen Punkte. Was war nun mit der Gemüsefüllung?

»Apostoles?«, rief sie erneut. Wo war der Mann, wenn man ihn brauchte? War heute etwa schon wieder Stammtisch? Unwillig stand sie auf, um nach ihm zu suchen. Im nächsten Moment stolperte sie über etwas Hartes, Unförmiges, so dass sie fast der Länge nach hinfiel. Hätte sie sich nicht gerade noch an der Anrichte festhalten können... Magdalena legte eine Hand auf ihr heftig schlagendes Herz. Ein Unfall, so kurz vor dem Kräuter-der-Provinz-Festival – das hätte ihr gerade noch gefehlt! Sie schaute auf den Boden, wo Apostoles' Wanderstiefel kreuz und quer im Weg lagen. »Das gibt's doch nicht«, murmelte sie vor sich hin. Vor Schreck zitternd und wütend zugleich versetzte sie den Stiefeln einen Fußtritt.

»Apostoles!«, schrie Magdalena so laut, dass man es unten auf der Straße hören konnte.

Einen Moment später erschien er im Türrahmen, eine Plastiktüte in der Hand. »Liebling, alles in Ordnung? Ist etwas passiert?«

»Das hier ist passiert!« Erneut versetzte sie seinen Stiefeln einen Tritt. »Ich bin gestolpert, fast hätte ich mir das Genick gebrochen! Warum kannst du nicht aufräumen?«

Eilig nahm er die Stiefel und trug sie in den Flur. »Soll ich sonst noch was tun, Liebes?« Zerknirscht steckte er den Kopf wieder ins Wohnzimmer.

»Die Gemüsefüllung für die Fladenbrote, kann man die eigentlich einen Tag im Voraus zubereiten?«, fragte Magdalena unwirsch.

Apostoles strahlte. »Natürlich! Gegrilltes Gemüse hält tagelang, wenn man es abdeckt und kühl stellt.«

»Wenigstens etwas«, grummelte Magdalena, setzte sich und ließ den Blick wieder auf die Liste sinken.

❁ Einweggeschirr –

Einweggeschirr? Magdalena stutzte. »Apostoles… Wo sind eigentlich die Bambusschalen, wegen denen du letzte Woche extra in der Stadt warst?«, fragte sie gedehnt. Plastikgeschirr war verboten beim Kräuter-der-Provinz-Festival, weiße Pappteller fand Magdalena zu banal. Die Bambusschalen sahen sehr natürlich aus, fast wie Holz, das gefiel ihr!

»Tja… jetzt wo du es sagst…« Apostoles kratzte sich betreten am Kopf. »Ich glaube…«

»Was – glaubst – du?«, wollte sie wissen und spürte, wie sich ein Grollen ähnlich einem Gewitter in den Bergen in ihr aufbaute. Groß und unheimlich.

Er lachte auf. »Um ehrlich zu sein, die Bambusschalen habe ich glatt vergessen! Ich war doch auf Renzos und Luises Wunsch hin im Altersheim, die alte Dame besuchen, die sie letztes Jahr aus irgendeiner Misere gerettet hatten. Und diese Frau Harrermann hat mich gar nicht mehr gehen lassen…« Er verzog seine Miene.

Magdalena schaute ihn fassungslos an. »Du willst jetzt nicht etwa sagen, dass du stundenlang mit einer alten Frau Kaffee getrunken hast, während ich seit Wochen nicht mehr weiß, wo mir der Kopf steht?«

»Tee. Es war Kamillentee«, sagte Apostoles wenig hilfreich.

Wollte er sie auch noch auf den Arm nehmen? »Das… das ist doch echt das Letzte! Ich habe die Nase gestrichen voll von diesen griechischen Verhältnissen! Siehst du nicht, wie es hier zugeht? Ich rotiere wie verrückt, um alles hinzubekommen, und du machst irgendwelche Anstandsbesuche?« Sie zog eins der großen Kissen vom Sofa und warf es nach ihm. Es traf stattdessen einen Stuhl. Außer sich ergriff Magdalena ein zweites Kissen. »Hau ab! Ich kann dich nicht mehr sehen!« Tränen der Wut und Enttäuschung schossen ihr in die Augen, hilflos wandte sie sich ab. Und sie hatte gedacht, er würde sie lieben …

»Aber Magdalena, um Himmels willen! Das ist doch kein Problem! Ich besorge morgen alles, was noch fehlt.« Er trat auf sie zu, wollte sie beschwichtigend in den Arm nehmen. Doch Magdalena schüttelte ihn ab wie ein lästiges Insekt. »Morgen, morgen, nur nicht heute – den Spruch kann ich auch nicht mehr hören! Der passt vielleicht zu Kreta, aber nicht hierher zu uns! Mir reicht's!«

Wie ein geprügelter Hund schlich Apostoles davon.

»Jetzt iss erst mal!« Unbeholfen klopfte Edy seinem Freund auf die Schulter, während er ihm eine vegane Currywurst mit Pommes hinstellte.

Es war halb acht, Rosi und Edy waren gerade erst nach einem langen Arbeitstag hereingekommen. Edy war erleichtert gewesen, als er gesehen hatte, dass Liliana, die Altenpflegerin und Haushaltshilfe aus Danzig, die sich seit dem Frühjahr um Rosis Eltern kümmerte, etwas zu essen vorbereitet hatte – Currywurst mit Pommes. Liliana war von derselben Agentur vermittelt worden wie Ivana, die erste Altenpflegerin, die sie auf dem Hof gehabt hatten. Aber im

Gegensatz zu ihrer Vorgängerin tat Liliana sich nicht gerade durch viel Einsatz im Haushalt hervor. Dafür sang sie gern und flirtete mit Rosis Vater Otto, den sie nur »Opa« nannte. »Die roten Rosen der Liebe«, die Lieblingssendung von Rosis Mutter, gefiel auch ihr außerordentlich gut, Hand in Hand mit »Oma Irmchen« auf dem Sofa sitzend, schaute Liliana täglich die neue Folge an. Kurz gesagt – Rosis Eltern waren glücklich mit »ihrer neuen Polin«, und Edy und Roswitha dachten sich ihren Teil.

Sie hatten sich gerade an den Abendbrottisch gesetzt, als es an der Tür klopfte. Edy hatte nicht schlecht gestaunt, als Apostoles vor ihm stand. Mit einem Koffer in der Hand und verweinten Augen. Ohne große Worte hatte er den Freund hereingebeten. Nun saßen Rosi, er, Rosis Eltern und Liliana um den traurigen Griechen herum.

Apostoles schüttelte den Kopf. »Ich kann doch jetzt nichts essen...« Seine Unterlippe zitterte, er sah aus, als würde er gleich wieder zu weinen anfangen.

Edy und Rosi tauschten einen besorgten Blick.

»Salz! Ich hole noch Salz für die Pommes!« Hektisch stand Rosi auf und flüchtete in die Speisekammer.

»Bier! Ich hole uns erst mal ein Bier«, sagte Edy und folgte ihr.

»Und nun?«, flüsterte Edy, nur durch eine dünne Tür von den andern getrennt.

Rosi sah aus, als wäre sie selbst den Tränen nahe. »Keine Ahnung. Magdalena soll ihn rausgeworfen haben? Ich verstehe das nicht, die beiden waren doch so glücklich!«

Edy nickte. »Wenn wir wenigstens wüssten, was vorgefallen ist.« Außer einem geschluchzten »Es ist alles aus!« war aus Apostoles bisher nichts herauszukriegen gewesen. »Aber ganz gleich, was los ist – wir können ihn nicht einfach wieder wegschicken, oder?« Unmerklich hielt Edy den Atem an. Es war immer noch Rosis Hof, sie hatte in solchen Dingen die Entscheidungshoheit. Aber bei dem Gedanken, den verzweifelten Freund mit ein paar wohlwollend-aufmunternden Worten in die Nacht hinauszuschicken, war ihm äußerst unwohl.

»Natürlich nicht.« Rosi schüttelte unwirsch den Kopf. »Apostoles kann in Karls altem Kinderzimmer übernachten.«

»Aber das ist doch jetzt dein Büro!«, sagte Edy. Der ganze Raum samt Schlafcouch stand voll mit Aktenordnern. Außer dem Kartoffelanbau war Rosi vor zwei Jahren in die Kartoffelchips-Produktion eingestiegen. Und zwei Gästezimmer vermieteten sie inzwischen auch – nicht dass diese sehr oft belegt waren. Aber ausgerechnet jetzt hatten sie zwei Studenten auf der Durchreise zu Gast. Wenn diese in zwei Tagen auszogen, würde Apostoles eins der Zimmer haben können, dachte Edy und hoffte, dass es nicht dazu kam. »Die beiden werden sich doch wieder vertragen, oder?«, fragte er hilflos.

Rosi zuckte mit den Schultern. »Wir müssen ihm jetzt erst mal Zuversicht vermitteln«, sagte sie bestimmt und ging wieder in die Küche zurück.

Das mit der Zuversicht hatte in der Zwischenzeit Liliana übernommen. Dicht neben Apostoles sitzend, hielt sie ihm lächelnd eine Gabel hin, auf die sie ein Stück Currywurst aufgespießt hatte. »Noch ein Gabelchen für Liliana...«

Unbeteiligt öffnete und schloss Apostoles den Mund.

»Und schön kauen. Ein so großer, starker Mann braucht viel gutes Essen!«

Edy und Rosi tauschten einen fassungslosen Blick. Genauso ging sie mit Otto um, wenn er mal wieder einen seiner trotzigen Tage hatte, dachte Edy.

»Und noch ein Schnäpschen!« Liliana reichte dem Griechen ein Glas von Ottos uraltem Selbstgebrannten, ihr Dekolletee wogte dabei gefährlich nah vor seinen Augen. Edy runzelte die Stirn. Gleich nach ihrer Ankunft hatte Liliana sich in die heimische Dirndlmode verliebt. Seitdem trug sie mit Leidenschaft nichts anderes mehr, sehr zur Freude von Rosis Vater Otto, der Stielaugen machte, wann immer er Liliana sah.

Lilianas Methode schien zu funktionieren: Nach einigen Happen und drei Schnäpsen hatte Apostoles sich so weit beruhigt, dass er erzählen konnte, was vorgefallen war.

»Ich habe meine Liebste bitter enttäuscht, das sehe ich an den Blicken, die sie mir zuwirft. Dabei habe ich mich so bemüht, es ihr rechtzumachen«, endete er. »Wäre ich bloß nie hierhergekommen! Am liebsten würde ich das nächste Flugzeug nach Kreta nehmen.«

»Schhhhh«, machte Liliana, als wolle sie ein aufgebrachtes Kind beruhigen.

»Wie konnte es nur so weit kommen?« Mit tränennassen Augen schaute Apostoles in die Runde.

Rosi biss sich auf die Unterlippe. Ihre Eltern zuckten ratlos mit den Schultern. Liliana lächelte, als habe Apostoles gerade vom Wetter erzählt.

»Das kann ich dir genau sagen«, platzte Edy heraus. »Es ist die viele Arbeit! Die Maierhofener haben einfach zu wenig Zeit für sich! Ständig geht es nur darum, es den Gästen so schön wie möglich zu machen. Wie es *uns* dabei geht, kümmert hingegen niemanden. Ist doch klar, dass die Liebe darunter leidet.«

Die Tischrunde schaute ihn erstaunt an. Edy blickte verlegen nach unten. Es kam selten vor, dass er eine so leidenschaftliche Rede hielt, aber er wusste schließlich, wovon er sprach. Rosi und ihm erging es doch nicht anders! Auch sie mussten schauen, dass sie nicht vom Alltag aufgefressen wurden. Dass ein böses Wort nicht ein weiteres ergab. Dass die Liebe nicht zwischen Kartoffelacker und Versandhalle zertreten wurde wie ein zartes Pflänzchen.

Rosi nickte nachdenklich. »Jetzt, wo du es sagst... So schön es ist, dass die Leute durch die Wiederbelebung des Ortes ein gutes Auskommen haben, so anstrengend ist die viele Arbeit für alle. Wenn ich nur an das kommende Kräuter-der-Provinz-Festival denke! Seit Monaten gibt es kein anderes Thema mehr, alles wird diesem Großereignis untergeordnet. Stimmt doch, oder?«, sagte sie herausfordernd.

Edy und Apostoles nickten heftig.

»Man muss ja inzwischen aufpassen, dass man vor lauter Arbeit nicht das Schnaufen vergisst«, knurrte Rosi.

»Ist es bei euch auch so schlimm?«, erkundigte sich Apostoles zaghaft.

»Schlimmer!«, antworteten Edy und Roswitha wie aus einem Mund. Lachend tauschten sie einen liebevollen Blick.

Seine Roswitha, sein Herz!, durchfuhr es Edy. Lieber würde er alles aufgeben, was er sich in den letzten zwei Jahren aufgebaut hatte, als sie zu verlieren.

Er streifte Liliana mit einem Blick. Die Altenpflegerin war vielleicht etwas unkonventionell, aber im Alltag doch eine große Entlastung. Nur ungern dachte Edy an die Zeit zurück, in der Rosi sich neben der Arbeit auf dem Hof auch noch um ihre Eltern hatte kümmern müssen. »Beginnende Demenz«, diese niederschmetternde Diagnose hatte der

Arzt für beide Elternteile gestellt. Otto und Irmchen hatten zwar noch viele gute Tage, an denen sie einigermaßen klar denken und auf sich selbst aufpassen konnten, aber es gab auch die andern Tage, die schlechten. Und an denen hieß es »Obacht!«, damit niemand zu Schaden kam. Es war nicht einfach, die Kosten für die Pflegekraft zu tragen, aber sie waren die Sache allemal wert.

»Immer noch mehr, mehr, mehr! Noch ein Auftrag hier, eine weitere Veranstaltung da. Warum begnügen sich die Leute nicht mit dem, was sie haben? Es kann doch nicht sein, dass das Glück der Menschen dem Gott des Geldes geopfert wird!« Apostoles fuhr sich durch die Haare, so dass sie wie elektrisiert nach oben standen.

War das nicht ein wenig pathetisch?, dachte Edy. »Es geht ja nicht nur ums Geld«, sagte er. »Die Arbeit macht auch Freude, man hat Erfolgserlebnisse, man fühlt sich bestätigt in dem, was man tut. Ich jedenfalls arbeite gern. Und wenn man etwas angefangen hat, dann kann man auch nicht einfach mittendrin aufhören oder nur noch die halbe Zeit arbeiten. Oder?« Nun schaute er in die Runde.

»Wir haben früher auch Tag und Nacht geackert wie die Gäule«, sagte Irmchen Franz. »Uns hat das nicht geschadet, gell, Otto?«

Otto grummelte etwas Unverständliches.

»Oma und Opa waren bestimmt sehr fleißig«, sagte Liliana und zog sich einen kleinen Schemel heran, um die Beine hochzulegen. Genauso gut hätte sie den Tisch abräumen können, dachte Edy, sagte aber nichts.

»Es behauptet ja niemand, dass harte Arbeit etwas Schlechtes ist. Aber genauso wichtig ist es, dass man sich für die Liebe kleine Auszeiten nimmt: einmal ein Wellness-

Wochenende genießen oder ein Candlelight-Dinner in der Goldenen Rose.« Rosi streichelte liebevoll über Edys Arm. »Spätestens im Herbst gönnen wir uns was Schönes, nicht wahr?«

»Können Opa und Oma und ich dann mit?«, sagte Liliana hoffnungsvoll.

»Kändeleid, das kenne ich gar nicht. Wie schmeckt das?«, fragte Irmchen.

»Wahrscheinlich ist das auch wieder so ein veganer Kram«, sagte ihr Mann. Er tippte mit der Gabel auf seine Currywurst. »*So* muss eine Wurst schmecken! Ihr solltet euch ruhig auch wieder Wurst und Fleisch aus der Metzgerei holen, da weiß man wenigstens, was man hat.« Herausfordernd schaute er Edy an.

Edy und Rosi hatten Mühe, ein Kichern zu unterdrücken. Seit sie Otto erzählten, dass sie Wurst und Fleisch für ihn extra in der Metzgerei einkauften, schmeckten ihm Edys vegane Speisen auf einmal ganz wunderbar.

Apostoles schaute traurig von einem zum andern. »Allem Anschein nach haben wir alle dieselben Probleme...«

»Wo bleibt Apostoles nur? Er hätte doch längst wieder hier sein müssen«, schluchzte Magdalena. Sie trank einen Schluck von Jessys neuester Likörkreation – Sanddorn-Kirsch –, ohne auch nur eine Geschmacksnuance wahrzunehmen. »Was, wenn er mich für immer verlassen hat?« Sie heulte erneut los.

Als Jessy mit der Flasche und verschiedenen Ingredienzien in der Hand geklingelt hatte, hatte sie ihre Mutter völlig aufgelöst vorgefunden. Anstatt ihr zum Testen verschiedene Cocktails zu kredenzen, die sie auf dem Kräuter-der-Provinz-Festival servieren wollte, hatte Jessy den Likör gleich pur ausgeschenkt. Nun war die Flasche halb leer, Apostoles immer noch nicht da und Magdalena in Tränen aufgelöst.

»Er kommt bestimmt gleich«, sagte Jessy wenig überzeugend.

»Der kommt nicht mehr! Ein Grieche ist stolz, der lässt sich nicht so runterputzen.« Magdalena schüttelte den Kopf. »Ach Kind, was habe ich nur getan?«

»Dasselbe wie damals bei mir«, erwiderte Jessy nüchtern. Auf Magdalenas erstaunten Blick hin führte sie ihre Bemerkung weiter aus. »Bei dir muss immer alles nach deinem Kopf gehen! Natürlich ist es ärgerlich, wenn Apostoles so kurz vor dem Genießerfest wichtige Einkäufe vergisst! Andererseits finde ich es sehr ehrenhaft von ihm, dass er die alte Frau besucht hat. Wer nimmt sich denn heutzutage noch die Zeit für so etwas?« Herausfordernd schaute sie ihre Mutter an.

»Anstandsbesuche hätten auch bis nach dem Fest Zeit gehabt, er hat doch mitbekommen, wie es hier zugeht!«, erwiderte Magdalena heftig.

»Siehst du – da haben wir es! ›Nach dem Fest‹ wäre deiner Ansicht nach der richtige Zeitpunkt für den Besuch im Seniorenheim gewesen. Warum nicht vor dem Fest? Was macht dich so sicher, dass du recht hast und er nicht? Die blöden Teller sind doch schnell besorgt, wegen denen hättest du gar keinen Aufstand machen müssen.«

Magdalena öffnete den Mund, als wollte sie etwas entgegnen. Stattdessen schwieg sie.

Letztes Jahr im Urlaub, als sie im Meer vor Kreta fast ertrunken wäre... Genauso fühlte sie sich jetzt. Als hätte ihr jemand den Boden unter den Füßen weggezogen. Hätte ihr der Vorfall damals nicht zu denken geben müssen? Hätte sie das nicht als Zeichen, als Warnung ansehen sollen? »Fordere das Schicksal nicht heraus!« Apostoles und sie, das konnte doch gar nicht gutgehen. Dass er es gewesen war, der sie vor dem Ertrinken gerettet hatte, ignorierte sie geflissentlich.

»Ich habe keinen Aufstand gemacht. Ich habe lediglich Fakten aufgezählt«, erwiderte sie kühl. »Und Fakt ist, dass Apostoles sich um tausend andere Dinge kümmert, bloß nicht um mich und das Geschäft.« Jessy hatte gut reden! Sie musste ja nicht die Bäckerei samt Cafétischen und dazu noch sämtliche Dorfveranstaltungen am Laufen halten.

»Ach Mutter«, sagte Jessy sanft und traurig zugleich. »Vielleicht ist Apostoles nicht perfekt. Aber wer ist das schon? Und er liebt dich so sehr... Wenn du das nicht weißt, tust du mir leid.«

Liebe! Magdalena schnaubte. Mit der war es wohl nicht so weit her, wenn der Herr einfach auf und davonrannte!, dachte sie wütend und hörte nicht auf die kleine Stimme, die ihr zuflüsterte, dass *sie* es war, die ihn weggeschickt hatte.

Jessy legte ihr eine Hand auf den Arm. »Tu mir einen Gefallen und entschuldige dich bei ihm! Sonst läufst du Gefahr, durch deine Engstirnigkeit erneut einen für dich wichtigen Menschen zu verlieren – nur, dass es dieses Mal Apostoles ist.«

5. Kapitel

Es war Ende Juni. Die Koffer waren gepackt und in ihrem alten Golf verstaut. Von den Kolleginnen im Eiscafé hatte Michelle sich gestern schon so tränenreich verabschiedet, als ginge sie auf eine Weltreise. Bei ihren Eltern war sie am Wochenende gewesen, die hielten sie für verrückt und schüttelten nur noch den Kopf.

Und Josef Beuerle? »Zwei ganze Monate Urlaub? Danach brauchst du gar nicht mehr wiederzukommen!«, hatte er ihr gedroht, worauf sie ihm entgegnete, dass man sich auch gern vor dem Arbeitsrichter wiedersehen könne, wenn ihm das lieber wäre. Zusammen mit den angesammelten Überstunden könnte sie auch *drei* Monate wegbleiben!

Gedankenverloren lief Michelle durch das Loft, strich über den Esstisch, die Arbeitsplatte in der Küche. Zeit, Adieu zu sagen. Es war so weit, ihr Traum wurde Wirklichkeit. Angst und Aufregung vermischten sich zu einem bangen Gefühl. Erst Anfang September würde sie wieder nach Hause kommen. Was würde in dieser Zeit alles passieren? Ob Jonas sie besuchen kam? Hundertsiebzig Kilometer waren nicht die Welt, oder? Wenn sie ihm wichtig war...

Doch sie wusste heute schon, dass er nicht kommen würde. Jonas fand ihre Entscheidung, sich eine so lange

Auszeit zu nehmen, unmöglich. Oder, um es mit seinen Worten zu sagen: unverantwortlich.

»Jemand wie du, mit so mangelnden Qualifikationen, sollte froh sein, einen sicheren Job zu haben. Den wegen eines Spleens einfach aufs Spiel zu setzen, ist in meinen Augen unverantwortlich«, hatte er gesagt, als sie ihm freudestrahlend von ihrem Plan berichtete. Kein »Hey super, dass du dich das traust!«, kein »Ich wünsche dir viel Erfolg bei deinem Projekt!« Und auch kein »Schatz, soll ich dir einen neuen Laptop kaufen? Deiner ist doch schon uralt!« Stattdessen hatte er sie an ihrem wundesten Punkt erwischt, ihren »mangelnden Qualifikationen«. Ja, sie hatte nur einen Realschulabschluss. Und ja, sie hatte ihre Lehre zur Industriekauffrau abgebrochen. Damals war sie jung und wild und dumm gewesen! Und irgendwie hatte es sich seitdem nicht mehr ergeben, dass sie nochmal eine Ausbildung anfing. Aber war sie deswegen ein schlechterer Mensch? Musste sie deswegen den Josef Beuerles dieser Welt für ewig dankbar sein?

Dass Jonas ihren Wunsch, ein Buch zu schreiben, als Spleen abtat – das hatte mindestens ebenso sehr geschmerzt wie seine abfällige Bemerkung wegen ihrer fehlenden Ausbildung.

Wahrscheinlich wird ihm die Magd im Haus am meisten fehlen, dachte sie bitter, als sie mit schwerem Herzen seine Bürotür öffnete. Wie immer waren die Jalousien geschlossen, und die Luft war stickig und verbraucht. Wie konnte man hier arbeiten?, fragte sie sich nicht zum ersten Mal. »Ich gehe dann mal.« Unwillkürlich hielt sie den Atem an, wartete auf ein liebes, versöhnliches Wort.

Jonas schaute auf. »Viel Spaß im Urlaub!«, sagte er kühl.

Schreibklausur! Sie ging in eine Schreibklausur. Sie verzichtete darauf, ihn zu korrigieren.

Im Treppenhaus traf sie auf Max Meuthe. »Kannst dich freuen, mein Fahrrad steht für die nächsten zwei Monate im Keller«, sagte sie spitz. »Ich bin dann mal weg!«
»Ok…« Er zeigte auf ihre Laptoptasche. »Bist du jetzt auch unter die digitalen Nomaden gegangen? Cool!« Er schaute sie an, als sähe er sie zum ersten Mal.
Einen Moment lang wusste Michelle gar nicht, wovon er sprach. Doch dann warf sie ihren Pferdeschwanz selbstbewusst nach hinten und sagte: »Immer nur im Büro arbeiten, ist doch wirklich total *yesterday*…« Sie schaute ihn an, als würde sie ihn bemitleiden, dann ging sie grinsend davon.

Die Fahrt verlief ruhig und ohne besondere Zwischenfälle, der Reiseverkehr hielt sich in Grenzen. Michelle blieb die meiste Zeit auf der rechten Spur. So sehr sie sich auf Maierhofen freute, so hatte sie es doch nicht eilig. Vielmehr hatte sie das Gefühl, dass schon die Fahrt zu ihrer Auszeit gehörte. Dass sie eine Art Transformation darstellte von ihrem alten Leben zu einem neuen. Wie dieses neue Leben aussehen würde, wusste sie nicht. Würde sie nach den zwei Monaten verändert zurückkehren? Würde Jonas sie dann anders wahrnehmen? Würde sie es überhaupt so lange in der Fremde aushalten? Was, wenn ihr der Ort, von dem Heike so geschwärmt hatte, gar nicht gefiel? Oder wenn das Heimweh sie derart übermannte, dass sie ihre Koffer packte und heimkehrte? Wegen ihres Jobs machte sie sich seltsamerweise keine Sorgen. Auch wenn sie es noch nicht offen gesagt hatte, so stand für sie doch fest, dass sie sich nach ihrer Rückkehr etwas Neues suchen würde. Fleißige, zuverlässige Kräfte wurden in der Gastronomie immer gesucht. Vielleicht konnte sie Heike sogar dazu überreden mitzukommen?

So viele Fragen, Zweifel und Ängste auch in ihr rumorten, eines wusste Michelle: Sie wollte den tollsten Liebesroman aller Zeiten schreiben! Die Geschichte dazu hatte sie quasi schon im Kopf – da konnte doch nicht mehr viel schiefgehen, oder?

Ein wenig ratlos passierte sie das Ortschild von Maierhofen. Wo waren hier bitteschön die Berge? Hatte Heike nicht gesagt, das Dorf läge im Württembergischen Allgäu? Im Allgäu gab es doch Berge! Das Nebelhorn, die Kanzelwand… Hier jedoch war außer ein paar Kuhweiden nichts zu sehen. Sie fuhr an den Straßenrand, tippte hektisch auf ihrem Handy herum. Gab es womöglich zwei Maierhofens, und sie hatte die Adresse vom falschen eingegeben? So etwas würde ihr ähnlich sehen. Ihr und ihrer zukünftigen Romanfigur. Sie lachte hysterisch auf.

Nein, sie war richtig. Noch drei Minuten und ein paar Kurven mehr, und sie würde da sein. Stirnrunzelnd fuhr sie weiter.

Eine Kirche, ein kleiner Marktplatz mit Fachwerkhäusern ringsherum, ein paar Geschäfte. Nett sah das alles aus, dachte Michelle, als sie im Schritttempo die Hauptstraße entlangfuhr. Aber war dieser Ort romantisch genug, um ihr als Inspiration für ihren Roman zu dienen? Wäre sie womöglich doch besser in die Provence gefahren? Oder in die Toskana? Andererseits – Romane mit wogenden Lavendelfeldern und Weinbergen gab es weiß Gott schon genug, da brauchte sie nicht einen weiteren schreiben! Das Allgäu war wenigstens noch unverbraucht. Und über dieses Vor-Allgäu hier hatte gewiss noch nie ein Mensch geschrieben.

Die B&B-Pension, die Heike ihr empfohlen hatte, lag in einem Wohngebiet außerhalb des alten Ortskerns. Das musste die Casa Christine sein, dachte Michelle, als sie ein großes, mit Rosen beranktes Landhaus entdeckte. Sie parkte ihren Wagen, nahm ihre Handtasche und stieg aus.

»Entschuldigung, bin ich hier richtig bei der Casa Christine?«, fragte sie den älteren Mann, der mit einer Gartenschere verwelkte Blüten eines Rosenbogens abzwickte. Zwei braune Labradore kamen auf sie zugerannt. Hunde – wie schön! Schon seit Jahren träumte sie von einem eigenen Hund, doch Jonas war dagegen.

»Sind Sie Frau Krämer? Herzlich willkommen. Wenn Sie mir Ihren Autoschlüssel geben, hole ich Ihr Gepäck«, sagte der Mann. War er der Hausherr? Oder ein Gärtner? Letzteres käme ihr für ihre Recherchen gerade recht...

Dankend nahm Michelle das Angebot an. Sie ging in die Hocke, um die beiden Hunde zu streicheln, die sie so überschwänglich begrüßten, als sei sie von einer Weltreise zurückgekehrt.

»Wie gut die Rosen duften. Überhaupt, die ganze Luft riecht so... würzig«, sagte sie, als der Mann schwer bepackt mit ihren Taschen und Koffern zurückkam.

Er lächelte. »Die Bauern mähen gerade die Wiesen, um Heu zu machen. Ich finde diesen Duft jedes Jahr aufs Neue unwiderstehlich. Christine hingegen ist ein wenig traurig, denn die Zeit, in der sie Kräuter für ihre Küche sammeln kann, ist nun leider vorbei.«

Was für eine Naturverbundenheit, dachte Michelle

schwärmerisch. Genau dieses Lebensgefühl wollte sie in ihrem Roman vermitteln.

»Schade, dass Sie erst heute anreisen. Am vergangenen Wochenende fand das große Kräuter-der-Provinz-Festival statt, das hätte Ihnen sicher gut gefallen.« Der Mann lächelte freundlich, während er die Haustür aufschloss.

Michelle lächelte zurück. »Das macht nichts, ich...« Sie brach ab, als eine attraktive Endvierzigerin mit braunem Haar und wehendem Seidentuch auf sie zugelaufen kam. »Frau Krämer! Tut mir leid, ich habe Sie erst später erwartet. Ich bin Christine Heinrich, herzlich willkommen!« Sie streckte ihre Hand aus.

Was für eine sympathische, warmherzige Frau!, dachte Michelle erleichtert.

»Wie ich sehe, haben Sie meinen Lebensgefährten Reinhard Häussler schon kennengelernt. Sie sind also die Autorin, die zu uns kommt, um in Ruhe zu schreiben!« Die Pensionswirtin schaute sie bewundernd an.

Michelle nickte verlegen. Vielleicht hätte sie das mit dem Schreiben gar nicht sagen sollen? Andererseits – wie hätte sie ihren langen Aufenthalt und die vielen Stunden, die sie im Zimmer verbringen würde, sonst erklären sollen, ohne sonderbar zu wirken?

»Meine Freundin Heike hat mir den Ort und Ihr Haus empfohlen, sie war letztes Jahr bei Ihnen zu Gast. Ich freue mich, hier sein zu dürfen.«

»Wir lesen selbst auch sehr viel, nicht wahr, Reinhard? Das wird bestimmt ein spannender Austausch!«

Reinhard Häussler nickte. »Wenn Sie sich mal ein Buch ausleihen mögen, jederzeit. Unsere Bibliotheken sind sehr umfangreich.«

Michelle strahlte. »Das ist sehr nett von Ihnen. Wenn ich es mir überlege, könnten Sie ja meine ersten Leser sein.« Es durchfuhr sie heiß und kalt zugleich. Ihre ersten Leser, was für ein Gedanke! »Und vielleicht kann ich Sie auch um den einen oder anderen Rat fragen?«

»Oje, Experten sind wir nicht, wir lesen einfach nur gern und viel«, wehrte Reinhard Häussler lachend ab. »Was wollen Sie denn schreiben? Einen Krimi?«

Michelle schüttelte den Kopf. »Nein, eine richtige Lovestory soll es werden.«

Die Pensionswirtin und ihr Lebensgefährte tauschten einen liebevollen Blick. »Da können Sie hier im Ort bestimmt einiges recherchieren«, sagte Christine Heinrich.

Michelle merkte sogleich auf. Vor-Ort-Recherche war sehr wichtig, das stand in jedem Schreibratgeber. »Meinen Sie, die Leute hätten nichts dagegen, wenn ich das Gespräch mit ihnen suche?« O Gott, was faselte sie denn da? Ihr wurde schwindlig allein bei dem Gedanken!

»Wir haben hier einige frisch verliebte Turteltäubchen«, sagte Reinhard fröhlich. »Das Maierhofener Klima scheint der Liebe zu bekommen. Letztes Jahr gab es hier beispielsweise einen Single-Kochwettbewerb, bei dem...«

Wie romantisch!, dachte Michelle beseelt. Wenn das kein gutes Omen für ihr Projekt war! Das Gefühl, doch am richtigen Ort zu sein, wurde stärker.

»Das reicht jetzt aber«, unterbrach Christine Heinrich ihren Lebensgefährten liebevoll, als dieser mit seiner Geschichte zu Ende gekommen war. »Sie müssen uns für ziemlich unhöflich halten, Sie so lange hier draußen in irgendwelche Gespräche zu verwickeln. Kommen Sie, jetzt zeige ich Ihnen erst mal Ihr Zimmer.«

»Hier oben können Sie in aller Ruhe schreiben.« Schwungvoll öffnete Christine Heinrich die Tür zu einem großen, schönen Dachzimmer. Es hatte eine weiße Holzdecke, war in hellen Crèmetönen gehalten und mit liebevollen Accessoires dekoriert. Eine Wohlfühlatmosphäre, fand Michelle.

Das Beste aber war: Es gab einen Schreibtisch im Shabby-Chic-Stil. Als Michelle das romantische Möbel sah, stieß sie einen kleinen Begeisterungsschrei aus. »Und dann die Aussicht«, sagte sie andächtig. Wenn sie am Schreibtisch saß, konnte sie in den Garten hinausschauen.

Unter Christines erwartungsvollem Blick begann Michelle, den Inhalt einer ihrer Taschen auf dem Schreibtisch auszubreiten: Laptop, Karteikarten, ein Becher mit Stiften, eine externe Festplatte.

»Wie professionell das alles aussieht«, sagte die Pensionswirtin bewundernd. »Was für ein Glück ist es doch, sich so verwirklichen zu können...« Sie schwankte ein wenig, hielt sich am Türrahmen fest.

»Frau Heinrich! Ist alles in Ordnung?« Erschrocken trat Michelle zu ihr.

»Alles bestens.« Die Wirtin wedelte entschuldigend mit der rechten Hand. »Wir hatten am Wochenende ein großes Fest und viele Gäste im Dorf, zu diesen Zeiten kommt der Schlaf oft zu kurz.« Sie lachte entschuldigend, wurde dann aber gleich wieder geschäftig. »Wenn Sie später nach unten kommen, zeige ich Ihnen, wo Sie sich eine Tasse Tee machen können. Ab halb acht bin ich heute allerdings fort, meine Freundinnen und ich treffen uns in der Goldenen Rose, dort können Sie übrigens vorzüglich essen. Frühstück gibt es morgen früh ab sieben.« Sie zog sanft die Tür hinter sich zu.

Mit klopfendem Herzen setzte sich Michelle probeweise an ihren neuen Arbeitsplatz. Der Stuhl war ein wenig niedrig, sie holte sich eins der Paradekissen, die Christine auf dem Bettüberwurf dekoriert hatte. So war es schon besser! Eine gute Sitzhaltung war wichtig. Das stand zwar in keinem der Schreibratgeber, aber schließlich wollte sie sich nicht gleich in der ersten Woche einen verspannten Nacken einhandeln. So langes Sitzen war sie schließlich nicht gewöhnt, in ihrem Alltag war sie von früh bis spät auf den Beinen. Doch von nun an hieß es: Kein *Cherry-Topping-on-Vanilla-sprinkled-Icecream* mehr! Dafür Zeit und Ruhe, um die Quelle der Fantasie zum Sprudeln zu bringen ...

Durch das offene Fenster wehte der sanfte Duft der Kletterrosen zu ihr herauf. Einen tiefen Seufzer ausstoßend, schaute sich Michelle in ihrem neuen Domizil um. Das liebevoll dekorierte Dachzimmer. Christines schönes Landhaus. Das hübsche, unaufgeregt ruhige Dorf – sie hatte alles richtig gemacht, oder?

Michelle kicherte nervös. Im Geiste sah sie ihr Buch schon auf der Bestsellerliste!

Gähnend zog Greta Roth den Lidstrich nach. Ihre beiden Tibet-Terrier-Hunde schauten ihr dabei erwartungsvoll zu. »Nichts da, ihr bleibt hier!«, sagte sie lachend. Es war doch erstaunlich, wie gut Hunde kombinieren konnten: Wenn sie sich schminkte, ging sie in der Regel aus dem Haus. Und meistens durften Bailey und Blue mit.

Die Hunde hatten es gut, dachte sie seufzend. Ein Abend auf dem Sofa wäre ihr auch am liebsten. Doch kneifen galt nicht beim Mädels-Stammtisch, auch wenn ihnen allen noch das Kräuter-der-Provinz-Festival in den Knochen steckte. Wenn sie damit anfingen, würde es mit ihrer schönen Stammtischtradition bald zu Ende sein.

»*Ok, and what do you suggest?* Aha... ok...«, hörte sie Vincent im Schlafzimmer sagen.

Missmutig verzog Greta den Mund. Das war jetzt schon das zweite Mal, dass Vincents kanadische Exfreundin hier anrief. Warum fragte er sie, was sie vorschlug? In welcher Angelegenheit? Und woher hatte sie überhaupt diese Nummer? Greta kam das alles sehr suspekt vor.

Deborah Meyer – Gretas innere Stacheln stellten sich schon auf, wenn sie nur den Namen hörte. Die Frau hatte Vincent einst wegen eines Jobangebots verlassen, während er schon Hochzeitspläne schmiedete. Greta war froh, die treulose Deborah im fernen New York zu wissen und nicht im Nachbardorf, wo man sich ständig begegnet wäre. Dass sie so eifersüchtig war, hatte sie nicht gewusst.

»*And what date did you say is the real estate agent in Edmonton?*«

Edmonton? Immobilienmakler? Greta wurde schlagartig schlecht. Wie so oft in letzter Zeit. Sie hielt sich am Waschbecken fest und schluckte ein Zuviel an Spucke herunter. Nach ein paar tiefen Atemzügen ging es wieder. Sie band ihre langen Haare zu einem Pferdeschwanz zusammen, ging ins Schlafzimmer, öffnete den Kleiderschrank und tat so, als würde sie konzentriert ihre Garderobe auswählen.

»*OK, see you!*«

See you? Hatte er das wirklich gesagt?

»Und – wie geht es Deborah?«, fragte Greta, als Vincent zu ihr kam, so lässig, als sei die Kanadierin eine alte Freundin.

Er schaute sie stirnrunzelnd an. »Gut, glaube ich. Es ist so...« Ein wenig umständlich erzählte er ihr von einem Grundstück, das ihnen beiden gehörte und das Deborah nun verkaufen wollte.

Greta fiel aus allen Wolken. »Ich dachte, du hättest dort alle Zelte abgebrochen?« Sie ließ die Jeans, die sie in der Hand hatte, sinken und setzte sich aufs Bett. Sogleich gesellten sich die Hunde zu ihr.

»Ehrlich gesagt habe ich an das Grundstück gar nicht mehr gedacht. Es liegt mitten in einem Waldgebiet. Ich habe es damals aus einer Laune heraus für sehr wenig Geld gekauft, wollte irgendwann mal ein Wochenendhaus darauf bauen. Man hat von dort aus einen fantastischen Blick auf mehrere Seen, aber dann bin ich nie dazu gekommen...« Er fuhr sich durch seine drahtigen braunen Locken. »Laut Deborah interessiert sich nun ein Investor dafür, er möchte das Gebiet touristisch erschließen. Sie sagt, wenn wir jetzt verkaufen, würden wir ein gutes Geschäft machen.«

Wir.

»Aha«, sagte Greta. »Und warum wickelt sie diesen Deal nicht einfach ab und überweist dir deinen Anteil?« Sie ist doch sonst so schlau!, fügte sie im Geiste hinzu.

»Es ist nötig, dass ich vor Ort eine entsprechende Unterschrift leiste«, sagte er und hörte sich nicht unglücklich dabei an.

»Das glaube ich jetzt nicht! Umständlicher geht es wohl nicht, oder? Heißt das, du musst nach Kanada fliegen?« Ihr Blick fiel auf seine Jeans und die heiß geliebten Cowboystiefel, die er immer trug. Das flaue Gefühl in ihrer Magengegend nahm noch zu. Bereute er seine Heimkehr nach

Maierhofen etwa? Wollte er zurück nach Kanada? Zurück zu der andern, zu Deborah? Jetzt spinn nicht herum, ermahnte sie sich, doch die alten Unsicherheiten gewannen die Überhand. Sie, die Heimatlose, hatte in Vincent ihre Heimat gefunden. Und in Maierhofen. Der Gedanke, dass ihr Glück in irgendeiner Weise gefährdet sein könnte, war mehr, als sie ertragen konnte.

»Warum kommst du nicht mit? Wir haben noch nie zusammen Urlaub gemacht, von unserer kurzen Hochzeitsreise an den Bodensee einmal abgesehen. Alberta ist wunderschön, ich würde dir die ganze Gegend zeigen. Wenn wir über Seattle fliegen, dann ...«

»Und die Hunde?« Bailey und Blue schauten sie so vorwurfsvoll an, als lägen die Flugtickets schon auf dem Nachttisch.

»Die geben wir solange zu ihrer Züchterin in Pension! Die Frau hat doch gesagt, das sei überhaupt kein Problem.«

Er hatte für alles schon eine Lösung.

»Aber was ist mit deinen Aufträgen? Als Zimmermann musst du doch jeden Tag in der warmen Jahreszeit nutzen. Und ich habe ja schließlich auch noch einen Job.« Sie hatte vor zwei Jahren eine kleine Werbe- und Marketingagentur eröffnet und erarbeitete zukunftsfähige Konzepte für Gemeinden und Städte, die einen ähnlichen Erfolg wie Maierhofen für sich verbuchen wollten. Dass sie gut war, hatte sich schnell herumgesprochen, es gab mehr Anfragen, als sie bearbeiten konnte.

Vincent setzte sich neben sie, legte einen Arm um ihre Schulter. »Wir haben so viel gearbeitet, da müssen doch mal zwei Wochen Urlaub drin sein! Stell dir doch nur mal vor – wir zwei in einer Mountain Lodge, fangfrischer Lachs auf dem Grill, der Duft von süßem Ahornsirup auf heißen Pancakes...«

Greta lachte. »Glaubst du, mich nur mit gutem Essen ködern zu können? Du könntest auch von der Landschaft, vom Meer und den Wäldern schwärmen.«

»Das alles ist natürlich auch grandios«, sagte er und grinste sie an.

Greta jedoch wurde wieder ernst. »Dir ist diese Reise wirklich wichtig, oder?«

»Deborah meinte, mit ein bisschen Glück würden wir für das Grundstück um die 280.000 Kanadische Dollar bekommen, das wären 200.000 Euro. Geteilt durch zwei...«

Greta stieß einen Pfiff aus. »So viel?«

Vincent nickte. »Die Vorstellung, ein Polster für schlechte Tage zu haben und nicht mehr jeden Auftrag auf Teufel komm raus annehmen zu müssen, gefällt mir ehrlich gesagt ziemlich gut...« Wie immer, wenn er lächelte, vertieften sich seine Lachfältchen. Doch Greta sah, dass es auch das Alter war, das sich in seine Haut eingrub. Vincent wurde in zwei Jahren fünfzig, und die Arbeit als Zimmermann war hart. Tag für Tag draußen, bei jeder Witterung – so fit und durchtrainiert er auch war, so kam er doch oft abends nach Hause und legte sich als Erstes für eine halbe Stunde in die Badewanne, um sein geschundenes Kreuz zu entlasten. Er liebte seine Arbeit. Trotzdem hatte Greta sich schon oft gewünscht, dass er es ein bisschen leichter hätte.

»Und wann willst du gern fliegen?«, fragte sie rau.

»Deborah sagt, die Investoren und der Makler seien Anfang August vor Ort, da könnten wir gleich Nägel mit Köpfen machen.«

Greta dachte nach. »Meine Termine kann ich verschieben. Den ganzen August über ist im Ort nichts Größeres geplant...«

Auch wenn die Maierhofener Bürger inzwischen die allermeisten Aktivitäten allein durchführten, so war sie doch gern bei größeren Events wie dem Kräuter-der-Provinz-Festival anwesend. Und Vincent war bei den meisten Dorfangelegenheiten als freiwilliger Helfer unterwegs.

»Selbst wenn was geplant wäre – na und? Dann müssen die Leute eben auch mal allein zurechtkommen!«

Greta hob angesichts seines barschen Tons die Brauen. »Ich dachte, die freiwilligen Tätigkeiten machen dir Spaß!«

Er lachte verdrießlich. »Etwas weniger ›Spaß‹ dürfte es ruhig sein! Und dass es nicht immer als selbstverständlich erachtet wird, dass jeder sich ständig einbringt!«

»So, Mädels, heute habe ich Zeit, mich endlich mal wieder zu euch zu setzen!« Mit einem erleichterten Aufseufzen ließ sich Therese, die nicht nur Bürgermeisterin von Maierhofen und Gretas Kusine war, sondern auch Wirtin der Goldenen Rose, am Frauenstammtisch nieder. »Alle bereit?«

Christine, Rosi, Magdalena und Greta nickten, woraufhin Therese die erste Flasche Sekt aufmachte.

Wie traurig Magdalena dreinschaute, dachte Greta. Dass die Bäckerin und der Grieche sich getrennt hatten, hatte sie nur am Rande mitbekommen. Sehr schade, die beiden waren doch ein Herz und eine Seele gewesen!

Christine hielt Magdalena aufmunternd die Packung Lindt-Pralinen hin, die traditionell am Mädelsabend dran glauben musste. »Du darfst als Erste aussuchen!«

Mit einem Gesicht wie sieben Tagen Regenwetter wählte Magdalena einen Mandelsplitter.

»Für mich keinen Sekt, danke!«, sagte Greta, als Therese mit der Flasche bei ihr angelangt war. »Mir ist heute irgendwie nicht wohl.« Auch die Pralinenschachtel reichte sie weiter.

»Bist du etwa schwanger? Sollen wir dir ein Glas Gurken holen?«, sagte Rosi und lachte. Die andern stimmten in ihr Lachen ein.

»Nee, gewiss nicht!« Greta schnaubte.

»Na, wer weiß«, sagte Christine. »Im Nachbarort ist eine Frau gerade mit 49 Jahren das erste Mal Mutter geworden.«

Die andern schauten Greta erwartungsvoll an. »Da muss ich euch leider enttäuschen«, erwiderte sie schulterzuckend, ohne das Thema zu vertiefen.

Sollte sie etwa sagen, dass Vincent unfruchtbar war? Kurz vor ihrer Heirat hatte er ihr das stammelnd und sehr unglücklich mitgeteilt. Die Folge einer Mumpsinfektion in früher Kindheit. Für sie war das kein Problem. Als sie sich kennenlernten, war sie immerhin schon vierundvierzig gewesen und hatte mit dem Thema Kinderwunsch längst abgeschlossen. Nicht dass sie etwas gegen Kinder hatte, aber es hatte sich einfach nie ergeben.

Wenn ihr nun also etwas im Magen lag, dann war es vielmehr ihr Gespräch mit Vincent vorhin. »Aber... warum hast du nicht schon früher mal gesagt, dass dir die Freiwilligendienste zu viel werden?«, hatte sie von ihm wissen wollen.

»Damit einen dann jeder schräg anschaut? Und wobei sollte ich denn mit dem Neinsagen anfangen? Wenn Magdalena ihren Backhaus-Hock hat? Oder wenn Christine für die Teilnehmer ihrer Kräuterwanderung ein paar Biertischgarnituren aufgebaut haben möchte? Oder beim nächsten Picknick auf dem Marktplatz?«

Greta hatte betroffen geschwiegen. Es stimmte schon – all die Programmpunkte, die den Maierhofener Veranstaltungskalender bereicherten, bedurften vieler Vorbereitungen im Hintergrund. Ohne freiwillige Helfer ging da gar nichts! Bisher hatten alle stets mitgemacht, dass es dem einen oder andern einmal zu viel werden könnte, war ihr bisher nicht in den Sinn gekommen. Nun war es ausgerechnet Vincent...

»Carmen Kühn hat die Schilder für den Bienenwanderweg fertig gemalt, könntest du Vincent bitte fragen, ob er nächstes Wochenende Zeit hätte, sie aufzustellen? Heinrich Gruber von der Imkerei hilft natürlich auch.«

Das gab's doch nicht! Als hätte Therese ihre Gedanken gelesen, aber falsch gedeutet. »Könntet ihr nicht mal jemand andern fragen?«, sagte sie stirnrunzelnd. »Ich glaube, Vincent wird das langsam zu viel.«

»Frag mich mal! Sam und ich haben auch seit Ewigkeiten kein freies Wochenende mehr gehabt«, sagte Therese. »Die Geister, die ich rief...«

Sehr unglücklich hörte sich Therese nicht an, dachte Greta. Natürlich, für sie als Bürgermeisterin war es wunderbar, so ein aktives, erfolgreiches Dorf zu haben. Inzwischen galt Maierhofen als Musterbeispiel für die Wiederbelebung des ländlichen Raums.

Christine nickte einer jungen Frau zu, die allein an einem der Fenstertische saß. »Das ist die Autorin, von der ich euch erzählt habe. Ganze zwei Monate will sie bei mir wohnen, so was hatte ich noch nie«, sagte sie dann leise in die Runde.

Neugierig schauten die Frauen zu der jungen Frau hinüber. »Sie sieht ziemlich nett aus, ich glaube, mit der wirst du keine Probleme bekommen«, sagte Greta. »Schreibt sie über Maierhofen?« Warum war *sie* eigentlich noch nicht auf diese Idee gekommen? Ein Ratgeber für Gemeinden, die sich wie Maierhofen neu erfinden wollten. *Der Maierhofener Weg* – Greta sah den Buchtitel schon vor sich. Sie lächelte. Warum eigentlich nicht? Weil dein Mann mit dir nach Kanada will und du keine Zeit hast?, feixte eine kleine Stimme in ihrem Ohr. Ihr Lächeln erstarb.

»Einen Liebesroman will sie schreiben«, sagte Christine. »So richtig romantisch und mit Happyend.«

»Oh, das Buch will ich dann unbedingt lesen«, sagte Therese seufzend und schaute sehnsüchtig in Richtung Küche, wo ihr Lebensgefährte Sam am Herd stand.

Greta sah sie liebevoll an. Wie sie selbst hatte auch ihre Kusine erst später im Leben ihr großes Liebesglück gefunden.

»Mich kann sie als Leserin gleich mal abschreiben«, sagte hingegen Magdalena trocken. »Mir liegen eher die großen Dramen. Griechische Dramen!«

Die Frauen merkten auf, doch die Miene der Bäckerin verschloss sich wie eine Auster, die zu fest angetippt worden war.

»Was ist denn eigentlich los mit Apostoles und dir?«, fragte Greta leise. Die andern hielten unmerklich den Atem an.

Magdalena zuckte mit den Schultern. »Wenn ich das so genau wüsste. Im Stich hat er mich gelassen, so kurz vor dem Kräuterfestival! Hat seinen Koffer gepackt und ist gegangen. Ja, wir haben gestritten. Und ja, vielleicht war ich ein wenig zu harsch zu ihm. Vielleicht habe ich auch etwas gesagt in der Art, dass er sich vom Acker machen soll – aber du meine Güte! Wenn man sich liebt, muss man doch nicht jedes Wort für bare Münze nehmen, oder?« Sie schluchzte auf.

Betroffen schauten die Frauen sich an. Noch nie hatte eine von ihnen die Bäckerin weinen sehen. Magdalena war immer so robust! Ein Fels in der Brandung.

»Wenn ich wenigstens wüsste, wo er ist und dass es ihm gut geht«, sagte sie unter Tränen. »Wahrscheinlich ist er längst wieder auf Kreta...«

»Ist er nicht«, platzte Rosi heraus. Alle Augenpaare schossen zu ihr herüber. »Apostoles ist bei uns!«

»Wie bitte?«, sagte Greta.

»Was?«, kam es wie aus einem Mund von Therese und Christine.

»Apostoles ist bei euch? Aber – ich verstehe nicht...« Ungläubig schaute Magdalena die Kartoffelbäuerin an.

»Eigentlich hätte ich das gar nicht sagen dürfen, Apostoles will nicht, dass jemand das erfährt«, murmelte Rosi mit gesenktem Kopf.

»Apostoles hockt seit einer Woche bei euch auf dem Hof?«, sagte Magdalena so schrill, dass die Köpfe am Nachbartisch zu ihnen herumfuhren. Leiser und vorwurfsvoll an die Freundinnen gerichtet, fügte sie hinzu: »Wusstet ihr das?«

Alle schüttelten hektisch den Kopf.

»Oh Mann, hätte ich bloß meinen Mund gehalten«, stöhnte Rosi.

»Aber... warum ist er ausgerechnet bei euch?« Magdalena sah immer noch aus, als verstehe sie die Welt nicht mehr.

Rosi zuckte mit den Schultern. »Wo hätte er denn hingehen sollen, nachdem du ihn rausgeworfen hast? Edy und

Apostoles sind schließlich Freunde!« Sie schaute Magdalena vorwurfsvoll an. »Nur dass du es weißt – Apostoles ist fix und fertig! Abend für Abend sitzt er mit meinem Vater auf der Bank vor dem Haus und starrt ins Leere. ›Ich habe alles verloren‹, murmelte er dann vor sich hin und nennt dich seinen Schatz!«

»Ist das wahr?« Magdalenas Miene wurde weich.

Rosi nickte. »Dass du ihn so angepfiffen hast, hat ihn tief getroffen. Aber ich glaube, er wäre trotzdem bereit, dir zu verzeihen …«

»Gott sei Dank!« Tief ausatmend legte Christine eine Hand auf Magdalenas Arm. »Ich habe mir echt schon Sorgen um euch gemacht. Aber jetzt wird ja wieder alles gut.«

Doch Magdalena zog den Arm fort. »Ich soll mich entschuldigen? Das wäre doch wohl eher umgekehrt angebracht, oder etwa nicht? Wer hat mich denn so auf die Palme gebracht?« Sie verschränkte trotzig beide Arme vor der Brust.

»Jetzt sei nicht kindisch. Es ist doch letztlich egal, wer den ersten Schritt macht«, sagte Rosi ärgerlich. »Immerhin hast du den Streit angezettelt. Und wenn du dich nicht mit ihm versöhnst, dann springt womöglich unsere schöne neue Polin ein«, fügte sie drohend an.

Erneut schossen alle Augenpaare zu Rosi hinüber.

»Was ist mit der?«, wollte Therese stirnrunzelnd wissen.

Die Kartoffelbäuerin verzog den Mund. »Jedes Mal, wenn Apostoles nur in ihre Nähe kommt, fängt Liliana zu schnurren an wie ein Kätzchen.«

»Hat die nichts anderes zu tun? Ich denke, die soll sich um deine Eltern kümmern!«, fuhr Magdalena auf.

Rosi grinste nur. »Gestern hat sie ihm schon seine T-Shirts und Hosen gebügelt!« Lilianas polnischen Akzent imitierend flötete sie: *»So eine gut aussehende Mann wie du muss schöne Kleider haben!«*

Greta und Therese lachten.

»Jetzt macht euch nicht auch noch über die Situation lustig. Ich weiß, wie es sich anfühlt, von heute auf morgen im Stich gelassen zu werden, da hat man es auch ohne Spott schwer genug«, sagte Christine und sah aus, als würde sie selbst gleich in Tränen ausbrechen.

Wie erschöpft Christine wirkte!, dachte Greta. Die Haut unter ihren Augen war fast durchscheinend. »Geht es dir gut?«, fragte sie sowohl aus ehrlichem Interesse als auch, um von dem bisherigen Thema abzulenken. »Du bist ein wenig blass um die Nase, falls ich das sagen darf.«

»Zurzeit ist es sehr anstrengend. Alle Zimmer sind seit Wochen belegt.« Lächelnd zuckte Christine mit den Schultern. »Natürlich bin ich total froh darüber! Aber ihr wisst ja selbst, wie es ist. Manchmal gibt es halt Zeiten, da kann man sich nur noch sagen: Augen zu und durch!«

Alle nickten.

»Trotzdem, pass auf dich auf, ja?« Greta schaute mahnend in die Runde. »Und das gilt für alle. Ein Burnout kann keine von uns gebrauchen.« Da sprach ja gerade die Richtige!, dachte sie selbstironisch. Wem war denn frühmorgens derzeit so elend, dass sie sich fast übergeben musste? Und dann dieser Druck im Magen. Und dass sie ständig zur Toilette musste. Waren das nicht alles körperliche Warnsignale?

Eigentlich hatte sie geglaubt, ihren Hang zum Workaholic zusammen mit ihrem alten Frankfurter Leben zurückgelassen zu haben. Aber die Arbeit machte einfach so viel Spaß, da schaute sie nicht ständig auf die Uhr…

Erfolg kann Wohl und Wehe zugleich sein, dachte sie nachdenklich. Vielleicht hatte Vincent doch recht, und die Reise täte ihr ganz gut.

Therese sagte etwas, die andern lachten.

Nachdenklich schaute Greta ihre Kusine an. Vor drei Jahren war bei ihr Gebärmutterhalskrebs diagnostiziert worden. Aus dem Nichts heraus, Therese hatte sich bis auf ein paar kleinere Beschwerden gut gefühlt. Gott sei Dank war alles nochmal gut ausgegangen.

Was, wenn sie auch…? Greta schluckte. Jetzt hör aber auf!, mahnte sie sich sogleich. Sich verrückt zu machen brachte nichts. Stattdessen wäre es besser, wenn sie sich um einen Termin beim Arzt kümmerte!

6. Kapitel

»Frau Heinrich, kann es sein, dass keine Gluten-freien Brötchen da sind?«

Christine, die gerade den gebrauchten Kaffeefilter in den Mülleimer warf, drehte sich lächelnd zu ihrem Gast um. »Was bitte?«

»Gluten-freie Brötchen!«, sagte die Münchnerin, die am Vortag zusammen mit ihrer Schwester angereist war, vorwurfsvoll. »Ich habe Ihnen in meiner Mail doch extra angekündigt, dass ich keine anderen Backwaren zu mir nehmen darf.«

Christine runzelte die Stirn. »Oje, ich befürchte, das habe ich übersehen. Für morgen früh besorge ich Ihnen selbstverständlich Gluten-freie Brötchen.«

Reinhard, der kurz zuvor herübergekommen war, verdrehte innerlich die Augen. Extrawürste überall! Wahrscheinlich würden Christine oder er dafür extra in die Stadt fahren müssen, Magdalena hatte so etwas gewiss nicht im Sortiment.

»Kann ich Ihnen stattdessen ein Müsli mit frischen Früchten anbieten?«, fragte Christine freundlich lächelnd.

»In Müsli ist auch Gluten enthalten, wollen Sie mich umbringen? Das ist ja ein tolles Genießerdorf, wenn nicht der geringste Wert auf die Gesundheit der Gäste gelegt wird«, sagte die Münchnerin pampig.

Ihre Schwester räusperte sich. »Und wo wir schon dabei sind... Gibt es auch roh angemachte Marmelade oder nur diese eingekochte Zuckerpampe?«

»Essen Sie doch Honig«, sagte Reinhard und stellte ziemlich heftig ein Glas auf den Tisch. Dann nahm er sich eine Tasse Kaffee und ging hinaus in den Garten.

Zuckerpampe – was für eine Unverschämtheit! Christines Marmeladen waren mindestens so gut wie die von Jessy. Man schmeckte jede Beere heraus!

Obwohl es erst neun Uhr morgens war, lag schon eine drückende Schwüle in der Luft. Kein Wölkchen stand am Himmel, die Sonne ließ ihre Strahlen spielerisch durch das dichte Blätterkleid der alten Apfelbäume tanzen. Noch ein paar Wochen, dann würden die ersten Äpfel reif sein, dachte Reinhard und verjagte eine Wespe, die sich auf dem Rand seines Kaffeebechers niederlassen wollte. Wie schnell der Sommer verging...

Sie hatten so viel unternehmen wollen.

Mit den Hunden hinauf zum Alpsee. Den Gärtner im Nachbardorf besuchen, der alte Tomatensorten kultivierte. Sich einfach mal in Reinhards altes Mercedes-SL-Cabrio setzen, das Verdeck öffnen und ins Blaue fahren.

So viele Pläne. So wenig Zeit. Er schloss die Augen und genoss die Kraft der Sonne auf seinem Gesicht. Die beiden Labradore, die während der Frühstückszeit im Garten bleiben mussten, taten es ihm gleich.

»Da hast du ja zwei ganz reizende Damen zu Gast! Wie du es schaffst, so freundlich und gelassen zu bleiben, ist mir schleierhaft«, sagte er, als Christine sich kurze Zeit später mit einer Tasse Kaffee zu ihm gesellte.

»Eine Gluten-Unverträglichkeit sucht man sich nicht aus. Und dafür ist die Autorin pflegeleicht«, verteidigte Christine ihre Gäste sogleich. »Wobei ich zugeben muss, dass es ein seltsames Gefühl ist, einen Gast zu haben, der sich fast nur in seinem Zimmer aufhält. Es ist zwar albern, aber irgendwie fühle ich mich immer ein bisschen unter Beobachtung. Ich traue mich schon gar nicht mehr, mich nachmittags mal für ein Stündchen in die Sonne zu setzen, weil das so faul und träge rüberkommt!« Sie lachte.

Reinhard nahm sie in den Arm. »Dann komm zu mir rüber. Liegestuhl und Sonnenschirm stehen bereit, und die Gin Tonics serviere ich.«

Christine lachte. »Jetzt weiß ich nicht, was sich davon verführerischer anhört – die Gin Tonics oder dein Liegestuhl!« Sie küsste ihn kurz, aber heftig. »Leider muss ich auf beides verzichten. Ich will dringend rüber zu Luise Stetter, sie wartet schon sehnsüchtig auf ihr neues Kreuzworträtselheft, das ich gestern besorgt habe. Und ihre Wäsche muss ich auch mitnehmen. Falls du auch was zum Waschen hast? Meine Maschine läuft heute sicher den ganzen Tag.«

»Nichts da! Selbst ist der Mann«, wehrte er ab und spürte, wie Unmut in ihm aufstieg. Die Wäsche, das Haus putzen, Arztfahrten – was Christine für ihre alte Nachbarin leistete, ging über Freundschaftsdienste inzwischen weit hinaus! »Kann sich nicht mal jemand anderes um die alte Dame kümmern?«

»Greta kümmert sich doch auch, keine Sorge, es bleibt nicht alles an mir hängen«, beschwichtigte Christine ihn sogleich. »Und – was hast du heute Schönes vor?«

»Ich schätze mal, dass ich in die Stadt fahren und mich um glutenfreie Brötchen bemühen werde«, sagte er ironisch.

»Du bist so ein Schatz! Ich danke dir.«

Seufzend sah Reinhard zu, wie Christine wieder im Haus verschwand.

... XY war wie vor den Kopf geschlagen. Ausgerechnet sie sollte die Gärtnerei von XY erben? Völlig perplex schaute sie den Anwalt, Herrn XY, an. »Ist das auch wirklich kein Irrtum?«, fragte sie und tauschte einen Blick mit XY. Es war noch nie vorgekommen, dass es jemand gut mit ihr meinte. Glück? Das war in ihrem Leben bisher ein Fremdwort gewesen. Und nun auf einmal sollte eine ihr völlig fremde Frau mit dem Namen XY ihr eine Gärtnerei vererben? Von dieser Tante im fernen XY hatte sie bisher noch nicht einmal gewusst ...

Unwillig schaute Michelle von ihrem Laptop auf. Die Sache mit den Namen nervte! Dass es so schwer sein würde, sich auf passende Namen festzulegen, stand in keinem der Schreibratgeber.

Zum wiederholten Mal an diesem Tag wanderte ihr Blick in Richtung ihres Handys. Jetzt war sie schon fünf Tage hier, und Jonas hatte sich noch nicht bei ihr gemeldet. Dabei hatte sie schon zig Nachrichten in seiner Mailbox hinterlassen! Fröhliche, gut gelaunte, Optimismus ausstrahlende Nachrichten. Kein Gejammer, was ihm so zuwider war. Hörte der Kerl seine Mailbox eigentlich nie ab? Oder war diese Art der Kommunikation inzwischen mega-out, und sie wusste es nur nicht? *Voice-over, Chatbot,* neue *Messenger*-Dienste – Jonas und seine Kollegen rühmten sich, stets ganz vorn mitzuspielen.

Warum konnte man nicht einfach miteinander telefonieren, so wie früher? Die Stimme des andern hören, sich ein »Du fehlst mir« zurufen, und vielleicht noch einen in die Leitung gehauchten Kuss hinterher.

Es klopfte an Michelles Tür. Ihre Pensionswirtin erschien, die ihr wie jeden Morgen gegen zehn eine Tasse Tee brachte. Der Duft von frischer Wäsche kam mit ihr ins Zimmer.

»Und, ist der Anfang schon geschrieben?«, fragte Christine, während sie Michelles Bett machte. »So auf Knopfdruck schreiben – ich bewundere Sie. Also, ich könnte das nicht.«

Ich auch nicht, lag es Michelle auf der Zunge zu sagen. Sie schaute auf den Bildschirm, von dem Dutzende XYs zurückstarrten. »Ich stecke mitten im Prolog. Das Problem ist nur – mir wollen keine gescheiten Namen einfallen! Ich meine, soll meine Romanheldin etwa Gaby heißen? Oder Angelique? Entweder ich empfinde einen Namen für zu gewöhnlich oder als zu exotisch.« Sie lachte auf. »Fällt Ihnen vielleicht ein schöner Name ein? Oder zwei oder drei?« Fast flehentlich schaute sie ihre Pensionswirtin an.

»Mir? Ich kenne doch Ihre Geschichte gar nicht, weiß nicht, wie alt Ihre Figuren sind und welchen Schauplatz Sie wählen. Das alles hat doch Einfluss bei der Wahl der Namen, oder etwa nicht?«

Michelle biss sich auf die Unterlippe. Eigentlich wollte sie in diesem frühen Stadium noch nicht zu viel verraten…

»Ein Aussteigermärchen will ich schreiben!«, platzte es dennoch aus ihr heraus. »Eine junge Frau, die noch nie in ihrem Leben Glück gehabt hat, bekommt von einer ihr bis dato unbekannten Patentante eine kleine Gärtnerei vererbt. Daraufhin macht sie sich auf den Weg ins Allgäu, um ihr

Erbe anzutreten. Ich will meine Geschichte nämlich hier ansiedeln«, fügte sie hinzu.

»Eine Gärtnerei? Wie originell! Wie kommen Sie denn darauf?«, unterbrach Christine, die mit dem Bett fertig war.

»Nun ja, kleine Bäckereien, die vererbt werden, gibt es ja inzwischen in diversen Romanen. Genau wie Konditoreien, Cafés und so weiter. Ich wollte etwas anderes!«, sagte Michelle stolz.

»Das klingt gut. Man hat wirklich den Eindruck, dass es seit einiger Zeit ohne ein Cupcake-Café in einem Frauenroman nicht mehr geht. Dieses süße, klebrige Zeugs…« Christine verzog den Mund. »Kleine Pensionen werden übrigens auch gern genommen…« Selbstironisch machte Christine eine Handbewegung, mit der sie ihr Haus einbezog. »Ehrlich gesagt lese ich solche Romane trotzdem gern, auch wenn sie nicht sehr realistisch sind. Aber was ich mich schon mehr als einmal gefragt habe – warum ist eigentlich immer alles, was Frauen unternehmen, klein? Trauen die Autoren uns nicht mehr zu? Warum erbt eine Romanheldin nicht mal einen Großkonzern? Oder riesige Ländereien? Oder eine ganze Hotelkette?«

Michelle runzelte die Stirn. Auf so eine Idee wäre sie nie gekommen. Und sie gefiel ihr auch nicht! Klein und schnuckelig sollte die Gärtnerei sein. Sie ging nicht auf die Frage ihrer Pensionswirtin ein und fragte stattdessen: »Wollen Sie mal meinen Buchtitel hören?«

Christine nickte gespannt.

Michelle holte tief Luft. Ihr Herz klopfte, als sie ihren Titel zum ersten Mal laut aussprach: »Frühlingserwachen der Liebe!«

»Aha. Sehr interessant.« Christine lächelte.

Interessant? Michelle runzelte die Stirn. War das nicht die kleine Schwester von »bescheiden«?

»Jedenfalls… Auf dem Weg zu ihrem Erbe passieren meiner Heldin alle möglichen und unmöglichen Dinge. Sie trifft einen ganz tollen Mann, der hilft ihr aus der Patsche. Nicht nur einmal, sondern zweimal oder dreimal, er wird quasi ihr Retter in der Not!« Sie lachte leicht hysterisch auf, wenn sie daran dachte, was ihrer Heldin noch alles bevorstand.

»Aber zwischendurch ist die Heldin total verzweifelt und will alles hinwerfen. Doch dann hat sie ein Erlebnis, das ihr zu einer Einsicht oder zu neuem Mut verhilft. Und am Ende bekommt sie auch noch ihren *Mister Perfect*!«, sagte Christine triumphierend.

»Woher wissen Sie das?« Michelle schaute ihre Zimmerwirtin misstrauisch an – hatte sie etwa bei ihr herumspioniert, während sie spazieren war? Andererseits… alle Notizen, die es bisher gab, waren lediglich in ihrem Kopf.

Christine lachte. »Wie ich schon sagte – ich bin Vielleserin, und manche Romane ähneln sich ein bisschen.« Als sie Michelles bekümmerte Miene sah, fügte sie rasch hinzu: »Aber Ihr Roman wird bestimmt etwas ganz Einzigartiges!«

Von der großen Linde des Marktplatzes verborgen stand Apostoles da und schaute in Richtung Bäckerei. Wie jeden Morgen um diese Zeit half Magdalena beim Backwarenverkauf. Die Schlange vor der Ladentheke reichte fast bis zur Tür hinaus. Auch auf dem Marktplatz war einiges los. Auswärtige Gäste mit dem Maierhofener Genussführer in der Hand schauten sich orientierungssuchend um. Auf dem Bänkchen neben dem alten Brunnen hatte es sich ein verliebtes Pärchen gemütlich gemacht und genoss ein Picknick. Lieferwagen kreuzten den Marktplatz, Handwerkerfahrzeuge waren unterwegs – hier herrschte bald fast so viel Trubel wie in einer Stadt, dachte Apostoles stirnrunzelnd.

Vor einem Jahr war es noch wesentlich ruhiger gewesen, schoss es ihm durch den Kopf, und er spürte einen wehen Schmerz in der Herzgegend. Damals, als er mit Christines Schwester in den Ort spaziert war, hatte er hinter den Scheiben der Bäckerei seinen Engel entdeckt. Wie vom Blitz getroffen hatte er sich bei Magdalenas Anblick gefühlt, warum, konnte er bis heute nicht sagen. Ihre leicht geröteten Wangen, die Leidenschaft und Liebe, mit der sie mit dem Brot hantierte, das Mehl auf ihrer Wange ... alles zusammen hatte eine Saite in ihm zum Klingen gebracht, von der er angenommen hatte, dass sie unwiderruflich gerissen war.

Dieses Aufeinandertreffen damals – in seinen Augen war es Bestimmung gewesen.

Er sah, wie Magdalena Frieder Brunner vom Malergeschäft eine große Tüte über die Theke reichte. Die Pausenbrote für die Mannschaft vom Malergeschäft, sie wurden jeden Morgen frisch zubereitet. In letzter Zeit hatte er diese Aufgabe übernommen.

Apostoles stieß einen kleinen Wehmutslaut aus. Wie gern würde er jetzt einfach hineingehen und Magdalena in den Arm nehmen! Sollte er? Durfte er? Oder würde sie ihn gleich wieder davonjagen? Unschlüssig trat er von einem Bein aufs andere – und da sah sie ihn. Ihre Blicke trafen sich, Apostoles fuhr es durch und durch. O Gott, er stand wie ein Spitzel vor ihrem Haus! Peinlich berührt schlenderte er in Richtung Poststelle, als habe er dort etwas zu erledigen. Was auch stimmte – er sollte für Edy ein paar Briefe aufgeben. Aus dem Augenwinkel behielt er jedoch die Ladentür im Auge. Kam sie heraus? Magdalena, ach Magdalena...

Die Ladentür ging auf, er hörte Gelächter, drei junge Frauen, jede mit einer Butterbrezel und einer Serviette in der Hand traten auf den Gehweg.

Keine Spur von Magdalena.

Wie ein geprügelter Hund stapfte Apostoles weiter. Aus. Ende. Vorbei.

»Apostoles! Mein Schatz!«

Mein Schatz? Von wegen, dachte Apostoles unwirsch, während Liliana auf ihn zustürmte, kaum dass er die Autotür hinter sich zugeworfen hatte.

»Du warst im Dorf? Liliana wäre so gern mitgekommen! Oma und Opa halten Mittagsschläfchen, ich hätte Zeit gehabt. Magst du mit mir spazieren gehen?« Die Polin, in ein hellgrünes Dirndl gekleidet, lächelte ihn kokett an. »Ich nehme kleines Schnäpschen mit, machen wir es uns schön!«

»Ich muss Edy bei der Arbeit helfen«, sagte er und verschwand eilig in Richtung von Edys Lagerhalle. Liliana war wirklich nett und bildhübsch obendrein, aber wusste sie nicht, dass es für ihn nur eine gab?

Edy und zwei junge Frauen, die gerade auf dem Hof ein Praktikum machten, waren dabei, Lieferungen mit den »veganen Vurst- und Vleischwaren« fertigzumachen. Der Laden brummte. Inzwischen hatte Edy die Produktion fast verdoppelt und kam mit dem Versand kaum hinterher.

Dass es so viele Menschen gab, die kein Fleisch mehr aßen, verblüffte Apostoles. Bis er auf den Franzenhof gekommen war, hatte er sich über eine vegetarische Ernährung keine Gedanken gemacht, dazu mochte er Gyros und Wiener Schnitzel viel zu sehr. Sicher, auch im Akropolis hatte es immer mal wieder Gäste gegeben, die nach einer vegetarischen Speise verlangten, aber in der griechischen Küche war das sowieso kein Problem. Gegrilltes Gemüse, Oliven, gefüllte Weinblätter, Knoblauchkartoffeln, dazu die vielen frischen Salate ... Apostoles spürte, dass sein Magen einen kleinen Rumpler tat. Wie konnte er bei so viel Liebeskummer überhaupt Hunger verspüren?

»Soll ich euch helfen oder lieber eine Brotzeit für die Mittagspause zubereiten?«, fragte er Edy über die Versandtische hinweg.

»Brotzeit wäre prima!«, sagte der vegane Metzger freudig. »Aber nur für uns beide, die Mädels fahren mit Rosi nachher in die Stadt.« Er griff in einen Kühlschrank hinter sich. »Hier, nimm ein bisschen Aufschnitt mit!« Er warf Apostoles ein paar Päckchen mit etwas zu, das aussah wie Schinkenwurst mit Paprikastückchen und das, wie Apostoles schon erstaunt hatte feststellen können, auch genauso schmeckte.

»Im Ort unten ist die Hölle los, ich hätte nie gedacht, dass Maierhofen so viele auswärtige Gäste anzieht«, sagte Apostoles, als Edy und er später an einem kleinen Tisch vor dem Hof bei einem Glas Bier und belegten Broten zusammensaßen. Die Praktikantinnen waren mit Rosi unterwegs, Rosis Eltern hielten Liliana auf Trab – sehr zu deren Unmut –, und Apostoles war froh, mit Edy allein zu sein. Der große hagere Mann war in den letzten Wochen zu einem wahren Freund geworden.

»Des einen Freud, des anderen Leid«, sagte Edy. »Meine Eltern beschweren sich schon, dass sie nicht mehr in Ruhe in ihrem Garten sitzen können, ohne dass ständig jemand am Zaun steht, um Fotos von der ›pittoresken Idylle‹ zu schießen.« Lachend biss er von seinem Brot ab.

»Die Tische in der Bäckerei waren auch voll besetzt«, sagte Apostoles. Wie schaffte Magdalena die viele Arbeit bloß? Warum war er nicht bei ihr, um ihr zu helfen?

Edy warf ihm einen raschen Seitenblick zu. »Noch keine Versöhnung in Sicht?«

Apostoles schaute ins Leere. »Ich habe bei ihr verspielt. Eigentlich könnte ich abreisen, ich weiß gar nicht, warum ich immer noch hier bin. Das wird nichts mehr.«

»Das glaube ich nicht«, erwiderte Edy bestimmt. »Magdalena ist einfach ein stures Weib, das war sie schon immer!« Er legte Apostoles kameradschaftlich einen Arm um die Schulter. »Ich glaube, alter Freund, du wirst den ersten Schritt machen müssen.«

»Darüber grübele ich doch schon seit Tagen nach!«, rief Apostoles verzweifelt. »Ich wäre ja zu allem bereit, aber ich habe auch keine Lust darauf, mich nochmal von ihr zum Teufel jagen zu lassen.«

Edy runzelte die Stirn. »Ihr müsstet euch irgendwie zufällig begegnen! Völlig ungezwungen, verstehst du? Vielleicht würdet ihr dann leichter ins Gespräch kommen.«

»Ein unbeabsichtigtes Treffen quasi…«, sagte Apostoles nachdenklich. »Vielleicht würde Magdalena dann irgendein Signal aussenden, das mir den Mut gibt, sie um eine Versöhnung zu bitten. Aber wo im Dorf sollte so was möglich sein?«

»Ich halte demnächst im Gemeindehaus einen Vortrag über Igel im Spätsommer – soll ich Magdalena dazu einladen?« Edy, der im Internet ein bekannter und gefragter Igeldoktor war, schaute ihn erwartungsvoll an.

Apostoles, tief gerührt von dieser Geste, schüttelte den Kopf. »Sei mir nicht böse, aber mit Igeln haben wir beide nichts am Hut. Magdalena würde den Braten gleich riechen, wahrscheinlich wäre sie dann erst recht wütend.«

Einen Moment lang schwiegen sie beide in Gedanken versunken.

»Es müsste eine entspannte, angenehme Situation sein«, sagte Apostoles eher zu sich selbst als zu Edy. »Etwas, wo mal keine Gäste oder Kunden im Mittelpunkt stehen.«

»So was gibt's doch in Maierhofen gar nicht mehr«, sagte Edy skeptisch. »Ich habe langsam das Gefühl, wir rennen alle nur noch unserem übervollen Terminkalender hinterher.«

»Ist das nicht schrecklich?« Apostoles schauderte es. »Natürlich muss jeder sein Tagwerk meistern. Aber darüber hinaus sollte man doch auch das Leben genießen! Auf Kreta ist der Feierabend genauso wichtig wie die Arbeit. Kaum jemand vergräbt sich dann zu Hause, stattdessen treffen wir uns auf dem Marktplatz oder in der Kneipe. Wir spielen ein Brettspiel, schauen zusammen Fußball oder gehen ans Meer zu einem Picknick. Jeder bringt was mit, ganz unkompliziert. Und dann sitzt man bis spät in der Nacht zusammen, isst und trinkt, vielleicht hat jemand eine Gitarre dabei und spielt ein bisschen. In solch einer entspannten Stimmung redet man auch eher mal über die eigenen Gefühle oder über das, was einem alles im Kopf herumgeht. Man vertraut sich, man freut sich aneinander, ach, wie fühlt sich das Leben in diesen Stunden leicht und schwerelos an!« Er seufzte tief auf. Das Heimweh nach Kreta war auf einmal genauso stark wie sein Sehnen nach Magdalena. Vielleicht sollte er es machen wie seine Exfrau und zurückgehen?

»Wie schön sich das anhört...«, sagte Edy sehnsuchtsvoll. »Rosi und ich haben auch mal ein Picknick gemacht, ganz zu Beginn, als wir uns kennenlernten. Einmal – und danach nie mehr!«

»Oje, was war so schlimm daran?«, fragte Apostoles stirnrunzelnd.

»Nichts! Schön war es, wunderschön. Aber der Alltag lässt uns einfach viel zu wenig Zeit für solche Dinge. Dabei hatten wir uns so viel vorgenommen...« Er hob seinen Arm, zeigte auf die Tätowierung.

»Träume teilen«, las Apostoles, daneben war ein kleiner Igel zu sehen.

»Bei Rosi steht an derselben Stelle ›Träume wagen‹«, sagte Edy. »Aber statt unsere Träume zu leben und zu teilen, lassen wir zu, dass der Alltag uns auffrisst.«

»Träume teilen...« Apostoles nickte nachdenklich. »Und dabei nicht immer nur auf den Sonntag, einen Feiertag oder ein paar kostbare Urlaubstage warten! Sondern aus dem, was man hat, das Beste machen. Magdalena hat die Abende in Griechenland so geliebt... Den Alltag feiern – ich war so naiv zu glauben, dass uns das auch hier gelingen würde.« Noch während er sprach, formte sich eine Idee in seinem Kopf. Wie aus dem Nichts war sie auf einmal da: Wie wäre es, wenn er den Zauber Kretas hierher nach Maierhofen holte? Für Magdalena. Aber auch für alle andern.

»Du, Edy«, sagte er langsam. »Was würdest du davon halten...« Erst stockend, dann immer flüssiger, erzählte Apostoles von seinem Geistesblitz.

»Das ist die beste Idee, die ich seit langem gehört habe«, sagte Edy begeistert, als Apostoles zum Ende gekommen war. »Ich bin gespannt, was Rosi dazu sagt.« Er nickte in Richtung des alten Pritschenwagens, der gerade auf den Hof fuhr und aus dem unter viel Gelächter Rosi und die beiden Praktikantinnen ausstiegen. »Rosi, kommst du mal?«

»Ihr seht aus, als würdet ihr etwas ausbaldowern, kann das sein?«, sagte Rosi, als sie sich kurze Zeit später mit einer Apfelschorle zu ihnen an den Tisch setzte.

Die beiden Männer schauten sich an.

»Kannst du Gedanken lesen?«, fragte Apostoles lachend. Dann trug er ihr seine Idee vor.

»Ein Griechisch-Allgäuer Fest? Nur für uns Maierhofener? Ohne fremde Gäste? Ohne Tourismusmarketing?« Die Kartoffelbäuerin schaute ungläubig drein.

»Keine Touristen. Kein Marketing. Sondern einfach nur ein schöner Abend für die Maierhofener!« Apostoles grinste. »Ich werde für euch alle kochen. Die Tische sollen vor lauter Leckereien am Festtag fast zusammenbrechen!« Er spürte, wie sich seine Wangen voller Vorfreude röteten.

»Genial...«, hauchten Roswitha und Edy gleichzeitig. Sie kicherten.

»Wann und wo soll dein Fest denn stattfinden?«, fragte Rosi neugierig.

Apostoles kratzte sich am Kopf. Darüber hatte er sich noch keine Gedanken gemacht. Am Weiher? Auf dem Marktplatz? Und wann? Am besten gleich morgen, dachte er.

»Warum nicht hier?«, sagte Edy und zeigte auf den weitläufigen Hofbereich. »Dann können wir gleich mal schauen, wie es sich anfühlt, so viele Gäste auf dem Hof zu haben. Wenn dann im Herbst hier das große Kartoffel- und Kürbisfest stattfindet, haben wir schon ein bisschen Erfahrung gesammelt.« Er zeigte auf eine Wiese links hinter dem Wohnhaus. »Parken könnten die Leute dort, und da könnten wir auch ein Dixi-Klo aufstellen.«

Apostoles war sprachlos. »Woran du alles denkst!«

Edy lief vor Stolz rot an.

»Das *Wo* hätten wir geklärt, nun zum *Wann*...« Roswitha zückte geschäftig ihren Kalender. Apostoles sah aus dem Augenwinkel, dass sie darin auch sämtliche Maierhofener Festivitäten eingetragen hatte.

Edy schaute ihn an, als wollte er sagen: Genau das meinte ich vorhin!

»Bis Ende Juli gibt es noch ziemlich viele Aktivitäten im Dorf, im August ist hingegen nichts los. Da sind die meisten eh an der Adria oder auf Mallorca, deswegen hat Greta für August nichts geplant.«

Erst im August? Apostoles stutzte. Was sollte er bis dahin machen? Wie die Zeit verbringen? Er konnte seinen Freunden doch nicht so lange auf der Pelle hocken.

»Ich kann unseren Grill anwerfen, gegrillte Vürstchen passen zu fast allem!«, rief Edy.

»Ich mach was mit Kartoffeln, ist ja klar. Und Liliana kann Blinis backen, dann wäre es sogar ein Allgäuer-Griechisch-Polnisches Fest!« Rosi sah aus, als könne sie es kaum mehr erwarten.

»Halt!«, rief Apostoles lachend. »Arbeit habt ihr genug, da braucht ihr nicht auch noch für das Fest etwas beizutragen. Ich bin es gewohnt, für viele Leute zu kochen, lasst mich nur machen. Ihr dürft einfach nur genießen.«

Erneut tauschten Edy und Rosi einen Blick. »Das ist sehr nett von dir. Aber wie ich die Maierhofener kenne, wollen die alle etwas beitragen«, sagte Rosi stirnrunzelnd.

Apostoles dachte einen Moment lang nach. »Vielleicht hast du recht. Aber jeder darf höchstens eine Speise mitbringen, mehr nicht!«

Edy grinste. »Die Tische werden sich vor lauter Köstlichkeiten biegen, wetten?«

»Und dazwischen stellen wir Kerzen auf und feiern bis spät in die Nacht«, sagte Rosi verträumt.

»Ganz romantisch«, ergänzte Edy. »Das haben wir uns verdient...« Sie küssten sich liebevoll.

»Alles schön und gut – aber was soll ich bis dahin machen?«, fragte Apostoles, und seine Stimme klang nun nicht mehr besonders euphorisch.

Edy und Rosi tauschten einen Blick. »Du bleibst hier. Wir können Hilfe immer gut gebrauchen. Natürlich gegen Bezahlung, ist ja klar. Viel können wir nicht zahlen, aber wenn du zunächst mit einem 400-Euro-Job zufrieden wärst?«

Apostoles schluckte hart. Gab es etwas Wertvolleres, als Freunde zu haben? »Danke«, sagte er rau, und auf einmal fühlte auch er, wie etwas in ihm aufstieg, was er schon lange nicht mehr verspürt hatte. Hoffnung! Liebe ging durch den Magen, hieß es nicht so? Wenn sich die griechische und die allgäuer Seele schon mal kulinarisch vereinten, war das nicht der beste Grundstein für eine weitere Verständigung?

Magdalena, mein Engel, und wenn ich dafür tagelang kochen und backen muss – irgendwie wird es mir gelingen, dein Herz zurückzugewinnen, dachte er und lächelte.

7. Kapitel

... nachdem Clarissa den Stilettoabsatz notdürftig wieder an ihren Schuh geklebt hatte, schnappte sie ihre Handtasche, die Reisetasche und den Koffer zum zweiten Mal und ging endlich los in Richtung Bahnhof.

Das Malheur mit dem Schuh war nicht das erste an diesem Tag. Zuvor schon hatte sie das Badewasser versehentlich laufen lassen, während sie hektisch ein paar letzte Stücke aus ihrem Schrank gezerrt und in ihrem Koffer verstaut hatte. Sollte sie das Louis-Vuitton-Tuch mitnehmen? Sie hatte doch schon zwei Pashmina-Schals eingepackt. Und was war mit dem Anorak von Bogner?

Erst das leise Plätschern von Wasser auf dem Fliesenboden hatte sie aus ihren wichtigen Überlegungen gerissen. Doch da war es schon zu spät gewesen, das Wasser hatte den ganzen Badezimmerboden überschwemmt. Verflixt! Nun war eine halbe Stunde Trockenputzen angesagt!

Als sie endlich aus dem Haus gegangen war, hatte sich ihr Absatz im Fußabstreifer verhakt und war abgebrochen. Also nochmals zurück und reparieren.

Und nun war wie erwartet der Zug nach XY fort.

Michelles Hände hielten über der Tastatur inne. Nachdem sie sich wenigstens auf ein paar Personennamen hatte festlegen können, wollten ihr partout keine Städtenamen einfallen. Schwanheim? Bergbronn? Neudurlach? Es fühlte sich seltsam an, die Landkarte mit erfundenen Orten zu füllen. Aber Bergbronn klang nicht schlecht – nach Bergen und Brunnen irgendwie...

... Wie erwartet war der Zug nach Bergbronn fort. Und nun? Das war der einzige Zug, der an diesem Tag dorthin fuhr! Hilflos schaute sich Clarissa um und sah gleich darauf am Ausgang des Bahnhofes ein silbernes Cabrio stehen. Erstaunt realisierte sie, dass der Fahrer, ein unglaublich gut aussehender Typ mit breiten Schultern und Dreitagebart, auf sie zukam.

Sollte sie den Herrn noch genauer beschreiben? Das konnte nicht schaden, beschloss Michelle, ihre Leserinnen hatten ein bisschen Eye-Candy verdient.

»Entschuldigen Sie, aber ich habe gesehen, dass Sie gerade den Zug nach Bergbronn verpasst haben. Ich fahre zufällig in diese Richtung – darf ich Sie mitnehmen?« Der Fremde hatte wunderschöne, tiefblaue Augen, und ein verschmitztes Lächeln umspielte seine vollen Lippen.
Clarissa zögerte keinen Moment. Das hier war ihre letzte Chance, wenn sie diese nicht ergriff, konnte sie wieder nach Hause gehen.
»Sehr gern!«, sagte sie und konnte ihr Glück nicht fassen.

Michelle runzelte die Stirn. War diese Clarissa nicht arg vertrauensselig? Sie kannte keine Frau, die im wahren Leben bescheuert genug wäre, einfach ins Auto eines Fremden einzusteigen, dazu rannten viel zu viele Psychopathen herum.

Aber das war ja das Schöne im Roman... Ihr Tim war einfach ein Prachtkerl! Apropos, sie musste die beiden gegenseitig ja noch vorstellen.

»Gestatten, mein Name ist Tim Tagheuer, ich bin Investmentbanker in Frankfurt.«
»Und ich bin angehende Gärtnerin«, sagte Clarissa zaghaft und schüttelte seine Hand. Sie fühlte sich warm und weich an.

Warm und weich? Michelle schüttelte den Kopf. So fühlte sich auch eine Kröte an, die sich auf einem Stein gesonnt hatte!

... Sein Händedruck war männlich und angenehm zugleich.
»So, so, Gärtnerin sind Sie...«, sagte er und lächelte süffisant.

Ha! Mit dieser letzten Bemerkung hatte sie nun wirklich Spannung erzeugt! Tief aufseufzend lehnte sich Michelle auf ihrem Stuhl zurück. Ihre Hände schmerzten, und ihre Schultern waren völlig verkrampft. Kopfweh hatte sie auch. Dass Schreiben so anstrengend war, hätte sie nicht gedacht. Sie würde jetzt einen Spaziergang durchs malerische Maierhofen machen und sich neu inspirieren lassen.

»Ich komme jetzt rüber«, sagte Christine zu Reinhard am Telefon. »Soll ich noch irgendwas mitbringen? Brot? Käse? Nein? Dann bis gleich! Ich freue mich.« Lächelnd schnappte sie ihre Strickjacke. Was für ein Luxus, sich an den gedeckten Abendbrottisch setzen zu dürfen! Reinhard verwöhnte sie wirklich nach Strich und Faden.

»Kommt, ihr zwei Racker!«, sagte sie zu den Hunden, die schon erwartungsvoll mit dem Schwanz wedelten.

Sie nahm gerade den Schlüssel vom Brett, als von der Treppe Schritte zu hören waren.

»Frau Heinrich! Hätten Sie einen Moment Zeit?«

Christine zögerte. »Ich bin auf dem Sprung«, sagte sie.

Die angehende Autorin nickte. »Nur ganz kurz! Es geht um den Schauplatz. Für wie wichtig empfinden Sie den als Vielleserin? Für sehr wichtig, wichtig oder eher unwichtig?«

»Das ist ja fast, als müsste ich einen Fragebogen ausfüllen«, sagte Christine lachend, wurde aber gleich wieder ernst, als sie Michelles erwartungsfrohen Blick sah. »Der Schauplatz, ja also...« Sie runzelte die Stirn. So gern sie sich auch über Bücher unterhielt, so nahm Michelle sie doch arg in Beschlag mit all ihren Fragen rund um das Schreiben. Dennoch sagte sie lächelnd: »Lesen bedeutet reisen, ohne einen Koffer packen zu müssen, das habe ich mal irgendwo gelesen. Ich finde diesen Satz sehr passend.«

Michelle nickte nachdenklich. »Ich werde mich anstrengen, damit mir das gelingt!« Sie drehte auf dem Absatz um und hastete die Treppe wieder hinauf.

Wohlwollend schaute Christine ihrem Gast hinterher. Sie war wirklich gespannt auf die erste Leseprobe!

Sie hatte die Haustür gerade hinter sich zugezogen, als sie erneut jemanden ihren Namen rufen hörte. Ganz leise, und doch schreckte Christine zusammen, als würde die Feuerwehr mit ihren Sirenen durch den Ort brausen.

Luise Stetter! War die alte Frau gestürzt? Befand sie sich in einer anderen hilflosen Lage?

Die konsternierten Hunde, die sich bestimmt schon auf eine Scheibe Wurst bei Reinhard freuten, hinter sich herziehend, eilte sie zum Haus gegenüber. Hektisch steckte sie den Schlüssel ins Schloss.

»Luise? Ist alles in Ordnung?«

Die alte Dame saß in der Küche. Vor ihr auf dem Tisch lagen diverse Rätselmagazine – Luise war also bei ihrer Lieblingsbeschäftigung.

»Was ist denn, Luise?«, fragte Christine ein wenig ungehalten. Wehe, sie wollte nur einen Flussnamen mit dem Anfangsbuchstaben N wissen! »Ich bin auf dem Weg zu Reinhard.«

Die alte Frau wimmerte. »Ich ... mein linker Fuß ... Er ist eingeschlafen. Ich muss so dringend aufs Klo, aber ich trau mich nicht aufzustehen.«

Das gibt's doch nicht, dachte Reinhard und starrte auf die Wurstplatte, auf der sich die einzelnen Scheiben an den Rändern schon zu verfärben begannen. Der Käse, den er extra bei Madara auf der Alpe geholt hatte, roch streng, und er hatte Mühe, die Fliegen, die durchs Fenster hereinkamen, von den Lebensmitteln abzuhalten. Christine hatte doch gesagt, sie sei auf dem Sprung zu ihm! Nun saß er seit einer halben Stunde am gedeckten Tisch und wartete.

Abrupt stand er auf, packte die Brotzeit in den Kühlschrank, dann ging er ins Nachbarshaus hinüber.

»Christine! Ist alles in Ordnung?« Keine Spur von den Hunden, keine Christine. Seltsam. Hatte er etwas missverstanden? War heute Frauenstammtisch? Nein, so verwirrt war er nun wirklich nicht, oder? Sie hatte doch glasklar gesagt, dass sie kommen würde. Und dass sie sich freute.

Stirnrunzelnd zog Reinhard Christines Haustür wieder zu. War sie noch eine Runde mit den Hunden gegangen? Dazu war es doch noch viel zu heiß, selbst abends um acht noch mindestens fünfundzwanzig Grad.

Luise Stetter! Reinhard schnaubte, als ihm diese Eingebung kam. Bestimmt hatte Christine sich wieder von der alten Dame aufhalten lassen. Kopfschüttelnd ging er über die Straße und klopfte an der Tür der alten Nachbarin.

»Christine, so geht das nicht weiter«, sagte er, als sie eine Viertelstunde später endlich beim Abendessen zusammensaßen. Luise hatten sie zuvor gemeinsam ins Bett gebracht. »Die Betreuung von Luise ist ja bald ein Fulltime-Job! Dafür hast du gar keine Zeit. Und das ist auch nicht in Ordnung so, wenn man es genau nimmt, hast du ihr gegenüber keinerlei Verpflichtungen.«

»Was soll ich denn tun?«, wollte Christine verzweifelt wissen. »Mir wird das auch langsam zu viel. Heute Nachmittag war ich auch schon knapp zwei Stunden bei ihr, sie fühlte sich nicht wohl, war weinerlich und wollte mich nicht gehenlassen. Sie tut mir halt leid! Und sie hat doch niemanden...«

»Sie hat sehr wohl jemanden«, entgegnete Reinhard bestimmt. »Es ist höchste Zeit, dass sich ihre Tochter Susanne mal kümmert. Schau dir an, was für eine gute Lösung Rosi für ihre Eltern gefunden hat! Luise wäre bestimmt auch glücklich, wenn eine Pflegerin bei ihr im Haus wohnen würde. Hast du eine Adresse oder Telefonnummer von Susanne? Sie wohnt in Amerika, nicht wahr?« Er konnte sich nur noch vage an die Frau erinnern, ihre früheren Besuche bei der Mutter waren selten und kurz gewesen. In den letzten Jahren hatte sich die Tochter gar nicht mehr blicken lassen. Zumindest hatte er nichts davon mitbekommen.

»Sie wohnt in Kalifornien. Du hast recht, ich muss Suse wirklich einmal anrufen. Wenn sie sich schon nicht persönlich kümmert, dann muss sie wenigstens für eine gute Betreuung ihrer Mutter sorgen.«

Reinhard nickte. »Je früher, desto besser! Ich bin gern bereit, mich nach einer entsprechenden Pflegekraft umzuschauen, Edy könnte uns da auch weiterhelfen. Aber zuerst einmal brauchen wir die Zustimmung von Susanne, auch dafür, dass sie bereit ist, die Kosten für die Pflege der Mutter zu tragen. Und jetzt iss, du bist schon ganz blass um die Nase!«

»Ich war übrigens bei Therese, wegen meiner Slow-Food-Ideen«, sagte Reinhard, als sie nach dem Essen mit einem Glas Wein in den Garten gegangen waren. Dicht aneinandergeschmiegt saßen sie auf der Bank in seiner Rosenlaube, den Blick auf den Weiher gerichtet, der hinter ihren Gärten am Waldrand lag. Die Luft war erfüllt vom süßen Aroma des Nachtphlox, der nach Sonnenuntergang noch intensiver duftete als am Tag. Reinhard war glücklich. Diese Momente, in denen er Christine ganz für sich allein hatte, waren für ihn die schönsten des Tages.

»Erzähl! Was sagt Therese zu deinen Ideen?«

Reinhard lächelte, als er an das Gespräch zurückdachte. »Unsere liebe Bürgermeisterin war erst einmal ziemlich erstaunt, dass ausgerechnet ich mit so etwas daherkomme. Durch viel bürgerliches Engagement habe ich mich ja bisher nicht gerade hervorgetan.«

Christine lachte. »Stell dein Licht nicht unter den Scheffel, deine rechtliche Beratung während der Gründung der Genießerladen-Kooperative war sehr wertvoll.«

»Jedenfalls... Therese kann sich gut vorstellen, in diese Richtung weiterzudenken. Als ein Genießerdorf hat sich Maierhofen inzwischen etabliert, da ist ein nächster Schritt in Bezug auf Nachhaltigkeit und Qualitätssicherung eigentlich fast logisch. Interessanterweise werden bei uns schon etliche Dinge umgesetzt beziehungsweise angewandt, die auch der Slow-Food-Vereinigung wichtig sind. Dass die Erzeuger einen fairen Preis für ihre Arbeit bekommen, zum Beispiel.«

Genießerisch hielt Christine ihre Nase über das Weinglas. »Dieser Duft nach reifen Brombeeren und frischem Hefekuchen – einen besseren Wein für einen so schönen Sommerabend hättest du nicht aussuchen können. Danke dir, dass du dir damit immer so viel Mühe machst!«

Reinhard wurde es ganz warm ums Herz. Ein Leben lang hatte er sich gewünscht, seine Liebe zu gutem Wein mit jemandem teilen zu können.

»Wofür steht diese Slow-Food-Vereinigung denn sonst noch?«, fragte Christine und nahm einen tiefen Schluck Wein.

»*Dafür*, zum Beispiel«, sagte Reinhard lächelnd. »Der kundige Umgang mit Lebensmitteln ist den Leuten wichtig. Nicht einfach konsumieren, sondern wissen, was man isst und trinkt. Erkennen, dass eine Kartoffel aus biologischem Anbau anders schmeckt als eine Turboknolle aus der industriellen Landwirtschaft. Oder dass eine Forelle aus einem kalten Wildwasserbach ein ganz anderes Fleisch hat als ein in Aquakultur künstlich gezüchtetes Tier. Das Maierhofener Genießerprogramm bietet den Gästen schon viele Möglichkeiten, ihren Gaumen zu schulen und das Echte zu erkennen. Ich habe Therese vorgeschlagen, noch ein paar spezielle kulinarische Bestimmungsübungen mit einzubauen.

»Kulinarische Bestimmungsübungen? Ich kenne Bestimmungsübungen nur aus der Botanik. Wenn man beispielsweise versucht, Bäume anhand ihrer Blätter zu bestimmen. Oder wenn man Blütendiagramme und Blütenformeln verwendet, um einzelne Pflanzen genau bestimmen zu können.«

Reinhard nickte. »Ja, für dich als Kräuterkundige ist so etwas ganz normal. Aber jetzt stell dir mal vor, auf einem Tisch stehen zehn Sorten frisch gekochte Pellkartoffeln! Ob es möglich ist, blind herauszuschmecken, welche Kartoffel auf einem Moorboden gewachsen ist und welche auf einem Magerboden der Schwäbischen Alb?«

»Keine Ahnung.« Christine hob ihr Gesicht der untergehenden Sonne entgegen und schloss die Augen.

»Und kann ein geschulter Gaumen sogar einzelne Sorten herausschmecken? Oder frühe und späte Sorten unterscheiden?« Reinhard war nun ganz in seinem Element. »Ich muss unbedingt zu Rosi auf den Hof, vielleicht kann sie mir dazu weitere Auskünfte geben. Möglicherweise ist meine Idee ja völlig verrückt, aber mir fallen noch weitere kulinarische Bestimmungsübungen ein. Denk doch nur, wie vielfältig die Brotsorten sind! Kann man mit ein bisschen Übung ein Weizen- von einem Dinkelbrot unterscheiden? Schmeckt man eine lange Teigruhe im Gegensatz zu der eines industriell gebackenen Brotes? Ich kann mir gut vorstellen, dass die Maierhofener Gäste Lust auf solche Übungen hätten!

Was meinst du, ob Magdalena gerade bereit ist, über solche Themen nachzudenken? Ich würde gern mit ihr sprechen, aber seit Apostoles und sie sich getrennt haben, rennt sie nur noch mit einer Miene wie sieben Tage Regenwetter durch die Gegend.« Was für ein Jammer, diese Geschichte mit den zweien, dachte Reinhard nicht zum ersten Mal. Die Bäckerin und der Grieche waren doch so verliebt gewesen...

»Was meinst du, soll ich Magdalena ansprechen?«

Christine sagte noch immer nichts. Sie war eingeschlafen, erkannte Reinhard mit einem Seitenblick.

Sehr spannend konnten seine Ausführungen demnach nicht gewesen sein, dachte er betrübt. Einmal Langweiler, immer Langweiler, so war das nun mal im Leben.

8. Kapitel

»Ein Fest nur für uns Maierhofener?« Noch während sie mit Apostoles sprach, schaute sich Monika Ellwanger in ihrem Waffel-Café um. Alle Tische bis auf einen, der in der prallen Sonne stand, waren besetzt, der Duft nach heißen Waffeln schwebte durch die Luft. Im Augenblick waren alle Gäste gut versorgt.

Hierher hatte er mit Magdalena auch kommen wollen, dachte Apostoles traurig. Aber sie hatte es seltsam gefunden, als Bäckerei-Besitzerin in ein anderes Café zu gehen.

»Ein Griechisch-Allgäuer-Fest möchte ich veranstalten, um es genauer zu sagen. Ich möchte für euch alle kochen!«

»Mich mal wieder an einen Tisch setzen und verwöhnen lassen – da bin ich gleich dabei«, sagte Monika lachend. »Aber selbstverständlich bringe ich auch etwas mit – wie wäre es mit süßen und herzhaften Waffeln?«

»Entweder – oder«, sagte Apostoles streng. »Ihr habt das ganze Jahr über genug Arbeit, an diesem einen Abend sollt ihr es euch gut gehen lassen.«

Nun würde Magdalena doch noch zu ihren Waffeln kommen, dachte Apostoles glücklich, als er das Café kurze Zeit später verließ. Die Maierhofener machten es ihm wirklich leicht, mehr noch, sie waren begeistert von seiner Idee, ein Fest für sie auszurichten. Aber Rosi hatte recht behalten –

jeder wollte etwas beisteuern! Sein Einwand, dies würde Extraarbeit für sie bedeuten, wischten sie beiseite – so gern sie alle für die auswärtigen Gäste und Touristen da waren, so sehr freuten sie sich darauf, einmal wieder etwas nur für sich selbst zu tun. Dass ausgerechnet Apostoles diese Idee hatte, fanden sie lustig. Und es verwunderte sie, dass das Fest auf dem Franzenhof stattfinden sollte.

Als Apostoles bei Christine klingelte, öffnete ihm eine fremde Frau mit verstrubbeltem Haar. Hinters rechte Ohr hatte sie einen Bleistift geklemmt. »Frau Heinrich ist leider nicht da«, sagte sie.

»Sie sind bestimmt eine von Christines Töchtern«, sagte Apostoles. »Sehr gut. Dann erzähle ich einfach Ihnen von meiner Idee und...«

»Moment! Ich bin nur ein Gast«, unterbrach die Frau ihn lachend. »Ein Dauergast sozusagen.« Auf seinen fragenden Blick hin berichtete sie ihm von ihrer Auszeit.

»Wenn Sie am zweiten Augustwochenende noch da sind, dann sind Sie herzlich zu meinem Fest eingeladen«, sagte Apostoles. In kurzen Zügen erklärte er seine Idee.

»Ich komme gern, vielen Dank. Wenn Christine mich in Ihre Küche lässt, könnte ich auch etwas für Ihr Fest beisteuern.«

»Was wollt ihr in meiner Küche veranstalten?«, fragte Christine lächelnd, die in diesem Moment mit Reinhard und den Hunden von einem Spaziergang kam. Sie trug einen großen Strauß goldgelber Weizenähren im Arm. Die Autorin verabschiedete sich und zog sich wieder in ihr Zimmer zurück.

»Deine Küche bleibt ausnahmsweise einmal kalt«, sagte Apostoles, dann sprach er seine Einladung aus.

»Eine tolle Idee!«, sagte Reinhard anerkennend. »Ich spendiere gern den Wein.«

»Wie großzügig, danke!« Apostoles war erfreut.

»Und ich könnte die Deko für dein Fest machen«, sagte Christine und zeigte auf den Ährenstrauß. »Im August schenkt uns Mutter Natur so viel Schönes. Weinranken, Beeren, frische Früchte...«

»Und Olivenzweige«, ergänzte Apostoles lächelnd. »Da wäre noch etwas – ich würde gern Renzo und Luise einladen, hättest du zufällig ein Zimmer für die beiden?«

»Das ist jetzt eher schlecht«, antwortete Reinhard an Christines Stelle eilig. »In der Woche wollen wir nämlich Urlaub machen.«

»Aber... Renzos und Luises Anwesenheit bei dem Fest wäre noch das Tüpfelchen auf dem I! Magdalena hat die beiden so sehr gemocht«, sagte Apostoles fast händeringend.

»Du planst das Fest zusammen mit Magdalena?«, fragte Christine erstaunt. »Ich dachte...« Sie brach ab.

Apostoles senkte den Kopf. »Wenn es nur so wäre. Nein, mit dem Fest will ich Magdalena zurückgewinnen! Ich möchte die Leichtigkeit der kretischen Sommerabende vor ihr entstehen lassen, ich will ihr beweisen, dass mir keine Mühe zu groß ist, um sie zurückzugewinnen. Liebe geht doch durch den Magen, sagt man...«

»Also gut, überredet!« Mit einem entschuldigenden Lächeln schaute Christine Reinhard an. »Jetzt siehst du, wie es mir ständig geht. Und dann kommst du an und sagst, ich solle mich schonen.« Sie lachte.

»Ich kann auch Therese fragen, ob in der Goldenen Rose was frei ist«, sagte Apostoles, als er Reinhards düstere Miene bemerkte. »Ich dachte halt, bei euch hier wäre es wie in alten Zeiten...«

Reinhard seufzte. »Wenn es für Christine in Ordnung ist, dann sollen die zwei halt kommen, wenn sie Zeit haben. Es sind schließlich unsere Freunde.«

Christine und Apostoles grinsten verschwörerisch.

Schon hundertsechzig Seiten, und das in gerade mal vier Wochen! Eigentlich war es unfassbar, wie gut sie vorankam, dachte Michelle, während sie ins Dorf lief. Doch das Schreiben war ganz schön anstrengend, nach einem halben Tag am PC war sie erschöpfter als nach einer Schicht im Eiscafé. Sie brauchte dringend etwas Abwechslung und vor allem – Nervennahrung! Und da gab es in Maierhofen nichts Besseres als die Schneckennudeln, die Zimtteilchen oder den Brombeerkuchen mit der dicken schneeweißen Baiserhaube aus der Bäckerei.

Clarissa hatte sich nach einigen Anlaufschwierigkeiten inzwischen in der Gärtnerei häuslich eingerichtet. Natürlich war im richtigen Moment stets Tim Tagheuer erschienen, um ihr aus der Patsche zu helfen, doch außer ein paar bedeutungsvollen Blicken war zwischen ihnen noch nichts geschehen. Vor dem ersten Kuss musste Clarissa mindestens noch zwei, drei Probleme bewältigen! Erst dann konnte sie, Michelle, an das Happyend denken. Die Hauptfiguren eines Romans sollten im Laufe einer Story etliche Konflikte zu bewältigen haben, das stand in jedem Schreibratgeber.

Michelles Blick fiel auf die alten Dächer, deren Schindeln teilweise zweifarbig und in einem kunstvollen Muster verlegt waren. Wie wäre es, wenn eins der Glasdächer der Gärtnerei einstürzte?, fragte sich Michelle. Oder wäre ein Wasserrohrbruch besser?, dachte sie beim Anblick des kleinen Brunnens auf dem Marktplatz. Aber wie sollte Tim Tagheuer Clarissa dabei helfen? Den Boden mit trockenen Tüchern aufzuwischen war nicht gerade glamourös...

Oder sollte sie Clarissa lieber einen inneren Konflikt lösen lassen? Clarissa könnte beispielsweise Angst vor der Dunkelheit haben. Oder Angst vor... Michelle wollte nichts einfallen. Sie selbst war relativ angstfrei. Jonas sagte immer, das läge daran, weil sie ihr Hirn zu selten einschaltete, bevor sie etwas tat. Na und? Was war verkehrt am Sprung ins kalte Wasser? Jonas!, dachte Michelle wütend. Eine große Hilfe war er ihr wirklich nie gewesen.

Falls Clarissa Angst vor der Dunkelheit hatte, musste sie, Michelle, diese gleich zu Beginn einführen, was bedeutete, dass sie den ganzen Roman umschreiben musste. Hatte sie darauf wirklich Lust? Vielleicht wäre Angst vor einer Pleite angebrachter? Da konnte die Autorin wenigstens ein Wörtchen mitreden, dachte Michelle selbstironisch.

Resolut öffnete sie die Tür zur Bäckerei. Zuerst etwas Süßes, vorher konnte sie sowieso nicht mehr vernünftig denken! Der Duft von frischem Pflaumenkuchen ließ ihr sogleich das Wasser im Mund zusammenlaufen.

»Bitte eine Zimtschnecke und dazu einmal Pflaumenkuchen mit Sahne«, sagte sie fröhlich zu der stets etwas mürrisch dreinschauenden Verkäuferin.

»Er fehlt mir so...«
»Warum gehst du dann nicht zu ihm?«

»Ich soll einfach hoch auf den Franzenhof?«

»Warum nicht? Wenn du willst, könnten wir dort auch ›rein zufällig‹ mit den Hunden spazieren gehen und darauf hoffen, dass wir Apostoles treffen.«

Apostoles? Rein zufällig treffen? Michelle runzelte die Stirn. Über wen sprachen die zwei Frauen, die sie gerade unfreiwillig belauschte? Sie hatte an einem kleinen Zweiertisch an der Tür Platz gefunden, gleich hinter ihr saßen die Bäckerin und eine attraktive Frau mit zwei Hunden. Die Tische standen so eng, dass man gar nicht anders konnte, als ein Gespräch mitzuhören.

»Dabei würde ich mir blöd vorkommen«, hörte sie die Bäckerin sagen. Sie hieß Magdalena, hatte Michelle inzwischen mitbekommen. Die Frau mit den Hunden, deren Namen sie nicht kannte, Magdalena, ihre Pensionswirtin Christine – sie alle waren befreundet, trafen sich sogar regelmäßig zu einem Mädelsabend.

Wie schön wäre es, jetzt Heike hier zu haben, dachte Michelle sehnsüchtig. Sie telefonierten zwar regelmäßig, und Heike erzählte ihr dann den neuesten Tratsch aus dem Eiscafé, aber das war einfach nicht dasselbe wie sich persönlich zu sehen. Mit einer Freundin an der Seite machten die einfachsten Dinge gleich doppelt so viel Spaß. Im Geiste sah sie vor sich, wie Heike beim Anblick der traumhaften Kuchen hier in der Bäckerei genießerisch die Augen verdrehte. Michelle lächelte.

»Nein, wenn schon, dann muss Apostoles den ersten Schritt tun«, sagte die Bäckerin trotzig. »Er ist schließlich gegangen!«

»Weil du ihn rausgeworfen hast«, entgegnete die Frau mit den Hunden lachend. »Jetzt sei doch nicht so bockig!

Rosi sagt, er liebt dich noch immer und wartet nur auf ein Zeichen von dir.«

»Ach ja? Und warum kauft die Polin dann in letzter Zeit doppelt so viel von ihrem Lieblingsbrot wie bisher? Das süße Weißbrot isst auf dem Franzenhof außer Liliana niemand. Wahrscheinlich bereitet sie ›Liebeshäppchen‹ für Apostoles vor«, sagte sie giftig.

Womit Sabine von der Leuken wohl Jonas fütterte?, schoss es Michelle unwillkürlich durch den Sinn. Ging er mit der Geschäftskollegin öfter aus als mit ihr? War Sabine überhaupt noch eine Kollegin oder schon viel mehr?

Der Pflaumenkuchen hatte auf einmal seine Süße verloren. Michelle ließ ihre Gabel sinken. Wenn sie an das Telefonat von vorhin dachte, konnte einem aber auch der Appetit vergehen! Jonas schien sie gar nicht zu vermissen, im Gegenteil, sie hatte fast das Gefühl, er war froh, sie los zu sein, weil er nun endlich rund um die Uhr arbeiten konnte. Warum hatte er sich nicht wenigstens zu einem »Du fehlst mir« durchgerungen? Das hätte ihr gezeigt, dass er noch etwas für sie empfand. Aber nein, das Einzige, was er von ihr hatte wissen wollen, war, wann der Mülleimer rausgestellt werden musste, welches Waschmaschinenprogramm er für seine schwarzen Pullover einstellen musste und wo sie immer die sauren Apfelringe einkaufte, die er tütenweise aß, während er am PC arbeitete. Frustriert stach Michelle ihre Gabel erneut in den Kuchen.

»Dafür muss ich eine Reise machen, auf die ich überhaupt keine Lust habe«, sagte die Frau mit den Hunden gerade.

»Meint ihr es echt ernst mit Kanada?«

Michelle sah nicht, ob die Frau mit den Hunden nickte,

aber im nächsten Moment hörte sie sie sagen: »Vincent ist das sehr wichtig, da kann und will ich ihm nicht im Weg stehen. Aber verflixt, ich habe absolut keine Lust, seine Ex zu treffen! Aber das scheint fast unumgänglich. Und wenn ich daran denke, dass ich die Hunde in Pension geben muss, könnte ich jetzt schon heulen ... Bailey und Blue hassen es, wenn so viel Trubel um sie herum herrscht, und das bleibt bei der Züchterin mit ihrem großen Rudel leider nicht aus.«

»Die Hunde nimmt doch bestimmt auch Christine! Bei ihr fühlen sie sich pudelwohl«, sagte die Bäckerin.

»Das ist ja das Problem. Christine und Reinhard wollen ausgerechnet in dieser Woche im August Urlaub machen. Sie fahren zwar nicht weg, haben aber Tagesausflüge geplant. Deshalb war Reinhard sehr strikt mit seinem Nein.«

Michelle schob ihren Kuchenteller von sich. Männer! Der eine verweigerte einem die Hilfe, der nächste haute einfach ab, der überübernächste nahm nicht mal eine Fahrt ins Allgäu auf sich. Nichts lief je richtig rund, überall gab es Missverständnisse, jeder dachte nur an sich. Da lobte sie sich einen wie Tim! Er war männlich und zuverlässig und hilfreich. Für ihn gab es nichts Schöneres, als Clarissa glücklich zu machen! Er war ein Held, wie man ihn sich wünschte ...

Den letzten Schluck Kaffee rasch hinunterkippend stand Michelle auf. Sie musste zurück an den Schreibtisch!

In der Casa Christine ging Michelle zur Küche, um sich eine Flasche Wasser zu holen.

»Huch!«, rief sie erschrocken, als sie Christine auf der Küchentheke sitzen sah. Reinhard beugte sich dicht über sie, eine Pinzette in der Hand. Desinfektionsmittel, eine Salbentube und Pflaster lagen parat.

Christine, der sämtliches Blut aus den Wangen gewichen war, winkte sie näher. »Kommen Sie ruhig herein. Ich habe mir bei der Gartenarbeit wohl eine Zecke eingefangen, Reinhard ist so lieb, sie mir zu entfernen.«

»Viel Erfolg«, murmelte Michelle, schnappte eine Flasche Wasser aus dem Getränkekorb und ging eilig davon. Mit solchen banalen Zuwendungen würde Tim sich gewiss nicht aufhalten, er würde gleich einen Rettungshubschrauber einfliegen lassen.

9. Kapitel

Wie an den letzten beiden Tagen war Apostoles auch heute seit dem frühen Vormittag in seiner Mission unterwegs. Die Möllings, die Familie Scholz, Carmen Kühn und ihr Mann, sogar Madara oben auf der Alpe – alle freuten sich auf das Fest und waren bereit mitzumachen. Und auch auf dem Franzenhof waren die Vorbereitungen in Gang gekommen – Edy hatte mit weiß-rotem Trassierband schon den Parkplatz markiert.

Temperamentvoll schlug Apostoles nun den eisernen Türklopfer gegen Vincents hölzerne Haustür. Greta, die Maierhofener Cheforganisatorin, würde bestimmt Augen machen, was er auf die Beine stellte! Wenn sie es nicht von den anderen schon gehört hatte.

»Du bist auf dem Sprung?«, stellte er fest, als er sah, dass Greta den Hunden Halsbänder und Leinen anlegte.

»Ja, ich muss gleich in den Nachbarsort, Anfang des Monats ist dort immer Gemeinderatssitzung, und ich wurde gebeten, dabei zu sein. Vincent ist auch schon bei der Arbeit«, sagte Greta. »Aber falls es um irgendwelche freiwilligen Arbeiten geht… Vince hat vor unserer Kanadareise noch sehr viel zu tun.«

Apostoles runzelte die Stirn. Er hatte doch noch gar nichts gesagt?

»Ich brauche keine Hilfe«, sagte er gekränkt. »Ich möchte euch eigentlich nur zu einem Fest einladen, das ich organisiere. Ein Griechisch-Allgäuer Fest nur für die Dorfbewohner. Ich koche für alle! Reinhard spendiert den Wein, feiern werden wir auf dem Franzenhof. Der Abend soll ein Dankeschön für all diejenigen sein, die Tag für Tag für die Maierhofener Gäste da sind.«

Gretas Miene hellte sich augenblicklich auf. »Was für eine schöne Idee! Es ist höchste Zeit, dass man den freiwilligen Helfern mal etwas Gutes tut. Darauf hätte ich auch selbst mal kommen können... Wenn ich dir irgendwie mit der Organisation helfen kann, sag Bescheid, ja? Wann soll dein Fest denn steigen? Wir kommen natürlich sehr gern!«

»Übernächstes Wochenende«, antwortete Apostoles.

»Mist!« Schlagartig verdunkelte sich Gretas Miene wieder. »Ausgerechnet in der Woche sind wir weg...«

»Entschuldigung, wenn ich das so offen sage – aber hast du keine anderen Probleme, als ein Fest zu organisieren?«, fragte Jessy mit ironischem Unterton. Hektisch schaute sie über ihre Schulter ins Hausinnere. Das Tuch, mit dem sie ihre Rasta-Locken aus der Stirn gebunden hatte, leuchtete in bunten Regenbogenfarben.

Apostoles' Schultern sackten nach unten. Er hatte sich lange überlegt, ob er Magdalenas Tochter in seine Pläne einweihen sollte. Hätte er besser geschwiegen...

»Jetzt komm erst mal rein, ich habe Brombeermarmelade auf dem Herd.« Noch während sie sprach, verschwand Jessy mit wehenden Röcken im Haus.

Zaghaft folgte Apostoles ihr. Wenigstens jagte sie ihn nicht gleich wieder davon.

In Jessys Küche roch es fast ähnlich wie in der Backstube. Nach Hefe, nach Vanille und Zimt. Nach Früchten, die mit Zucker aufgekocht wurden. Vor seinem inneren Auge tauchten Bilder auf. Magdalena und er beim Streuselkuchenbacken. Magdalena beim Entsteinen von Zwetschgen. Magdalena und er bei der Brotzeit, Marmeladenbrote essend. Mein Gott, was hatte er alles verloren...

Apostoles blinzelte heftig. Bevor er wusste, wie ihm geschah, schossen ihm Tränen in die Augen.

Die Marmelade in bereitgestellte Gläser füllend, sagte Jessy: »So, jetzt nochmal zu deinem Fest – « Sie brach erschrocken ab, als sie sah, dass er weinte. »Apostoles, um Himmels willen! Das war doch nicht böse gemeint!«

»Ich mache das Fest in Wahrheit doch einzig für Magdalena«, schluchzte er.

Ungefragt ließ er sich an Jessys hölzernem Küchentisch nieder.

»So viel Aufwand betreibst du für Mutter?« Jessy war fassungslos.

»Aufwand? Ich würde jeden Liebesbeweis erbringen, wenn ich sie damit zurückgewinnen kann. Auch wenn sie mehr als deutlich zu verstehen gegeben hat, was sie von mir hält.«

»Ach, Apostoles...« Jessy seufzte traurig. »Meine Mutter meint nicht alles so, wie sie es sagt. Es heißt zwar immer, wir Allgäuer Schwaben hätten ein etwas schwerfälliges Temperament, aber von Magdalena kann man das wirklich nicht behaupten. Wenn die auf 180 ist, kommen ihr schon mal Worte über die Lippen, die sie nachher bitterlich bereut.«

»Und warum sagt sie mir das nicht?« Magdalena bereute ihre Worte? Stimmte das wirklich?

»Weil sie einen gewaltigen Dickkopf hat.« Jessy schenkte Apostoles einen klaren Schnaps ein. »Im schlimmsten Fall kommt sie gar nicht zu deinem Fest. Und dann?«

»Was? Aber... Dann wäre ja alles umsonst gewesen!« Dass Magdalena nicht erscheinen könnte, war ihm bisher nicht in den Sinn gekommen. Hektisch kippte er den Schnaps hinunter, ohne ihn zu schmecken. Er rann heiß seine Speiseröhre hinab.

»Du solltest vielleicht vorher ein paar Rauchzeichen mit der Friedenspfeife von dir geben«, sagte Jessy sanft. »Damit sie ›vorgewarnt‹ ist. Wenn sie auf anderem Wege von deinem Fest erfährt, kann es gut sein, dass sie eingeschnappt reagiert, weil du sie nicht in deine Pläne eingeweiht hast.«

»O Gott, das wäre eine Katastrophe! Ich bin zu allem bereit. Was soll ich tun?« Apostoles schluckte.

Jessy legte den Kopf schräg. Mit einem Grinsen, das spitzbübisch und herausfordernd zugleich war, sagte sie: »Warum gehst du nicht einfach bei ihr vorbei und erzählst ihr von deinem Griechisch-Allgäuer Fest, so wie du mir davon erzählt hast? Lade sie ganz offiziell dazu ein!«

»Und – wie läuft es so?«

»Alles bestens«, sagte Michelle, während sie ihren Laptop herunterfuhr. Wie gelangweilt er sich anhörte. Für heute hatte sie genug geschrieben – ganze zehn Seiten!

»Und wie läuft's bei dir?« Sie hielt den Atem an. Außer ein paar kurzen WhatsApp-Nachrichten hatten sie seit Tagen nichts voneinander gehört.

Vermisste er sie? Ihre Fernsehabende zu zweit? Ihre...

was eigentlich? Sie ließ sich aufs Bett sinken, das Christine am Morgen frisch bezogen hatte. Die geblümte Bettwäsche duftete nach Sommer und Sonne.

»Alles easy«, sagte Jonas. »Sabine und ich sind an einem neuen Logistik-Tool, bei dem es Schnittstellen zu meinem Advantage-XA geben soll, so dass unsere Kunden über den Synergieeffekt hinaus...«

Blablabla, dachte Michelle ungnädig, während Jonas ins Schwärmen kam über seinen neuesten Geistesblitz. Er wusste doch genau, dass sie sich für diesen IT-Kram nicht interessierte.

»Gestern war eine Frau da, sie wollte bei uns den Strom ablesen. Kommt die eigentlich immer unangemeldet?«, fragte er schließlich vorwurfsvoll.

»Hat sie dir etwa nicht per Chat-Bot einen Time-Slot genannt?« Michelle grinste. »Apropos unangemeldete Besuche – kommst du mich jetzt eigentlich mal besuchen oder nicht? Hier ist es so schön!« Sie hatte noch nicht zu Ende gesprochen, als sie sich schon darüber ärgerte. Mist! Sie hatte doch genau diese Frage nicht stellen wollen!

»Ich dich besuchen?«, widerholte er in einem Ton, als habe sie ihn gebeten, ihr seine Niere zu spenden.

»Du könntest für ein verlängertes Wochenende kommen, es muss ja nicht unter der Woche sein. Übernächstes Wochenende gibt es ein Dorffest, von dem reden die Leute schon jetzt.« Die Hoffnung stirbt zuletzt, dachte sie.

Jonas lachte. »Sorry, aber wegen eines Dorffests fahre ich keine fünfhundert Kilometer hin und zurück.«

»Vierhundert«, sagte sie eisig. »Es sind vierhundert Kilometer hin und zurück.«

»Egal. Ich kann eh nicht.«

Michelle runzelte die Stirn. Wann immer er diesen Ton anschlug – leicht defensiv, leicht trotzig –, teilte er ihr kurz darauf etwas mit, was ihr nicht schmecken würde. Er würde nun doch nicht zum Weihnachtsmarkt mitkommen, weil... Die Verabredung mit Heike und Volker müssten sie nun doch verschieben, weil...

»Und warum bitteschön nicht? Ist dein Auto kaputt oder was?«

»Ich fliege Ende nächster Woche nach Houston«, ertönte es am andern Ende der Leitung.

»Houston?«, fragte sie nach, als sei sie schwerhörig. »Aber was...« Davon war doch nie die Rede gewesen!

Sie hörte sein Grinsen förmlich, als er sagte: »Es ist passiert! Endlich! Ein großer, amerikanischer Automobilhersteller interessiert sich für meine Software ›Fasten-Up‹!«

»Das ist ja toll!«, rief sie. »Mensch Jonas, jetzt wirst du reich und berühmt.« Es hielt sie nicht länger auf dem Bett, aufgeregt rannte sie zum Fenster und blickte in den Garten, wo Christine für die Nacht gerade die Sitzkissen von den Steinbänken und der Sitzecke einsammelte. Schon sehr früh am Abend – was, wenn sie sich jetzt noch hätte raussetzen wollen?, dachte Michelle stirnrunzelnd. »Ich drück dir ganz doll die Daumen!«

»Sabine kommt übrigens auch mit.«

Vergessen waren Christines Garten und die Sitzkissen. »Sabine kommt *was*? Habe ich das gerade richtig gehört? Was hat sie mit deinem ›Fasten-Up‹ zu tun? Soll sie dein Händchen halten? Teilt ihr euch womöglich ein Zimmer? Also, ganz ehrlich, ich finde d... das unmöglich!« Vor Aufregung hatte Michelle zu stottern begonnen.

»Hey, entspann dich«, sagte Jonas in seinem defensivtrotzigen Ton. »Wer von uns ist denn einfach auf und davon? Das warst doch wohl du! Da kannst du es mir kaum übelnehmen, wenn ich mit einer Kollegin, für deren Unterstützung ich sehr dankbar bin, eine Geschäftsreise unternehme. Es kann schließlich nicht jeder den Launen des Lebens so nachgehen wie du.«

»Vielen Dank für die Ansage! Wenn *du* durch die Weltgeschichte fährst, dann nennst du es Karriere! Wenn *ich* mich selbstverwirkliche, wirfst du mich in einen Topf mit all den gelangweilten töpfernden Hausfrauen dieser Welt. Von mir aus fahr nach Houston oder zum Teufel – es ist mir egal!« Wütend und verletzt zugleich drückte Michelle die Austaste ihres Handys.

…Vielen Dank, dass Sie mich nach Bergbronn mitgenommen haben, Sie waren wirklich meine letzte Rettung!« Mit einem innigen Händedruck verabschiedete Clarissa sich von ihrem Retter. Sie hätte noch Stunden im Auto dieses attraktiven Mannes verbringen können.…

Stirnrunzelnd ließ Christine die ersten siebzig Seiten von Michelles Manuskript sinken. Woher hatte dieser ominöse Tim Tagheuer am Bahnhof eigentlich gewusst, dass Clarissa nach Bergbronn fahren wollte? War er einer dieser unheimlichen Stalker? Überhaupt – so einfach ins Auto eines Fremden einzusteigen, das hätte auch schiefgehen können!

Christine stopfte das Kissen hinter ihrem Rücken zurecht, dann nahm sie die losen Blätter wieder auf, um weiterzulesen.

Es war ein herrlicher Sommerabend. Die letzten Sonnenstrahlen versanken gerade über Madaras Alpe, vom naheliegenden Weiher wehte der Geruch von Lagerfeuern und gegrilltem Fisch herüber, Lachen war zu hören, leise Musik. Eigentlich war es eine Schande, sich an solch einem Abend so früh ins Bett zu verkriechen, dachte Christine schuldbewusst.

Reinhard hatte eine Radtour mit ihr machen wollen. Er hatte bei einem Fahrradhändler im Nachbarort zwei E-Bikes ausgeliehen, und eigentlich konnte sie es kaum erwarten, einmal solch ein Elektrofahrrad auszuprobieren. Bei der hügeligen Landschaft, in der sie wohnten, war dies sicherlich ein Genuss! Trotzdem hatte sie ihm abgesagt. Da die Leihfrist der Räder erst übermorgen endet, konnten sie ihre Radtour auch noch morgen machen. Heute war sie einfach zu kaputt!

Vier Gäste waren abgereist, sie hatte die Zimmer neu herrichten müssen, fünf Waschmaschinen Wäsche gehabt. Und sie hatte Luise Stetter zu einem Arzttermin begleitet.

Verflixt, sie hatte schon wieder versäumt, die Nummer von Luises Tochter in Amerika rauszusuchen und Kontakt aufzunehmen!, ärgerte sich Christine nun. Stattdessen hatte sie ihre eigene Tochter angerufen. Sibylle war auf dem Sprung zu einem Hochschulevent gewesen und hatte sie, ihre Mutter, abgefertigt, als sei sie eine nervige Person, die eine Umfrage zu den Stromkosten durchführen wollte. Müde vom Tag und den vielen Pflichten hatte ihr dieses Telefonat noch den Rest gegeben. Kurz danach hatte sie Reinhard abgesagt. Sie wusste, dass er enttäuscht war, auch wenn er nichts gesagt hatte.

Die Hunde, die ihr wie immer ins Schlafzimmer gefolgt

waren, schauten sie fragend an. Joe fiepte leise, Jack schnüffelte sehnsuchtsvoll in Richtung des geöffneten Fensters. Christine spürte, wie das schlechte Gewissen erneut in ihr aufflackerte. Die Hunde waren es im Sommer nicht gewohnt, so früh ins Haus zu müssen. Aber du liebe Güte – ein einziges Mal würde ihr doch ein früher Feierabend vergönnt sein, oder? Ab ins Bett, eine Tasse heiße Schokolade und einfach nur lesen... Für sie klang heute nichts verführerischer, und wenn es zehn Mal Hochsommer war! Als Michelle ihr vorhin im Hausflur feierlich die erste Leseprobe – über hundertfünfzig Seiten! – übergeben hatte, war ihr das gerade recht gekommen.

Christine dachte an die Begegnung zurück. Ihr Dauergast war ihr ein wenig niedergeschlagen vorgekommen. Hätte sie sich ein wenig mehr um sie kümmern sollen? Fragen, ob alles in Ordnung war? Der Gedanke war ihr durch den Kopf gegangen, aber ausnahmsweise hatte sie sich den Luxus gegönnt, sich nicht für alle Probleme dieser Welt verantwortlich zu fühlen.

Die fiependen Hunde, so gut es ging, ignorierend, las Christine weiter.

... Nachdem sie sich verabschiedet hatten und Clarissa Tim einen letzten sehnsuchtsvollen Blick nachgeworfen hatte, kramte sie in ihrer Louis-Vuitton-Tasche nach dem Schlüssel zum Wohnhaus, das zur Gärtnerei gehörte. ...

Ob diese Clarissa eine Tasche von Prada, Gucci oder sonst wem trug, interessierte keine Bohne!, dachte Christine. Aber wie, bitte schön, sah die Gärtnerei eigentlich aus? Und wo lag sie? In der Ortsmitte? Am Ortsrand? Einsam zwischen

Wiesen und Feldern? Und war das Haus ein Fachwerkhaus? War es hübsch oder alt und verwohnt?, fragte sie sich, während sie genießerisch an ihrer heißen Schokolade nippte.

... Der Schlüssel wollte nicht ins Türschloss passen, ganz gleich, wie heftig Clarissa auch herumrüttelte. Panik stieg in ihr auf. Und nun? Was sollte sie tun, wenn sie nicht ins Haus kam? Der kleine Ort sah nicht danach aus, als ob es hier etliche Pensionen zur Auswahl gab ...

Dann probier doch erst mal, ob der Schlüssel zu einer anderen Tür passt!, dachte Christine. Meist gab es mehrere Wege, um in ein Haus zu gelangen. Und bestimmt gab es an dem Schlüsselbund nicht nur einen Schlüssel, oder? Sie seufzte. Jetzt beruhig dich mal wieder, ermahnte sie sich. Schließlich bist nicht du es, die dieses Buch schreibt! Und beim Literarischen Quartett bist du auch nicht.

... Clarissa spürte auf einmal, dass sie nicht allein war. Jemand stand nah hinter ihr! Ein leiser Schauer rann ihren Rücken hinab, mit klopfendem Herzen drehte sie sich um.
»*Sie?*«*, sagte sie und starrte in die stahlblauen Augen von Tim Tagheuer.*
»*Kann ich Ihnen helfen?*«*, fragte der Fremde.*
Clarissa zuckte hilflos mit den Schultern. »*Die Tür geht nicht auf.*« *Oje, langsam musste Tim sie wirklich für ein wenig dämlich halten ...*
»*Wenn ich mal darf?*« *Mit einem zärtlichen Lächeln nahm Tim Tagheuer ihr den Schlüssel ab. Er drehte ihn vorsichtig im Türschloss, während sie ihm über seine breiten Schultern hinweg zuschaute. Die Tür ging auf.*

»Was würde ich nur ohne Sie tun? Sie sind wirklich mein Held!«, seufzte Clarissa. ...

War diese Clarissa echt zu blöd, eine Tür aufzuschließen?, fragte sich Christine. Und warum lächelte Tim sie zärtlich an, dafür gab es doch in dieser Situation gar keinen Anlass, oder hatte sie etwas überlesen? War schon mehr zwischen den beiden geschehen? Ein Tête-à-Tête auf einem Autobahnrastplatz, das Michelle zu erwähnen vergessen hatte? Christine blätterte erst zurück, dann ein paar Seiten nach vorn. Nein, die Romanze schien sich gerade erst anzubahnen.

... »Darf ich Sie zum Essen einladen? Es ist schon so spät, nach der langen Reise haben Sie doch sicher keine Lust mehr zu kochen. Und eingekauft haben Sie bestimmt auch noch nicht, oder?«

Clarissa nickte jämmerlich. Sie hatte tatsächlich vergessen, sich für den ersten Abend etwas zu essen zu besorgen. »Wenn es Ihnen nicht zu viele Umstände macht?«

Tims stahlblaue Augen funkelten verschmitzt, als er sagte: »Ich kenne hier zufällig ein kleines, romantisches Restaurant, das wird Ihnen gefallen.«

Was für eine sexy Stimme er hatte...

Ach Tim, du bist aber auch ein Teufelskerl, dachte Christine ironisch und wusste nicht, ob sie lachen oder weinen sollte. Warum hatte eigentlich jeder zweite Romanheld eine sexy Stimme und dazu stahlblaue Augen und breite Schultern? Wie nannte man eigentlich Reinhards Augenfarbe?, ging es ihr im selben Moment durch den Kopf. Wenn er sich ärgerte, zum Beispiel wenn sie Luise Stetter zu sehr umsorgte, überwog das Grau in seinen Augen. Wenn er sich über etwas freute, dann wirkten seine Augen eher bräunlich. Und wann immer er sie anschaute, glänzten sie so warm wie eine Kastanie.

Auf einmal hatte Christine solche Sehnsucht nach ihm, dass sie es in ihrem Bett nicht mehr aushielt. Müdigkeit hin oder her – sie würde jetzt auf ein Glas Wein zu ihm hinübergehen.

»Jungs, kommt!«, sagte sie, nachdem sie sich Jogginghose und T-Shirt übergestreift hatte.

Die Hunde brauchten keine zweite Aufforderung.

Reinhard saß mit Block, Stift und einem Stapel Unterlagen an seinem Gartentisch. Bestimmt arbeitet er an dem Slow-Food-Konzept, dachte Christine. Wie gern wäre sie dabei mit von der Partie! Aber ihr Tag hatte nun mal nicht mehr Stunden.

Als er sah, wie sie zögerlich und ungeschminkt durch sein Gartentor kam, leuchtete sein Gesicht auf. Christines Herz machte einen kleinen Hüpfer. Dass sich nochmal jemand so freute, sie zu sehen, war wie ein Wunder für sie.

»Ich habe gehört, hier besitzt jemand einen gut sortierten Weinkeller?« Augenzwinkernd lächelte sie ihn an.

Reinhard sprang sogleich auf. »Rot oder weiß?«

»Rot. Dunkelrot«, sagte Christine mit rauer Stimme.

Kurze Zeit später saßen sie eng aneinandergekuschelt in Reinhards Rosenlaube, jeder ein Glas Wein in der Hand. Christine atmete tief ein. Es war gut, dass sie sich noch aufgerafft hatte. Hier mit Reinhard zu sitzen tat so gut! Es war jedenfalls zehnmal besser, als sich über Clarissa zu ärgern. Apropos…

»Ich weiß nicht, was ich machen soll«, sagte sie leise. »Ich glaube, ich brauche mal wieder deinen Rat.« Sie beugte sich nach rechts, um ein paar Brombeeren zu pflücken, die in Reinhards Hecke so reichlich wuchsen, dass sich die Äste teilweise schon bogen. Diese frühe Sorte schmeckte zuckersüß. Schon seit Tagen hatte sie sich vorgenommen, die Früchte zu ernten und Marmelade zu kochen. Wenn sie nur nicht immer so müde wäre… Greta hatte vor ein paar Tagen zu ihr gesagt, dass es ihr ähnlich ginge. War es das warme Wetter, das ihnen allen so zu schaffen machte?

»Falls es um Luise Stetter geht…« Reinhard seufzte.

»Nein, ausnahmsweise nicht.« Christine hielt ihm ihre rechte Hand mit den Brombeeren hin. »Probier mal, wie gut die zu deinem Wein passen!« Dann erzählte sie von Michelles Leseprobe. »Der Text ist bisher einfach schrecklich, alles ist mit einem rosaroten Schleier überdeckt, der mit dem wahren Leben nichts zu tun hat. Natürlich, Michelle ist Anfängerin, das muss man ins Kalkül ziehen. Aber…« Hilflos hob sie die Schultern. Vielleicht war sie einfach zu kritisch? Würde jemand anders Clarissas Schusseligkeit amüsant finden und mit Spannung weiterblättern, um zu erfahren, was als Nächstes geschah?

Reinhard grinste. »Oje, ist es so schlimm?«

Christine nickt kläglich.

»Und? Wo ist das Problem? Es ist Michelles Baby, nicht deins.«

»Das Problem ist, dass sie mich um meine Meinung gefragt hat. Soll ich denn lügen? Sie ist so lieb und nett, ich will ihr keinesfalls wehtun, verstehst du?« Verzweifelt schaute Christine Reinhard an.

Er tätschelte ihre Hand. »Hilfreiche Kritik ist alles andere als verletzend. Wie ich dich kenne, wirst du schon die richtigen Worte finden.«

»Hättest du nicht auch Lust, Michelles Manuskript zu lesen? Dann könntest du...«, hob Christine hoffnungsvoll an. Das war doch *die* Idee!

»Nichts da«, unterbrach er sie lachend. »Mir scheint, es handelt sich um einen dieser typischen Frauenromane. Am besten sprichst du also von Frau zu Frau mit ihr. Oder du behauptest einfach, du hättest noch keine Zeit zum Lesen gehabt. Ich habe jedenfalls tatsächlich keine Zeit. Morgen früh hab ich ein Date – mit Magdalena!«

10. Kapitel

»… Bei meiner kulinarischen Bestimmungsübung würde es darum gehen, dass die Teilnehmer verschiedene Brotsorten kosten und dabei zum Beispiel herausfinden sollen, ob es sich um ein Roggen- oder Weizenbrot handelt. Meinst du, das könnte funktionieren?«

Magdalena, die aufmerksam zugehört hatte, nickte. »Die Idee ist grundsätzlich prima. Aber ich kann dir wirklich nicht sagen, wie gut oder schlecht die Leute die Brote unterscheiden können. Ich persönlich finde ja, ein Roggenbrot schmeckt völlig anders als eins aus Weizen oder Dinkel, aber ich bin ja auch vom Fach.«

»Du meinst, die Geschmacksnerven der Menschen sind nicht gut genug ausgebildet?« Reinhards Blick wanderte zwischen seinen Notizen und Magdalena hin und her.

Sie saßen an einem der Fenstertische in der Bäckerei. Der große Andrang zur Frühstückspause morgens um neun Uhr war gerade vorüber, für Magdalena war dies die erste Möglichkeit des Tages, einmal durchzuatmen. Nachdem sie einen Schluck Cappuccino getrunken hatte, sagte sie: »Geschmacksnerven kann man schulen. Aber es geht hier nicht allein um den sprichwörtlich ›guten Geschmack‹. Es fehlt auch einfach an Wissen. Ich stelle jedenfalls sehr häufig fest, dass vor allem Leute aus der Stadt gar keine Ahnung haben, was sie essen. Sie loben meine Brote zwar über den grünen Klee, aber wenn ich dann sage, ich würde heimischen Dinkel verwenden oder Emmer von der Schwäbischen Alb, dann schauen sie mich an, als käme ich von einem anderen Stern. Weizen und Roggen kennen die meisten, aber schon bei Gerste oder Buchweizen hört es oft auf. Man müsste deshalb bei solch einer Verkostung auch die einzelnen Getreidesorten vorstellen, dann würde ein Schuh daraus!« Gespannt schaute sie Reinhard an.

»Mensch Magdalena, das ist eine super Idee!«, brach es aus ihm heraus. »Und – hättest du Lust, so etwas fürs nächste Jahr im Maierhofener Genießerprogramm anzubieten? Ich würde das komplette Konzept ausarbeiten, selbstverständlich in enger Absprache mit dir.« Begeistert schaute er sie an.

»Von mir aus«, sagte Magdalena, deren Begeisterung sich allerdings trotz der guten Idee in Grenzen hielt. Noch mehr Arbeit, dachte sie, riss sich aber zusammen. »Das wäre wirklich mal etwas anderes. Die Leute müssen wieder lernen, das Wahre und Gute zu schätzen. Nur dann haben zum Beispiel kleine Bäckereien auch weiterhin eine Lebensgrundlage. Ansonsten gibt es Brot in ein paar Jahren nur noch aus riesigen Fabriken, wo Maschinen den Teig kneten, der aus einer genormten Backmischung besteht.« Sie schüttelte sich.

»Ich hätte ja noch eine Idee…«, sagte Reinhard langgezogen. »Was würdest du davon halten, wenn wir Sam mit ins Boot holen? Er könnte sich zusätzlich ein Menü aus Brot ausdenken, damit könnte man den Leuten zeigen, wie vielfältig und wertvoll dieses Lebensmittel ist. Wer weiß, vielleicht wird daraus sogar eine ganze ›Themenwoche Brot‹?«

»Eine Themenwoche Brot... Warum nicht?« Magdalena zuckte mit den Schultern. »Ob ich mich bei Sams Menü auch als Gast anmelden könnte? Oder würde er mich in der Küche benötigen?«

»Das regeln wir so, dass es passt«, sagte Reinhard staatsmännisch und hob seine Kaffeetasse, als wollte er ihr zuprosten.

Magdalena lächelte. »Ach, wir leben wirklich in spannenden Zeiten! Wenn ich mir überlege, wie verschlafen dieser Ort einmal war... Und jetzt geschehen so viele schöne Dinge!« Und genauso unschöne Dinge, dachte sie im selben Moment und spürte, wie ihr weh ums Herz wurde. Apostoles fehlte ihr mit jedem Tag mehr. Aber interessierte das den Kerl auch nur das winzigste bisschen? Aus Rosi war auch nichts mehr herauszukriegen. »Wenn du was von Apo willst, dann weißt du ja, wo du ihn findest«, hatte die Kartoffelbäuerin erst vor ein paar Tagen zu ihr gesagt.

Apo! Nannte man ihn jetzt so, ja? Verteilten sie oben auf dem Franzenhof jetzt liebevolle Spitznamen? Sie, Magdalena, konnte Rosi damit nicht beeindrucken. Als ob sie wie ein kleines Sünderlein hoch zum Franzenhof stapfen würde! Da musste Apostolos sich eher hierher bequemen.

Magdalena blinzelte. Genug von den unschönen Gedanken. »Jedenfalls finde ich deine Ideen ganz toll«, sagte sie zu Reinhard. »Das hätte ich gar nicht von dir erwartet. Du warst doch früher eher der Einsiedler!«

Reinhard lachte. »Das wäre ich wahrscheinlich immer noch, wenn es Christine nicht gäbe.«

Magdalena lächelte warmherzig. Nachdem Christine damals von ihrem Mann Herbert verlassen worden war, war sie untröstlich gewesen. Doch nun schien die Freundin wirklich ein neues Glück gefunden zu haben.

»Bestimmt war Christine an all diesen Ideen auch beteiligt, wo sie doch so kreativ ist. Ihr zwei seid ein tolles Team«, sagte sie, und sogleich war das Herzweh erneut da. Ein tolles Team – das waren Apostoles und sie auch gewesen.

»Christine? Die hat für so etwas keine Zeit.« Reinhards Miene wirkte auf einmal verschlossen.

Was war denn das? »Fangt bloß nicht so an wie Apostoles und ich«, sagte Magdalena streng. »Die Liebe ist das Wichtigste auf der Welt, wichtiger als jede Pension und jede Bäckerei zusammen.« Hatte sie das jetzt wirklich gesagt? Magdalena schluckte.

»Das sag mal Christine! Manchmal glaube ich, dass ich in ihrem Leben gar keinen richtigen Platz habe. Umso wichtiger ist es, dass ich meine eigenen Interessen entwickle. Es kann doch nicht angehen, dass ich die ganze Zeit nur darauf warte, dass sie mal Zeit für mich hat… Ach, lassen wir das Trübsalblasen. Ich muss wieder los!« Reinhard verabschiedete sich, und Magdalena schaute ihm nachdenklich hinterher. War sie eigentlich so viel anders als Christine? Bei ihr war es die Bäckerei, die über alles ging. Apostoles hingegen war viel flexibler und unternehmungslustiger. Sobald er einen Tipp von einem Gast bekam, war er Feuer und Flamme dafür!

Vor ihrem inneren Auge erschienen plötzlich Apostoles' Wanderschuhe, die ihr so oft im Weg gewesen waren. Sie sah ihn vor sich, wie er gut gelaunt zum Männerstammtisch aufbrach, während sie mal wieder über der verhassten Buchhaltung saß. Sie sah die kretischen Backbücher vor sich, die seine Schwester ihm geschickt hatte und die ihn zu Backexperimenten inspiriert hatten. Und sie sah das riesige Puzzle mit der Allgäuer Landschaft, das er begonnen und das danach wochenlang auf ihrem Esstisch gelegen hatte. Statt sich darüber zu freuen, dass Apostoles sich gut beschäftigen konnte, hatte sie ihn zusammengestaucht, weil er ständig eine solche Unordnung produzierte.

Auf einmal war Magdalena den Tränen nah. Sie hatte wirklich ein Talent dafür, Leute zu vergraulen! Erst war es Jessy gewesen, jetzt...

Ein Klopfen an der Fensterscheibe neben ihr ließ sie zusammenschrecken. Verärgert fuhr sie herum. Doch als sie sah, wer draußen stand, rutschte ihr das Herz in die Hose.

Apostoles!

Mit einem Winken bat er sie, nach draußen zu kommen.

»Hallo...«

Verkrampft reichten sie sich die Hände.

Wie zwei Fremde, dachte Magdalena. Gut schaute er aus, so braungebrannt, als käme er direkt aus dem Urlaub. Dazu passte das weiße Leinenhemd, das er in ihrem Kreta-Urlaub auch öfter getragen hatte. Gerade noch hatte sie an ihn gedacht – und schon stand er vor ihr! Nach all den Wochen. War das ein Zeichen? Ein gutes? O Gott... In Magdalena krampfte sich alles zusammen.

»Und wie geht es dir?«, krächzte sie mit belegter Stimme.

»Ich habe dir etwas zu sagen«, begann er im selben Moment.

Sie lachten befangen.

Jetzt sagt er gleich, dass er von hier weggeht. Magdalenas Brustkorb war auf einmal so eng, dass sie nicht mehr richtig durchatmen konnte.

Wie ein kleiner Schuljunge trat Apostoles von einem Bein aufs andere. Hätte er einen Hut dabeigehabt, hätte er ihn vor Aufregung sicher mit beiden Händen geknautscht. »Ich möchte dich einladen! Dich und alle andern auch. Ein Dorffest will ich veranstalten, aber keins für Gäste, sondern nur für uns. Gefeiert wird auf dem Franzenhof, ich werde für alle kochen, es soll ein schöner Abend für all diejenigen werden, die sonst das ganze Jahr über für Kunden, Gäste und Touristen da sind.« Die Worte sprudelten nur so aus ihm heraus, und als er zum Ende gekommen war, schien er sichtlich erleichtert zu sein.

»Aha«, sagte Magdalena. Mehr fiel ihr nicht ein. Er veranstaltete ein Fest? Sie hatte Mühe, sich ein Stirnrunzeln zu verkneifen. Er hatte »für uns« gesagt...

»Das Fest findet übernächstes Wochenende statt, Mitte August ist im Dorf ja ausnahmsweise mal nichts los. Alle haben Zeit, alle sind entspannt, hoffentlich.« Er grinste schräg. »Stell dir vor, Ismene und Jannis wollen auch kommen. Vielleicht sogar Niki! Er ist zu dieser Zeit eh in Deutschland, muss irgendetwas wegen einer Fortbildung klären. Elena kann leider nicht, wegen des Restaurants...«

»Aha«, sagte Magdalena erneut. Und wo würden die griechischen Verwandten übernachten? Bei Therese? Bei Christine? Warum hatten die ihr noch nichts von den griechischen Gästen erzählt?

»Freust du dich denn nicht? Das Fest soll werden wie unsere Abende in Griechenland, leicht und unbeschwert. Das hat dir doch so gut gefallen...« Er klang fast verzweifelt.

Ein Fest mit Dutzenden von Leuten? Warum war ihm das jetzt so wichtig? Wichtiger als eine Versöhnung mit ihr?

So ein Fest bedeutete Biertische schleppen und aufbauen,

an genügend Geschirr denken, einen Unterstand herrichten für den Fall, dass das Wetter sie im Stich ließ – für Magdalena klang das nach sehr viel Arbeit, aber gewiss nicht nach Leichtigkeit. Doch im selben Moment erinnerte sie sich an Jessys mahnende Worte. »Warum glaubst du eigentlich immer, dass *deine* Wahrheit die richtige ist? Lass die andern doch anders sein!«, hatte ihre Tochter erst vor ein paar Tagen wieder zu ihr gesagt.

Magdalena biss sich auf die Unterlippe, tief in ihre Gedanken verstrickt, während Apostoles' Blick abwartend auf ihr ruhte. War dieses Fest womöglich sein Versöhnungsangebot? *Reich ihm die Hand! Und wenn dir das nicht gelingt, dann wenigstens einen Finger,* hatte sie auf einmal Jessys mahnende Stimme im Ohr.

Magdalena schluckte, dann gab sie sich einen Ruck. »Ich könnte Allgäuer Kipferl backen für das Fest! Und ich würde mich freuen, Ismene und die andern wiederzusehen. Wenn du mit ihnen telefonierst, richte bitte liebe Grüße aus!«

»Du kommst? Wirklich?« Apostoles schaute sie ungläubig an.

»Ja!« Sie lachte verwirrt. »Du hast mich doch gerade eingeladen. Oder habe ich das falsch verstanden?« Sie versuchte, sich an Einzelheiten ihres Gesprächs zu erinnern, aber ihr Herz klopfte so heftig, dass gleichzeitiges Denken fast unmöglich war.

»Nein, alles gut«, beeilte er sich zu sagen. Er strahlte sie an. »Ich verspreche dir, du wirst den schönsten Abend aller Zeiten erleben!«

Sie hob die Brauen. Doch da beugte er sich ihr schon entgegen und drückte ihr schüchtern einen Kuss auf die Wange. Magdalena spürte, wie jede Faser ihres Körpers sich ihm entgegendehnte. Sie wollte ihre Arme um ihn schlingen, ihn festhalten, nie mehr loslassen.

»Alles Gute«, sagte er mit belegter Stimme, dann wandte er sich ab und ging davon.

Bleib hier! Dein Zuhause ist hier! Ich vermisse dich so sehr!, wollte Magdalena ihm hinterherrufen, doch er lief so schnell davon, als hätte er genau vor solchen Sätzen Angst.

11. Kapitel

… Mit tränennassen Augen starrte Clarissa ins Leere. Seit drei Tagen war sie wie gelähmt. Sie fühlte sich so elend wie noch nie in ihrem Leben, sie konnte sich zu nichts aufraffen. Statt Freude und Zuversicht fühlte sie nur eine bleierne Schwere in sich.

Die ganze Zeit hatte Tim Tagheuer sie betrogen. Hatte ihr seine Liebe vorgespielt und sich als jemand ausgegeben, der er gar nicht war. Dabei war er die ganze Zeit nur auf die Gärtnerei scharf gewesen. Investmentbanker war er auch nicht, dafür aber gehörte ihm eine riesige Kette von Blumenläden! Was für ein Betrug! …

Michelle starrte auf ihren Bildschirm. Das passte vorn und hinten nicht zusammen! Drei Tage hockte Clarissa herum, ohne sich um die Gärtnerei zu kümmern? Was war mit den Blumen in den Gewächshäusern? Benötigten die kein Wasser? Mussten die nicht umgetopft werden? Und was war mit den Marktbesuchen? Jetzt, wo Tim Tagheuer ihr einen der heiß begehrten Marktstände in der Stadt organisiert hatte, ließ sie sich dort einfach nicht blicken?

So langsam ging ihr Clarissa echt auf den Nerv! Michelle erschrak bei dem Gedanken. Wenn schon ihr ihre eigene Heldin nicht gefiel, wie sollte sie dann ihre potenziellen zukünftigen Leserinnen überzeugen?

Wahrscheinlich war sie viel zu streng mit sich. Für allzu viel Realität war in einem Roman nun mal kein Platz. Sie konnte ihre Romanheldin doch nicht trotz der niederschmetternden Informationen über Tim einfach ihr Tagwerk erledigen lassen, oder? Das wäre vielleicht im wahren Leben so, aber doch nicht in einem romantischen Liebesroman! Nein, Clarissa musste jetzt heftig leiden. Sie musste glauben, ihr Leben sei zu Ende. Was war schon eine läppische Gärtnerei gegen die Liebe eines Mannes!

Je tiefer sie aus allen Wolken fiel, desto größer würde die Freude später sein, wenn Tim ihr seine Liebe gestand. Die Szene, in der Tim Clarissa mitteilte, dass er ursprünglich tatsächlich vorgehabt hatte, ihr die Gärtnerei so günstig wie möglich abzukaufen, dass er sich dann aber in ihr zauberhaftes Wesen verliebt und Abstand von diesen Plänen genommen hatte, würde der Höhepunkt ihres Romans sein. Michelle sah die Szene im Geist schon genau vor sich: Inmitten von wogenden Rosenfeldern würden sie sich in die Arme sinken und sich ewige Liebe schwören!

Falls sie vor lauter Unkraut überhaupt noch in die Rosenfelder hineinlaufen konnten, dachte Michelle schon im nächsten Moment gallig. Unzufrieden starrte sie weiter auf ihren Bildschirm. Irgendwas passte nicht... Nur was?

Eigentlich waren alle Ingredienzen, die man für einen Feel-Good-Liebesroman benötigte, vorhanden. Die etwas schusselige, tagträumerische Heldin. Der zupackende, gutaussehende, männliche Held. Die Gärtnerei als romantische Kulisse im ebenso romantischen Allgäu. Konnte sie sich vielleicht deshalb mit ihrer erfundenen Traumwelt nicht anfreunden, weil es in ihrem eigenen Leben so gut wie keine

Romantik gab? Oder lag es daran, dass sie keine Frauen wie Clarissa kannte? Die Mädels, denen sie begegnete, mussten alle selbst ihre Frau stehen. Und wenn sich eine von ihnen ausnahmsweise mal eine theatralische Geste leistete, so wie beispielsweise Geschirr an die Wand zu werfen, dann stand kein Held mit der Kehrschaufel bereit. Dann musste sie die Scherben hinterher selbst aufkehren. Im echten Leben würde Clarissa jede einzelne vertrocknete Blume, die sie vor lauter Selbstmitleid vernachlässigt hatte, mühevoll abschneiden und entsorgen müssen. An den finanziellen Ausfall wollte sie, Michelle, erst gar nicht denken.

»Ich glaub, ich hab mich mit meinem Manuskript total verrannt«, sagte sie eine halbe Stunde später zu Christine. Die Pensionswirtin stand mit Bergen von Geschirr in der Küche und spülte. Michelle hatte sich mit Geschirrtuch dazugesellt und trocknete ab. Das Geschirr sei aus der Vereinsküche vom Tennisverein, hatte Christine erklärt. Es würde für das Griechisch-Allgäuer Dorffest benötigt.

»Wie meinen Sie das?«, fragte Christine jetzt.

Michelle zuckte resigniert mit den Schultern. »Keine Ahnung, als ich anfing, glaubte ich genau zu wissen, was ich schreiben wollte. Einen Liebesroman mit Happyend, so, wie ich selbst gern welche lese. Über einen etwaigen Realitätsbezug habe ich mir nie Gedanken gemacht, geschweige denn mich daran gestört, wenn es ihn nicht gab! Ich meine, wer grübelt schon darüber nach, ob die Heldin vom Verkauf hübsch dekorierter Cup-Cakes überhaupt leben kann, wo doch Mister Right hinter der nächsten Ecke nur darauf wartet, sie aus jeder noch so misslichen Lage zu retten!«

Christine lachte. »Wenn es nur im wahren Leben auch so wäre, nicht wahr?«

Michelle schnaubte. »Das ist es ja! Ich habe irgendwie das Gefühl, ich mache meinen Leserinnen etwas vor. Dabei ist es nun wirklich nicht meine Absicht, die Leute zu veräppeln. Wie hat Ihnen denn eigentlich meine Leseprobe gefallen?« Sie hielt den Atem an. Es war fast eine Woche her, dass Sie Christine die ersten 150 Seiten zum Lesen gegeben hatte. Jeden Tag hatte sie darauf gewartet, dass die Pensionswirtin sich dazu äußerte. Dass sie es nicht tat, konnte doch nur ein schlechtes Zeichen sein, oder?

»Ich hatte leider noch nicht viel Zeit zum Lesen«, murmelte Christine.

Michelle schluckte. Täuschte sie sich, oder lief die Frau rot an?

»Und wie hat Ihnen das Wenige, das Sie lesen konnten, gefallen?«, fragte sie mutig.

»Es liest sich sehr nett... Es könnte höchstens sein, dass es ein bisschen, tja, wie soll ich sagen...«

»Ja?«

»Nun, manches wirkt auf mich... ein wenig klischeehaft. Diese Clarissa ist ein echter Schussel. Dafür ist Tim umso heldenhafter!« Christines Stimme klang ironisch. »Aber sehen Sie das nicht als Kritik«, fügte sie eilig hinzu. »Derzeit habe ich so viel zu tun, dass ich kaum zum Durchatmen komme. Wahrscheinlich bin ich einfach nicht in der richtigen Stimmung für solch ein romantisches Buch.« Sie zeigte entschuldigend auf die Geschirrberge.

Michelle ließ das Tuch sinken. Verzweifelt schaute sie die Pensionswirtin an. »Das ist doch bei mir nicht anders! Von Romantik keine Spur. Mein Freund schert sich einen feuchten Kehricht um mich, er reist sogar mit einer Kollegin nach Amerika. Mein Chef droht damit, mich rauszuwerfen – wahrscheinlich bin ich längst Single, obdach- und arbeitslos und weiß es nur noch nicht! Wenn ich mir vorstelle, dass ich das alles hier umsonst mache, und dann mit leeren Händen heimfahre … O Gott!« Bevor sie wusste, wie ihr geschah, heulte sie los. Im nächsten Moment spürte sie Christines spülwasserfeuchte Arme um sich.

»Nun weinen Sie doch nicht. Ein Manuskript kann man schließlich überarbeiten. Es soll Autoren geben, die sich ihren Text ein Dutzend Mal wieder vornehmen, ehe sie ihn aus der Hand geben. Und wenn das auch nicht hilft – ein Buch zu schreiben ist eine Kunst, und Sie fangen gerade erst damit an. Sie sollten nicht so hart mit sich sein.« Christine ließ sie vorsichtig los und trat an die Küchentheke, wo wie immer eine Kanne Tee bereitstand, aus der sich jeder Hausgast bedienen durfte. Jetzt, im Sommer, ließ Christine den Tee in der Sonne ziehen, was ihm ein besonderes Aroma verlieh, wie Michelle fand.

»Nun setzen Sie sich erst mal«, sagte die Wirtin und zog sie sanft, aber bestimmt, zum Tisch. Sie schenkte zwei Tassen Tee ein und stellte einen Teller Gebäck dazu.

Michelle zog ein Taschentuch aus ihrer Jeanstasche und putzte sich geräuschvoll die Nase.

»Wenn ich mir überlege, wie arrogant ich an die ganze Sache herangegangen bin«, sagte sie dann. Am liebsten wäre sie im Erdboden versunken, doch nun, da sie einmal dabei war, sich selbst zu zerfleischen, gab es kein Halten mehr. »So einen Liebesroman schreibe ich mit links!, habe ich geglaubt. Was ist denn schon dabei? Wofür habe ich schließlich zig Schreibkurse belegt? Jetzt erst merke ich, dass auch leichte Lektüre beim Entstehen ein harter Job ist.«

»Ist das nicht immer so?«, sagte Christine nachsichtig und trank einen Schluck Tee. »Denken Sie ans Ballett, wo jede Figur so leicht aussieht – die blutig getanzten Füße sieht man nicht. Oder die Leichtigkeit, mit der eine Opernsängerin stimmlich die Tonleiter erklimmt – ich mag mir nicht vorstellen, wie viel Gesangsunterricht dafür notwendig ist.«

»Ja toll! Heißt das jetzt, ich muss noch jahrelang Kurzgeschichten für die Schublade schreiben, bis ich endlich mal ans Veröffentlichen denken darf?« Heutzutage veröffentliche doch fast jeder etwas im Selfpublishing – warum sollte ausgerechnet sie zu doof dazu sein?, dachte sie trotzig. Darüber, dass nicht alles von guter Qualität war, wollte sie jetzt nicht nachdenken. Stattdessen nahm sie sich einen Nusskeks.

Christines Blick war liebevoll, als sie sagte: »Vielleicht ist einfach hier und jetzt nicht die richtige Zeit? Ich weiß nur zu gut, wie es sich anfühlt, wenn der Boden unter einem zu wanken beginnt, da ist es schwer, auch nur einen vernünftigen Gedanken zu fassen.«

»Aber wann, wenn nicht jetzt?«, sagte Michelle und spürte, wie sie erneut den Tränen nahe war. »So eine Auszeit kann ich mir nur einmal im Leben gönnen!«

»Warum nehmen Sie sich nicht einfach die Szenen nochmal vor, an denen Sie sich stören? In aller Ruhe, eine nach der andern.«

»Das habe ich schon versucht. Wenn ich meine Heldin so agieren lasse, wie es normale Frauen im normalen Leben tun würden, funktioniert die Story nicht mehr. Clarissa wäre wahrscheinlich als Erstes gar nicht in Tims Auto gestiegen.« Sie verzog tragikomisch das Gesicht.

Christine lachte, und Michelle stimmte halbherzig in ihr Lachen ein. Frustriert kaute sie ihren Nusskeks, als Christine nachdenklich sagte: »Vielleicht liegt es daran, dass wir Frauen schon zu viele Romane dieser Art gelesen haben. Vielleicht ist die Zeit reif für etwas Neues. Ich merke, dass ich in letzter Zeit vermehrt nach Romanen abseits der Bestsellerliste greife. Derzeit lese ich eine italienische Autorin, deren Roman in Sardinien spielt. ›Chirú‹ – haben Sie schon von diesem Titel gehört? Es geht um eine ältere Frau, die ...«

Das half ihr nun wirklich nicht weiter, dachte Michelle verzagt, während Christine in den höchsten Tönen über die sensible Erzählweise der Autorin und den ästhetischen Genuss, den sie beim Lesen verspürte, schwärmte. Im Gegenteil, nun fühlte sie sich noch mehr als Versagerin. Der sonst von ihr so geliebte Sonnentee schmeckte auf einmal bitter.

Die Pensionswirtin schien zu spüren, dass ihr Gegenüber etwas anderes erwartete, und brach mitten in ihrer Erzählung ab. Sie legte ihre rechte Hand auf Michelles und drückte sie. »Was ich eigentlich sagen will – vielleicht sollten Sie über das schreiben, was Sie kennen. Eigene Erfahrungen als Grundlage, verstehen Sie? Wenn Romantik im Augenblick nicht so Ihr Ding ist, dann weg damit!«

Michelle merkte auf. »Über das schreiben, was man kennt – das steht auch in fast jedem Schreibratgeber! Aber was sollte das bei mir sein?« Sollte sie etwa über ihre eingeschlafene Beziehung schreiben? Über die Arbeit im Eiscafé? Wie öde! Ihr Leben war wirklich nicht der Stoff, aus dem die Träume sind.

Christines Handy gab einen leisen Ton von sich. Nach einem Blick aufs Display sagte sie stirnrunzelnd: »Oje, ein Paar will einen Tag früher anreisen. Das heißt, ich muss jetzt noch ein Zimmer fertig machen…« Hektisch schaute sie auf die Spüle, wo sich immer noch Geschirr stapelte.

»Gehen Sie nur, ich mache das hier fertig«, sagte Michelle resolut. »Vielen Dank, dass Sie sich so viel Zeit für mich genommen haben. Es tut mir echt leid, dass ich Sie mit meiner Jammerei belästigt habe.«

»Das haben Sie nicht! Ich fühle mich geehrt, dass Sie meinen Rat erfragen.« Christine lächelte aufmunternd. Sie hatte sich schon ihre Schürze abgebunden und war halb zur Tür hinaus, als sie sich nochmals umdrehte. »Warum machen Sie Ihre Helden nicht einfach zehn Jahre älter? Clarissa und Tim wären dann längst verheiratet, sie betreiben die Gärtnerei, und der Alltag hat lange zuvor in ihrem Leben Einzug gehalten. Sich zu verlieben ist einfach, aber die Liebe im Alltag aufrechtzuerhalten, ist ganz schön schwer… *Das* wäre ein spannendes Thema!«

»Da haben Sie recht, aber leider habe ich das Geheimrezept für die ewige Liebe irgendwo verlegt«, sagte Michelle in einem bemüht flapsigen Ton. Doch tief drinnen war ihr alles andere als leicht ums Herz. *Sie* sollte über die ewige Liebe schreiben? Das wäre ja wie den Bock zum Gärtner machen, ha!

Christine lachte. »Die Zutaten für dieses Rezept würden mich auch interessieren. Falls Sie es finden, machen Sie bitte eine Kopie für mich, einverstanden? Ich lege es dann in meinem Rezeptbuch ab.« Sie zeigte auf einen dicken roten Ordner in ihrem Küchenregal. Im nächsten Moment wurde sie wieder ernst. »Warum recherchieren Sie nicht hier im Ort ein bisschen? Sprechen Sie mit den Leuten! Meine Ehe hat zwar leider nicht gehalten, aber die Eltern meiner Freundin Rosi feiern dieses Jahr noch Goldene Hochzeit, die zwei könnten Ihnen sicher einiges erzählen. Und wenn ich es mir recht überlege, müssten Sie eigentlich auch mit meinen Freundinnen Greta oder Therese sprechen, die sind zwar erst drei Jahre liiert, aber das ist in der heutigen Zeit ja auch schon was. Dann gibt es noch Monika Ellwanger und …«

Michelle dachte nach. Die berühmte Vor-Ort-Recherche. Bisher hatte sie geglaubt, es würde reichen, sich die Gegend anzuschauen, in der ihre Geschichte spielte. Nun aber sollte sie losziehen und Leute befragen? »*Guten Tag, können Sie mir Ihr Geheimnis für die ewige Liebe verraten?*« Die Menschen würden sicher schön dumm aus der Wäsche schauen. Wahrscheinlich würde man sie davonjagen wie einen lästigen Hausierer.

Erneut schien die Wirtin eine Antenne für Michelles Gefühlswirrwarr zu haben. »Wenn Sie mögen, spreche ich vorher mit meinen Freundinnen«, sagte sie sanft.

Michelle schaute sie nachdenklich an. Zu verlieren hatte sie wirklich nichts.

Ausgerechnet sie verteilte kluge Ratschläge, dachte Christine, während sie das Zimmer für das früher anreisende Ehepaar herrichtete. Sie, die nichts auf die Reihe brachte! Wenn sie nur daran dachte, was Reinhard und sie sich alles vorgenommen hatten. Einen Blumenstrauß an Ideen hatte er ihr zu Füßen gelegt, letztes Jahr, als er ihr kurz nach dem

Kochwettbewerb seine Liebe gestanden hatte. Und was tat sie? Trampelte auf jeder einzelnen Blüte herum.

Ruckartig strich Christine das Leintuch über der Matratze glatt, dann begann sie, die Kissen und Decken zu beziehen. War sie in ihrer Ehe genauso schlimm gewesen? Herbert hatte sie öfter sonntagvormittags mit in den Tennisclub nehmen wollen, aber sie hatte ja kochen müssen. Warum hatte sie nicht gesagt: »In Ordnung, dann bleibt die Küche kalt, und wir gehen in die Goldene Rose essen.«? Zu den Abendveranstaltungen – Galaabende, Modellpräsentationen, Kundenevents – war sie auch nur ungern mitgegangen, in früheren Jahren der Kinder wegen, später hatte sie die Hunde nicht so lange allein lassen wollen.

Christine starrte stirnrunzelnd auf die blütenweiße Bettwäsche mit dem kleinen Streublümchenmuster. So hatte sie die Sache noch nie betrachtet, aber lag es womöglich gar nicht allein an Herbert, dass ihre Ehe gescheitert war? Seit er sie verlassen hatte, hatte sie sich stets als Opfer gesehen, als die arme, verlassene Ehefrau. Zu Unrecht?

Ihr kam ein weiterer schrecklicher Gedanke: War sie im Begriff, denselben Fehler bei Reinhard zu wiederholen?

12. Kapitel

»Bis dann!« Zufrieden drückte Apostoles auf den Aus-Knopf seines Handys. Seine Schwester und ihr Mann, ein paar alte Freunde aus Schulzeiten und Niki, sein Neffe – sie alle wollten zu seinem Fest kommen. Georgious würde sogar seine Gitarre mitbringen, um aufzuspielen!

Es war kurz nach dem Mittagessen. Auf dem Franzenhof waren Rosi und Edy wieder an ihre Arbeit gegangen, Rosis Eltern hatten sich zu einem Mittagschläfchen hingelegt, und er hatte den ruhigen Moment genutzt, um mit seinen Leuten auf Kreta zu telefonieren.

»Apo, mein Schatz! Hört es sich so schön an, wenn du griechisch sprichst!« Liliana, heute in einem Dirndl mit besonders tief ausgeschnittener Bluse, schaute vom Bügelbrett zu ihm herüber. »Hast du Heimweh? Dann komm zu Liliana, ich mache Heimweh weg!« Mit einem koketten Wimpernaufschlag lächelte sie ihn an.

»Ach Liliana«, sagte er müde. »Wenn es nur Heimweh wäre. Mein Herz ist gebrochen, und das kann man nicht reparieren.«

»Lass es mich wenigstens versuchen«, sagte die Polin sanft und mit ungewohnter Ernsthaftigkeit in der Stimme.

Er schüttelte traurig den Kopf. Wenn es so einfach wäre... Jede Nacht träumte er von einem Engel mit Mehl im Haar. Von weichen Armen, die ihn warm umschlossen. Von einem rundlichen Gesicht und Augen, in denen eine verletzliche Widerspenstigkeit aufblitzte. Magdalena... Jedes Mal vor dem Schlafengehen betete er zu Gott, dass sein Plan aufgehen und er sie zurückgewinnen möge.

Edy trat durch die Hintertür in die Küche. »Apostoles? Bist du fertig mit telefonieren? Ich könnte deine Hilfe gebrauchen.«

Froh, aus seinen Gedanken gerissen worden zu sein, nickte Apostoles und stand vom Küchentisch auf. »Ich komme mit.«

Verfolgt von Lilianas enttäuschtem Blick gingen sie über den Hof.

»Warte, nicht ins Lager!«, rief Edy, als Apostoles durch das große Tor gehen wollte. »In die Versuchsküche.« Er zeigte auf eine kleinere Tür rechts daneben.

Erstaunt hob Apostoles die Brauen. Dort hinein hatte Edy ihn bisher noch nie gebeten, die Versuchsküche war sein persönliches Heiligtum. Ganze Sonntagnachmittage konnte der einstige Metzger darin verbringen, experimentieren, braten und köcheln. Mal mehr, mal weniger verführerische Düfte zogen dann über den Hof.

Interessiert schaute Apostoles sich nun um. Der Raum war weiß gefliest wie eine Metzgerei. Auf einem Regal befanden sich verschieden große Töpfe und Pfannen, auch Schüsseln und Behältnisse anderer Art standen bereit. Rührlöffel, Küchenmaschinen und Messbecher rundeten Edys Ausrüstung ab. Auf mehreren großen Tabletts warteten verschiedene Ölflaschen auf ihren Einsatz, Gewürze in Gläsern und Dosen gab es auch zuhauf.

Edy ging zielstrebig auf einen riesigen Kühlschrank zu

und holte einen bräunlich aussehenden Batzen heraus, der Apostoles an Roggenteig erinnerte. Wollte Edy backen lernen?

»Veganes Gyros!«

»Wie?« Apostoles lachte irritiert auf. »Was meinst du damit?«

»Ich möchte für unser Fest veganes Gyros herstellen«, sagte Edy. »Und damit es authentisch schmeckt, brauche ich deine Hilfe.«

»Magdalena liebt Gyros...« Gerührt schaute Apostoles sein Gegenüber an. »Aber, wie kommst du dazu... Und das alles noch neben deiner Arbeit? Du bist ein echter Freund!«

Edy lief bis über die Ohren rot an, dann sagte er: »Den Seitanteig habe ich schon mal zubereitet.« Er nahm ein großes, gezacktes Messer und begann, den Teig, der aus Weizeneiweiß bestand, zu schneiden, zu hacken, zu reißen.

Unter Apostoles interessiertem Blick entstanden aus dem Teigbatzen kleine, unregelmäßige Streifen, die echtem Gyros tatsächlich täuschend echt aussahen. »Du verstehst dein Handwerk wirklich«, sagte er bewundernd.

Edy strahlte.

»Wie bist du eigentlich auf die Idee gekommen, aus Weizen, Erbsen und anderem pflanzlichen Eiweiß Fleischersatz herzustellen? Ich meine, so was fällt einem doch nicht über Nacht ein, oder?«

Das Strahlen auf Edys Gesicht erlosch wie eine Sternschnuppe. »Über Nacht? Das wäre schön gewesen«, sagte er traurig. »Wenn ich daran denke, wie viele Jahre ich mich als Metzger gequält habe, wenn es ans Schlachten ging! Schon Nächte vor den Schlachtterminen konnte ich nicht schlafen. Das eigentliche Töten hat immer Vater übernommen, das hätte ich gar nicht geschafft. Aber ich stand daneben, habe die zu Tode geängstigten Blicke der Tiere gesehen. Wusstest du, dass fast alle Schlachttiere jünger als zwei Jahre sind? Das sind Tiere, die ihr Leben eigentlich noch vor sich haben!« Er holte tief Luft. »Ich kam mir stets vor wie ein elender Henker. Und das alles für ein bisschen Gaumenschmaus. Den kann man doch auch anders haben!« Er machte eine weit ausholende Handbewegung, mit der er seine Versuchsküche einschloss.

Apostoles nickte betroffen. Solche Gedanken hatte er bisher immer verdrängt, wenn er sich ein Schinkenbrot oder ein paar Wiener Würstchen gönnte.

»Vom gesundheitlichen Aspekt will ich gar nicht erst anfangen.« Edy hatte sich nun warm geredet. »Der Milch- und Fleischkonsum ist für so viele unserer Zivilisationskrankheiten verantwortlich, dass jedem selbst daran gelegen sein sollte, so wenig wie möglich vom Tier zu essen.«

»Bei uns in Griechenland essen die Leute auch viel zu viel Fleisch. Ich habe einmal gelesen, der Fleischkonsum pro Kopf sei sogar höher als in den USA!« Apostoles schüttelte sich unwillkürlich, als sei er seit Jahren überzeugter Vegetarier. Nun, was nicht war, konnte ja noch kommen! »Dabei gibt es so viele gute Gemüsegerichte…«

»Und bald gibt's auch veganes Gyros!« Edy klatschte in die Hände. »Genug philosophiert, nun zur Marinade.«

Apostoles grinste. »Du hast den König der Gyros-Marinade vor dir! Viele nehmen dafür Fertigmischungen, aber ich habe seit Jahrzehnten mein Spezialrezept. Zwiebeln – zuallererst benötigen wir viele Zwiebeln. Und dann…«

Eine Stunde später saßen sie an einem kleinen Aluminiumtischchen, vor sich einen gehäuften Teller mit in einer Grillpfanne knusprig angebratenem Gyros. Apostoles kam aus dem Staunen nicht heraus. Edys Gyros sah nicht nur aus wie Gyros – es roch auch genauso würzig! Wenn er dazu noch eine große Schüssel seiner selbst eingelegten Oliven machte, war der Festtagsschmaus perfekt.

»Nie hätte ich gedacht, dass man aus diesem Weizeneiweiß Fleisch so zum Verwechseln nachbauen kann«, sagte er kopfschüttelnd. »Guten Appetit!« Aufgeregt spießte er eine Gabel Gyros und Zwiebeln auf und kostete. Die Beschaffenheit... wie Fleisch. Der Geschmack – wie Fleisch.

»Und, was meinst du?«, fragte Edy zwischen zwei Bissen.

Apostoles strahlte. »Wenn ich meiner Magdalena davon einen Teller serviere, wird sie sich fühlen wie auf Kreta! Wenn das der Liebe nicht mehr auf die Sprünge hilft, bin ich mit meinem Latein wirklich am Ende.«

Mit weit ausholendem Schritt ging Michelle den Feldweg entlang, der aus dem Dorf hinaus in Richtung Alm führte. Die Sonne brannte von einem wolkenlosen Himmel, die Grillen zirpten, am Horizont flirrte die Luft. Von irgendwo wehte der Duft von grünen Oliven herbei. Gab es hier eine Ölmühle? Falls ja, wurde gewiss eher der goldgelbe Raps vermahlen, aber keine Oliven. Dennoch hatte Michelle einen Moment lang das Gefühl, im Süden von Spanien oder in Griechenland gelandet zu sein und nicht im Württembergischen Allgäu. Wenn es nur so wäre, dachte sie traurig. Warum hatte sie nicht wie jeder normale Mensch eine Woche Mallorca oder Kreta gebucht, anstatt sich auf dieses Schreibabenteuer einzulassen! Wenn sie nur ein bisschen länger darüber nachgedacht hätte, dann wäre ihr garantiert klar geworden, dass dies zum Scheitern verurteilt sein musste. Sie hatte noch nie etwas Großartiges zustande gebracht, warum sollte sich das ausgerechnet jetzt ändern?

Nicht mal richtig angezogen war sie, damit fing es ja schon an! Unwirsch lupfte Michelle das enganliegende weiße T-Shirt ein bisschen, um Luft an ihren Körper zu lassen. Eigentlich war es zum Spazierengehen viel zu heiß, aber das Gespräch mit Christine hatte sie so aufgewühlt, dass sie es keine Minute länger im Haus ausgehalten hatte. Mit einer Hand über die langen Gräser am Wegesrand streichend, ging Michelle weiter.

Ihr Handy verzeichnete drei Anrufe von Heike, irgendetwas war im Eiscafé im Busch, eigentlich hätte sie die Freundin dringend zurückrufen müssen. Aber noch mehr niederschmetternde Nachrichten konnte sie an diesem Tag nicht ertragen.

War es das mit ihrem Roman? Sie und eine Autorin – hatte sie sich damit von Anfang an was vorgemacht?

Sie war sich so sicher gewesen mit allem, und sie hatte sich so auf diese Aufgabe gefreut! Und nun? Sie brachte einfach nichts richtig auf die Reihe. In dieser Beziehung ähnelte sie sogar ihrer Romanheldin Clarissa, dachte sie höhnisch.

Was, wenn sie doch versuchte, das ganze Manuskript zu überarbeiten? Nur wie? Sollte Clarissa ein Missgeschick weniger widerfahren? Sollte sie sich hin und wieder praktisch veranlagt zeigen, statt nur auf Tim zu warten? Und Tim – sollte sie ihm eine Warze ins Gesicht schreiben, damit er nicht gar so attraktiv aussah? Würden solche kleinen Änderungen etwas bringen? Oder musste sie das ganze Konzept über den Haufen werfen? Sie konnte sich nicht daran erinnern, was die Schreibratgeber in solch einer Situation rieten.

Der Weg vor ihr gabelte sich, Michelles Schritt wurde langsamer. Der Weg nach rechts war eine Sackgasse in Richtung Schnellstraße. Nach links war sie noch nie gegangen. Den Weg geradeaus kannte sie, er führte vorbei am Kerschenhof und dann hinauf zur Alpe von der Sennerin Madara. Dort oben gab es einen guten Brotzeitteller, und die Aussicht war auch wunderschön, dennoch sträubte sich etwas in Michelle, den Weg zu nehmen. Diese Madara war auch eine dieser ach so patenten Frauen, dachte sie mit einem Anflug von Wut. Eine, die genau wusste, was sie tat. Die die Verantwortung für über sechzig Kühe übernahm und sich bei ihrem Tun nie unsicher zu sein schien. Da konnte man glatt Minderwertigkeitsgefühle bekommen.

Sollte sie einfach umdrehen, nach Hause gehen und sich einen Schattenplatz in Christines Garten suchen?

Michelle schüttelte den Kopf und bog nach links ab. Nach ein paar Metern blieb sie stehen. Ein seltsames, fremdes Gefühl machte sich in ihrer Magengegend breit. Die Gabelung, ihre Entscheidung, einen Weg zu nehmen, den sie nicht kannte – das alles kam ihr auf einmal vor wie ein Sinnbild. Als eine Art Fingerzeig des Schicksals. Nur war sie wieder einmal nicht schlau genug, ihn zu verstehen.

Auf einmal musste sie über sich selbst lachen. Vielleicht hätte sie zur Abwechslung auch mal einen Esoterikratgeber lesen sollen. Sie setzte sich wieder in Bewegung.

Wenn sie an ihren Arbeitsplatz in Christines Dachzimmer dachte, stellten sich regelrecht innere Stacheln in ihr auf. Sie hatte null Lust darauf, ihr Manuskript zu überarbeiten. Und es war nicht nur die Konfrontation mit ihrem eigenen Scheitern, die ihr dieses Gefühl bereitete. Vielmehr war ihr im Gespräch mit ihrer Hauswirtin etwas klar geworden: Sie war vielleicht die richtige Leserin für diese Art von Roman. Aber sie war definitiv nicht die richtige Autorin dafür! Alles, was sie bisher geschrieben hatte, fühlte sich irgendwie... falsch an. Als habe sie den linken Schuh auf den rechten Fuß gezogen. Oder eine Strickjacke falsch zugeknöpft. Und ob Tim nun eine Warze hatte oder nicht, würde daran rein gar nichts ändern.

Aber was bedeutete das? Etliche Wochen Arbeit umsonst. In weniger als einem Monat würde sie nach Hause fahren. Sie würde ihre Siebensachen packen, sich ins Auto setzen und daheim mit leeren Händen ankommen. Wobei nicht einmal feststand, ob es ihr Zuhause in der Form, wie sie es kannte, überhaupt noch gab.

Natürlich konnte sie immer noch behaupten, dass sie gar keinen Roman geschrieben hatte. Dass sie von dieser Idee gleich zu Beginn Abstand genommen und stattdessen die dringend benötigte Auszeit genossen hatte. Damit würde sie durchkommen, bisher hatte sie sich in jedem Telefonat mit ihren Eltern, Heike oder Jonas sehr bedeckt gehalten, was das Schreiben anging. Typisch Michelle, würden die anderen denken, im nächsten Moment wäre dies aber auch schon wieder vergessen. Der erlittene Gesichtsverlust würde also erträglich sein.

Nur eine Person würde sie nicht belügen können. Sich selbst.

13. Kapitel

Hastig zog Greta ihren Rock wieder an. In Gedanken hatte sie die Arztpraxis längst wieder verlassen und war in ihrem Tagesplan zehn Schritte weiter. So kurz vor ihrem Urlaub war jede Stunde kostbar. Sie musste noch Hundefutter besorgen. Und wenn sie später auf dem Heimweg gleich an der Post vorbeifuhr und danach...

Eigentlich hätte sie es sich sparen können, bei dieser Hitze in die Stadt zu fahren, dachte sie, als sie ihr Top überstreifte. Die seltsamen Symptome wie Übelkeit und Müdigkeit, die sie immerhin so beunruhigt hatten, dass sie vor drei Wochen einen Termin mit Thereses Ärztin vereinbart hatte, waren so plötzlich wieder gegangen, wie sie gekommen waren. Greta fühlte sich topfit, und das war gut so! Denn vor ihrem Urlaub musste sie noch allerhand extra Termine in ihren Kalender pressen.

Thereses Ärztin, eine sehr sympathische Frau Anfang sechzig, hatte sie nach ihren Lebensgewohnheiten ausgefragt, Herz und Lunge abgehört und Blut abgenommen. Ihr Blutdruck war gemessen worden, sie hatte auf die Waage steigen müssen, und ein EKG wurde ebenfalls gemacht. Danach hatte die Ärztin noch Gretas kompletten Bauchraum per Ultraschall untersucht. Einmal hatte sie kurz gestutzt und verschiedene Einstellungen an ihrem Gerät geändert. »Das können wir uns alles sparen, mir geht es blendend«, hatte es Greta auf der Zunge gelegen zu sagen, doch sie traute sich nicht. Erst als Simulantin anderen Leuten einen Termin wegnehmen und dann so ungeduldig sein? Das ging nicht.

»Ich danke Ihnen für Ihre Zeit«, sagte sie nun und hielt der Ärztin die Hand hin, während sie auf die Uhr über der Tür schielte. Mist! Schon kurz nach zwei...

»Wollen Sie denn nicht wissen, was mit Ihnen los ist?« Die Ärztin lächelte.

Greta stutzte. »Es ist doch alles in Ordnung?«

»Wenn Sie sich bitte nochmal setzen...« Die Allgemeinmedizinerin wies auf den Stuhl vor ihrem Schreibtisch. Sie selbst nahm dahinter Platz und rückte umständlich ihre Unterlagen zurecht, als wollte sie Greta noch einen Moment Zeit schenken.

Das verhieß nichts Gutes... Mit pochendem Herzen sah Greta die Ärztin an. Vergessen war das Hundefutter, vergessen die anderen Botengänge. O Gott, war dies einer der Momente, die ein ganzes Leben veränderten?

»Sie sind schwanger«, sagte die Ärztin ohne Umschweife.

»Das kann nicht sein!« Greta lachte schrill auf.

Die Ärztin zuckte mit den Schultern. »Schon Ihre Symptome ließen mich dies vermuten, und der Ultraschall brachte die Bestätigung. Meiner Schätzung nach dürften Sie ungefähr in der zwölften Schwangerschaftswoche sein. Das sage ich allerdings unter Vorbehalt. Ich bin keine Expertin in Frauenheilkunde und werde Ihnen eine Überweisung zum Frauenarzt Ihres Vertrauens ausstellen, aber...«

»Moment!« Mit erhobener Hand unterbrach Greta die Ärztin und lächelte. Du meine Güte, wenn Annette Maier sich einmal in Fahrt redete, gab es ja kein Halten mehr!

»Sie müssen sich getäuscht haben, ich kann nicht schwanger sein – das ist wirklich völlig unmöglich. Mein Mann ist unfruchtbar, und andere sexuelle Kontakte habe ich nicht.« Sie atmete tief durch.

Die Ärztin hob wissend die Brauen. »Unfruchtbar, aha... Das glauben viele. Und irgendwann klopft der Storch dann doch an. Wenn der Erfolgsdruck erst einmal weg ist, gelingt die Familienplanung sehr häufig wie von selbst.«

»Das kann nicht sein!«, sagte Greta fassungslos. »Ich bin sechsundvierzig Jahre alt, und mein Mann... was ich sagen will – wir können keine Kinder bekommen! Wir haben uns vorletztes Jahr extra zwei Hunde zugelegt. Eben weil wir um unsere Situation wussten.«

Die Ärztin lächelte. »Wie schön, dann können die Kinder und die Hunde quasi zusammen aufwachsen!«

Greta hatte das Gefühl, als sei mit einem Schlag das ganze Blut aus ihrem Kopf gewichen.

»Die... *Kinder?*«

Sollte sie oder sollte sie nicht? Ratlos schaute Michelle auf ihren Koffer und die Reisetasche, die sie schon am Morgen vom Schrank heruntergeholt hatte. Es war kurz nach Mittag, seitdem sie nach dem Frühstück in ihr Zimmer gegangen war, hatte sie es nicht mehr verlassen.

Heute war der Tag der Entscheidung. Zumindest *das* hatte sie entschieden.

Die letzten Tage hatte sie ihr Manuskript ruhen lassen und Urlaub gemacht. Richtig Urlaub. Sie hatte sich ein Fahrrad von Christine geliehen und war in die Nachbarorte gefahren. Sie hatte stundenlang am Weiher gelegen, war geschwommen und langsam braun geworden. Abends hatte sie sich ein Essen in der Goldenen Rose gegönnt, so richtig edel mit weiß gedecktem Tisch und Kerzenschein. Und ausgeschlafen hatte sie auch!

Von Clarissa und Tim hatte sich Michelle mit jedem Tag mehr entfremdet. Sie konnte inzwischen nicht mal mehr sagen, welche Haarfarbe Clarissa besaß und was sie in ihrer dämlichen Louis-Vuitton-Handtasche alles mit sich herumtrug.

Es gab Bücher, die in einem nachklangen, noch lange, nachdem man die letzte Seite gelesen hatte. Es gab sogar Bücher, die man nie im Leben vergaß. Weil sie eine Saite in einem zum Klingen gebracht hatten. Oder weil es das richtige Buch zur richtigen Zeit gewesen war. Ihr »Buch« hingegen war schon beim Schreiben vergessen worden. Michelle lachte traurig auf.

Hier und jetzt hatte sie genau zwei Möglichkeiten: zurückzufahren und darauf zu hoffen, dass sie Jonas noch vor seiner Abreise antraf. Herauszufinden, wie es um sie beide stand. Und dabei zu behaupten, sie habe eingesehen, dass ihre Schreiberei eine fixe Idee gewesen war.

Oder sie konnte noch einen Versuch starten. »Ich habe mit ein paar Leuten im Dorf gesprochen, sie sind also vorgewarnt, wenn Sie mit Ihren Recherchefragen auftauchen«, hatte Christine gestern zu ihr gesagt und ihr einen Zettel mit Namen und Adressen in die Hand gedrückt. Ihre Pensionswirtin jedenfalls schien felsenfest davon auszugehen, dass sie weiterschrieb.

Recherchefragen... Nicht einmal die hatte sie sich bisher überlegt.

Michelle überlegte kurz. Nachdem sie von Christine schon hier und da angekündigt worden war, könnte sie es ja wenigstens mit der Vor-Ort-Recherche versuchen. Ob ihre Ergebnisse je zu einem weiteren Schreibversuch führen würden, stand in den Sternen.

Aber darum ging es jetzt gar nicht. Es ging vielmehr darum, dass sie sich selbst nicht vorwerfen wollte, nicht alles versucht zu haben. Wenn sie schon scheiterte, dann richtig!

Resolut schnappte sie Koffer und Tasche und hievte beides wieder auf den Schrank. Dann kramte sie aus der Schreibtischschublade einen Block und einen Stift hervor. Am besten überlegte sie sich eine kleine Liste mit Fragen! Dann hatte sie für ihre Gespräche etwas in der Hand. Außerdem würde das für die Leute vielleicht professioneller aussehen, als wenn sie einfach mit ihnen plauderte.

Eine halbe Stunde später waren ihr immerhin sieben Fragen eingefallen.

Michelle schaute hinaus in den heißen Augusttag.

Jetzt musste sie sich nur noch trauen, an fremder Leute Haustür zu klopfen und über die Liebe zu reden.

Die nächsten Stunden verliefen für Greta wie in Trance. Wie ein Zombie und mit in die Ferne gerichtetem Blick fuhr sie nach Hause. Dass sie dort heil ankam, war ihrem Schutzengel zu verdanken, nicht aber ihrer Achtsamkeit im Straßenverkehr. Während sie mit Tempo vierzig über die Landstraße tuckerte, hatte sie nur einen Gedanken: Es konnte nicht sein.

Zu Hause angekommen, sperrte sie gedankenabwesend die Haustür auf. Bailey und Blue begrüßten sie so überschwänglich, als sei sie von einer langen Reise zurückgekehrt. Und genauso fühlte Greta sich. Ein anderes Leben! Sie kam aus einem anderen Leben.

Kraftlos sank sie auf den Boden. Mit der ihnen eigenen Sensibilität beharrten die Hunde nicht wie sonst darauf, erst einmal in den Garten gelassen zu werden, sondern legten sich stattdessen zu Greta. Sie streichelte die beiden, der Kontakt zu den warmen Körpern mit dem weichen Fell bewies, dass sie nicht träumte.

Einatmen. Und ausatmen. Eine Zeitlang war Greta zu nichts anderem fähig. Das – alles – konnte – doch – nicht – sein.

Sie verspürte keine Freude, sie verspürte auch keine Angst. Um etwas empfinden zu können, hätte sie irgendeinen Realitätsbezug haben müssen. Ihr jedoch kam es vor, als würde sie von einem fernen Planeten auf die Erde schauen, sich wundern, den Kopf schütteln und denken: Wie gut, dass das alles mit mir nichts zu tun hat.

Schwanger. Mit Zwillingen. Das war völlig absurd! Ihr Blick wanderte durch Vincents Haus, in dem es bis auf die Toiletten- und die Bürotür keinerlei Wände oder Türen gab. Die Treppe ins obere Stockwerk, wo das riesige Schlafzimmer lag, war frei in das Holzhaus hineingebaut worden, das Geländer eher schmückendes Element als Schutz vor einem Sturz. Ein Kinderzimmer gab es nicht, keinen geschlossenen Raum, keinen Rückzugsort. Vincent hatte das Haus einst für sich allein gebaut. Sie beide als Paar, das sich gut verstand, lebten ebenfalls gut hier. Aber eine Familie? Zwei kleine Kinder? Völlig unmöglich!

Wie stand Vincent eigentlich zu Kindern? Sie hatten sich nie intensiver darüber unterhalten, wozu auch? Die Diagnose war ja eindeutig gewesen. Und jetzt sollten sie gleich zwei Babys bekommen? Schon für die Vorstellung, wie sie ihm das beibringen konnte, fehlte ihr die nötige Fantasie. Seine Reaktion darauf konnte sie auch nicht ermessen. Würde er wütend reagieren? Verlangen, dass sie etwas dagegen unternahm?

Und was war mit Kanada? Ihr standen in den nächsten Wochen allerhand Untersuchungen bevor, an eine Reise war nicht zu denken. Dabei sprach Vincent von nichts anderem mehr. O Gott... Greta stöhnte, als ihr die Tragweite dessen, was auf sie zukam, immer bewusster wurde. Sie war schwanger. Mit Zwillingen. Und das in ihrem Alter. War das nicht gefährlich?

Sie hatte sich vor zwei Jahren erst selbständig gemacht, konnte sich vor Aufträgen nicht retten. Wie sollte das mit zwei Kindern gehen? Jeder wusste doch, wie schwer es Mütter im Beruf hatten und...

Ein Geräusch unterbrach Gretas Gedankenwirrwarr. Die Hunde knurrten leise. Unwillkürlich legte sie eine Hand auf ihren Bauch. Als wollte sie schützend...

Das Geräusch ertönte ein zweites Mal. Jemand klopfte an der Haustür. Greta blieb sitzen. Wenn es der Postbote war, sollte er das Paket, oder was immer er für sie hatte, vor die Tür stellen.

»Frau Roth? Hallo?«

Aus dem Augenwinkel heraus sah Greta an einem der Fenster einen Schatten. Jemand lugte durchs Fenster ins Haus.

Es war eine junge Frau, genauer gesagt war es Christines

Dauergast, die angehende Autorin. Als sie Greta am Boden erspähte, wich sie erschrocken zurück. Im nächsten Moment jedoch näherte sie sich dem Fenster wieder.

»Hallo? Ist alles in Ordnung?«

Mit steifen Gliedern stand Greta auf und öffnete die Tür.

»Verzeihen Sie, ich wollte Sie nicht stören... Aber als ich Sie am Boden liegen sah, habe ich mich erschrocken. Man hört ja immer wieder von Unfällen im Haus – ist alles gut?« Verwirrt stand Christines Dauergast im Windfang.

»Ich hab nur mit den Hunden gespielt«, sagte Greta mit einem gezwungenen Lächeln. Bailey und Blue drängten sich sogleich durch die Tür und begrüßten die Fremde schwanzwedelnd.

Die Frau schien sichtlich erleichtert. »Mein Name ist Michelle Krämer, ich glaube, Ihre Freundin Christine hat schon angekündigt, dass ich komme. Ich bin dabei zu recherchieren und würde mich gern ein wenig mit Ihnen unterhalten. Über Beziehungen, warum die eine funktioniert und die andere nicht. Liebesdinge sind ja nicht gerade einfach... Offen gesagt, sind Sie sogar die Erste, mit der ich spreche.« Sie lachte kurz auf. »Aber wenn es Ihnen jetzt nicht passt...« Während sie sprach, war sie in die Hocke gegangen, um die Hunde zu streicheln.

Liebesdinge! Greta wusste nicht, ob sie lachen oder weinen sollte. Damit musste die Frau ausgerechnet jetzt daherkommen?

»Nun kommen Sie erst mal herein.« Vielleicht tat ihr ein wenig Ablenkung ganz gut, bevor sie wahnsinnig wurde vor lauter Gedankenkarussell.

»O mein Gott, was für ein Haus! Diese Weite, die hohen Räume... Und alles aus Holz, wie das duftet! Wie ein ganzer Zedernwald.« Bewundernd schaute Michelle Krämer sich um, dann wandte sie sich Greta zu. »Wie kommt man zu so einem schönen Haus? Überhaupt – ich habe mich fast nicht getraut, Sie aufzusuchen. Was Christine alles von Ihnen erzählt hat! Sie sind eine erfolgreiche selbständige Geschäftsfrau, haben diese zwei tollen Hunde, wohnen in einem so hübschen Dorf. Was für ein erfolgreiches Leben, habe ich mir gedacht. Wie schafft man das alles?«

»Keine Ahnung. Indem man alles auf eine Karte setzt?«, sagte Greta und grinste schief. »Setzen wir uns doch.« Sie zeigte auf den Esstisch aus massiver Eiche, den Vincent selbst gebaut hatte. Das Holz war blank poliert und glänzte honiggolden. Vor ihrem inneren Auge sah sie plötzlich zwei Babyfläschchen darauf, verschüttete Milch auf dem blanken Holz, eine silberne Rassel, nein zwei… O Gott…

Gespannt ließ sich Michelle ihr gegenüber nieder. »Alles auf eine Karte? Das müssen Sie mir genauer erzählen.«

Und Greta tat ihr den Gefallen. Alles, bloß um die Bilder wieder aus ihrem Kopf zu bekommen, dachte sie.

Sie erzählte von ihrem alten Job in Frankfurt, von ihrem Gefühl des Ausgebrannt-Seins und der zwangsläufig folgenden Frage, ob das schon alles gewesen war, was das Leben für sie bereithielt.

Michelle nickte nach fast jedem Satz, murmelte »Das kommt mir so bekannt vor« oder »Oje, das kenne ich nur zu gut«.

Die Ablenkung tat gut, stellte Greta fest und erzählte von ihrem ersten Besuch nach vielen Jahren hier in Maierhofen. Davon, wie sie und ihre Cousine Therese sich zaghaft wieder angenähert hatten. Und sie erzählte von Vincent, den sie während der Organisation ihres ersten großen Projekts hier in Maierhofen – dem Kräuter-der-Provinz-Festival – näher kennengelernt hatte. Sie musste selbst lachen, als sie berichtete, wie ihr ehemaliger Chef hier aufgetaucht war, um sie zurück nach Frankfurt zu locken – wie ein Elefant im Porzellanladen hatte er sich aufgeführt. Anstatt sie ins Schwanken zu bringen, hatte er sie jedoch in ihrer Entscheidung für Maierhofen – und für Vincent – bestärkt. Alles auf eine Karte! Ja, das konnte sie.

Unter Michelles immer sehnsuchtsvoller werdendem Blick erzählte sie dann davon, wie Bailey und Blue zu ihnen gekommen waren, mein Gott, was war das für ein verrücktes Weihnachtsfest gewesen! Von ihrer Hochzeit, die nur im engsten Freundeskreis stattgefunden hatte, berichtete sie ebenfalls. Statt in den Flitterwochen nach Barbados zu fliegen, waren sie mit den Hunden am Ufer des Bodensees spazieren gegangen. Eigentlich waren sie und Vincent sich bei fast allen Fragen einig, Streit oder große Diskussionen gab es bei ihnen nicht. Zwei Seelen im selben Takt...

Während Michelle sich eifrig Notizen machte, überfiel Greta zum ersten Mal nach Verlassen der Arztpraxis ein Gefühl der Ruhe. Sie schaute sich in ihrem Haus um, als sähe sie es wie Michelle zum ersten Mal. Es war ein großes Haus, das viel Platz bot. Ein gutes Haus, das Vincent, ihr und den Hunden Weite und Sicherheit zugleich schenkte. Eigentlich war es wie ihre Liebe, dachte Greta nachdenklich. Ein geschützter Raum und dennoch kein geschlossenes System. Und von ihrer Liebe war so reichlich vorhanden, dass man gut noch jemandem davon abgeben konnte. Auch zwei kleinen Kindern, von denen sie bis vorhin nichts gewusst hatte.

Alles wird gut, hörte sie eine Stimme in ihrem tiefsten

Innern sagen. Und es klang so überzeugend, dass Greta es glaubte.

»Ein Leben wie im Märchen«, sagte Michelle leise, als Greta zum Ende gekommen war. »Ich beneide Sie.« In einer freundschaftlichen Geste langte sie über den Tisch und ergriff Gretas Hand. »Verraten Sie mir, welche Pläne Sie als Nächstes haben?«

Eine unglaubliche Wärme durchflutete Gretas Körper. Ihre Augen leuchteten, als sie sagte: »Alles auf eine Karte setzen, was sonst?«

14. Kapitel

Du meine Güte, war das emotional gewesen! Tief berührt und auch ein wenig ratlos machte Michelle sich auf den Weg zum Franzenhof. Er war die nächste Adresse auf ihrer Liste, danach kamen noch sieben weitere, die Christine ihr aufgeschrieben hatte. Wann sie die ganzen Telefonate neben ihren vielen Alltagspflichten noch geführt hatte, war Michelle schleierhaft.

Als sie Greta Roth gefragt hatte, wie man zu einem solch erfolgreichen Leben kam, hatte sie dies als freundlichen Gesprächseinstieg geplant gehabt. Dass die Marketingfrau ihr gleich ihr ganzes Leben erzählen würde, damit hatte sie nicht gerechnet. Wobei... Irgendwie war es ihr so vorgekommen, als habe Greta Roth gar nicht *ihr* etwas erzählt, sondern sich selbst. Verrückt! Vielleicht hätte sie zwischendurch ihren Fragebogen zücken sollen, um den Redefluss zu unterbrechen? Andererseits hatte das Zuhören wirklich Spaß gemacht. Die Höhen und Tiefen, das eigene Scheitern, das sich wieder Aufrappeln und Weitermachen, von dem Greta erzählt hatte – darüber konnte man wirklich einen Roman schreiben und brauchte nicht einmal viel zu konstruieren. Wobei die Schreibratgeber ja immer sagten, man dürfe das Leben nicht eins zu eins im Roman abbilden. Aber stimmte das wirklich? Gretas Werdegang wirkte viel authentischer, als die glatt geschliffenen Leben so mancher Romanfiguren! So perfekt die Powerfrau von außen auch erschien, hatte sie doch auch ihre Zweifel und Schwächen. Wahrscheinlich war das bei allen Menschen so, dachte Michelle. Womöglich hatte sogar ein Tim Tagheuer seine Zweifel und Schwächen, und sie als Autorin hatte diese nur nicht herausgearbeitet?

So viele Fragen und keine Antworten dazu. Wenn das so weiterging bei ihren Recherchen, stünde sie am Ende noch dümmer da als jetzt…

Der Franzenhof lag dreißig Minuten Fußweg vom Maierhofener Ortskern entfernt. Als Michelle dort ankam, war sie ein wenig enttäuscht. Es war einer dieser typischen Bauernhöfe aus den 1950er Jahren. Ein quadratischer Hof, an dessen vier Seiten das Wohnhaus und verschiedene Scheunen und Stallungen lagen. In einem Pferch sah Michelle zwei struppige Pferde, die schattensuchend unter einem alten Blechdach standen. Es gab auch einen kleinen Hofladen, doch dessen Fensterläden waren geschlossen. Keine hübsch bemalten Fensterläden. Keine Blumenkästen mit üppigem Geranienwuchs. In einem Kübel neben der Haustür befand sich eine schief gewachsene Tanne, die aussah, als hätte sie vor acht Monaten als Weihnachtsbaum gedient. Daneben stand eine grob aus Baumstämmen gehauene Sitzgruppe. Ein paar leere Kaffeetassen auf dem Tisch zeugten davon, dass jemand hier während der Arbeit kurz Pause gemacht hatte. Irgendwie nicht besonders einladend, dachte Michelle verzagt. Sie hatte keine große Lust zu klingeln. Was sollten die Leute, die hier wohnten, wohl über die große Liebe erzählen können? Seltsam, dass Christine überhaupt auf diese Idee gekommen war.

Konnte sie sich unbemerkt wieder wegschleichen?, fragte Michelle sich, während aus dem Haus der Gesang einer Frau ertönte, dazu Männerlachen. Im selben Moment kam eine andere Frau – vermutlich die Bäuerin – auf einem großen Traktor angefahren.

Das war's dann wohl mit einem stillen Rückzug, dachte Michelle, als die Frau vom Traktor sprang und auf sie zulief. Sie hatte eine drahtige Figur, braune, störrische Locken und buschige Augenbrauen.

»Sie sind die Autorin, nicht wahr? Christine hat uns schon von Ihnen erzählt. Edy? Edy, komm! Die Autorin ist da!«, rief sie über ihre Schulter in Richtung der Scheunen, noch während sie Michelles Hand überschwänglich schüttelte. »Ich bin übrigens Roswitha Franz, aber alle nennen mich nur Rosi.«

Ein hagerer Mann erschien aus einem der Wirtschaftsgebäude, er hatte das schmalste und längste Gesicht, das Michelle je gesehen hatte. Gütige Augen schauten sie freundlich an. Bevor er ihr die Hand gab, rieb er sich beide Hände an seiner Hose ab, als wolle er sichergehen, dass sie wirklich sauber waren. »Alle sind total aufgeregt, dass sie wegen Ihrer Recherche ausgerechnet zu uns kommen«, sagte er.

Rosi nickte. »Meine Eltern feiern zwar demnächst goldene Hochzeit, aber ob sie Ihnen so viel weiterhelfen können? Ich bin aus der Nummer ›ewige Liebe‹ sowieso raus, meine Ehe ist kläglich gescheitert.« Abwehrend hob sie beide Hände. »Mich könnten Sie höchstens zum Thema ›späte Liebe‹ befragen.« Sie warf dem hageren Mann einen liebevollen Blick zu.

Die beiden waren also ein Paar! Michelle spürte, dass sie nun doch neugierig wurde.

Mit dem rechten Fuß drückte Rosi die Haustür auf. »Hereinspaziert!«

Die Küche war klein, ein wenig düster, und sie roch nach gebratenen Zwiebeln. Auf dem Tisch standen eine Schale Kartoffelchips, eine Flasche Wasser und einige Gläser. Außer Rosis Eltern saßen noch eine junge Frau und der ältere Grieche mit am Küchentisch, der aussah wie der große Grieche aus dem gleichnamigen Film. Er hatte sie erst kürzlich zu seinem Sommerfest eingeladen. Dass er hier auf dem Hof wohnt, wusste sie nicht.

Nachdem Rosi jeden vorgestellt hatte, zückte Michelle ihren Fragebogen, dann wandte sie sich an Rosis Eltern.

»Wie Sie wissen, recherchiere ich für einen Roman. Es geht darum, was nötig ist, um eine Liebe am Leben zu erhalten. Ich weiß, dass dies ein sehr privates, ja intimes Thema ist. Trotzdem würde ich Ihnen gern ein paar Fragen dazu stellen. Falls Sie auf irgendetwas nicht antworten möchten, sagen Sie es einfach, in Ordnung?«

Alle am Tisch nickten. Michelle kam sich vor, als führe sie eine Umfrage im Auftrag eines Institutes durch. *Wie zufrieden sind Sie mit Ihrem Stromanbieter?*

»Erste Frage – was, würden Sie sagen, ist das Geheimnis einer gut funktionierenden Ehe?«

Das goldene Hochzeitspaar schaute sich an. »Da gibt's kein Geheimnis«, sagte dann Rosis Mutter und schlug mit der Fliegenklatsche eine Fliege tot. »Wir hatten den Hof, drei Kinder, da musste man schauen, wie man über die Runden kam. Da hat man keine Zeit, ständig über so was nachzudenken. Der Alltag musste laufen, so war das!«

»Natürlich gibt's ein Geheimnis«, widersprach ihr Mann.

»Ach ja? Und das wäre?«, fragte seine Frau erstaunt.

Der alte Bauer zuckte mit den Schultern. »Man muss gut zueinander sein.«

Wieder nickten alle. Alle, bis auf die alte Bäuerin. »Ach ja?«, wiederholte sie. »Und wann warst du bitteschön mal gut zu mir?«

Hui!, dachte Michelle. Das würde doch jetzt nicht zu einem Streit unter den Eheleuten ausarten?

»Meine Eltern haben heute wohl einen ihrer guten Tage«, flüsterte Rosi ihr zu. »Sie sind nicht immer so klar im Kopf, aber wenn, dann können sie streiten wie die Brunnenputzer!«

»Ich streite nicht. Ich habe recht«, sagte der alte Bauer, der Rosis Flüstern scheinbar gehört hatte. »Zum Beispiel früher, als die Kinder noch klein waren, da habe ich sie sonntagvormittags geschnappt und bin mit ihnen in den Wald gegangen. Oder sonst wohin. Damit du deine Ruhe hattest, wenigstens mal für zwei, drei Stunden«, sagte er, zu seiner Frau gewandt, und nickte, als wolle er sich selbst bestärken.

»Daran kann ich mich noch gut erinnern, das waren meine liebsten Stunden in der Woche«, sagte Rosi lächelnd. »Wir haben aus Eicheln und kleinen Hölzchen Pfeifen geschnitzt und so getan, als würden wir rauchen.« Ihre Stimme war voller Rührung, sie drückte stumm Edys Hand.

»Das war wirklich sehr nett von Ihnen«, sagte Michelle freundlich zu dem alten Herrn. *Quality time*, das hatte es also auch schon früher gegeben, dabei taten die ganzen Ratgeber so, als sei dies eine Erfindung der Neuzeit. Sie und Jonas hatten sich auch daran versucht, vergeblich.

»Du wolltest doch bloß nicht zum sonntäglichen Stammtisch, deshalb hast du mit den Kindern einen Ausflug mit ihnen gemacht«, sagte Frau Franz unbeeindruckt.

»Das habe ich *behauptet*!«, erwiderte ihr Mann. »Weil du dir sonst nicht hättest helfen lassen. Du warst ein stures Weib, wolltest immer alles allein schaffen.«

»So stimmt das auch nicht, wir waren doch öfter beim Stammtisch, Vater«, warf Rosi ein.

»Pssst!«, fauchte der alte Herr. »Das darf die Mutter doch nicht wissen.«

»Du hast die Kinder zum Stammtisch mitgenommen? Zu den Suffköppen und dem Pfeifenrauch und …«

Edy und Rosi lachten, während das alte Ehepaar sich zu kabbeln begann.

Die Altenpflegerin, eine attraktive Blonde, sagte: »In Polen sagen wir: ›Die Frau weint vor der Hochzeit, der Mann danach.‹«

Während Michelle noch rätselte, was sie damit ausdrücken wollte, sah sie zu ihrem Schrecken, dass die Augen des großen Griechen so verdächtig glänzten, als würde er gleich zu weinen beginnen. Rosi hielt derweil die Schüssel mit den Kartoffelchips in die Runde, doch jeder winkte ab.

Michelle musste dem Reflex widerstehen, hysterisch loszulachen. Wo war sie hier nur hingeraten?

»Zweite Frage«, sagte sie mit aller Autorität, die sie aufbringen konnte. »Herr und Frau Franz – welchen Ratschlag würden Sie einem jungen Ehepaar mit auf den Weg geben?«

»Nicht lügen oder betrügen«, kam es wie aus der Pistole geschossen von der alten Bäuerin, die ihrem Mann dabei einen vorwurfsvollen Blick zuwarf.

Dieser hatte die Arme vor dem Leib verschränkt und schwieg.

»Und was meinen Sie, Herr Franz?«

Er zuckte mit den Schultern. »Das tät ich so nicht sagen. Manchmal kann eine Lüge auch gnädig sein.«

»Hast du mich etwa noch öfter belogen?« Die Augen seiner Frau funkelten, und die andern am Tisch tauschten besorgte Blicke.

Doch der alte Bauer nickte nur. »Mehr als einmal. Als wir noch Kühe hatten und die Elsa gestorben ist, weil der Tierarzt wegen zu viel Schnee nicht kommen und ihr helfen konnte – da habe ich dich belogen, als ich sagte, sie hätte einen schnellen Tod gehabt. In Wahrheit hat sie stundenlang leiden müssen an ihrem querliegenden Kälbchen. Aber Elsa war doch deine Lieblingskuh, und ich wollte nicht, dass du noch trauriger bist, als du es eh schon warst. Außerdem lagst du selbst in den Wehen mit unserem Karl...«

Die Bäuerin schlug erst eine Hand vor Entsetzen auf ihren Mund, dann bekreuzigte sie sich. »Die Elsa, Gott hab sie selig. Das waren noch Zeiten! Frische Milch mit dickem Rahm...« Ihr Blick war auf einmal weit in die Ferne gerichtet.

Michelle biss sich auf die Unterlippe. Waren ihre Fragen zu aufregend für die alten Herrschaften? Vielleicht sollte sie sich zur Abwechslung doch einmal an das jüngere Paar richten. Doch da sprach der alte Bauer schon weiter.

»Und dann, als es 1974 den autofreien Sonntag gab und der Dieselpreis so in die Höhe schnellte und wir gleichzeitig wegen Frost die halbe Ernte verloren haben, da hab ich zu dir gesagt, mit unseren Ersparnissen würden wir gut über die Runden kommen.«

»Das war ja dann auch der Fall«, sagte seine Frau.

Ihr Mann schüttelte den Kopf. »Es stand Spitz auf Knopf. Ich musste mir von Thereses Vater Geld leihen – zwar nur für einen Monat, aber sonst hätten wir den neuen Traktor nicht halten können. Hätte ich dir gesagt, dass ich mit den Raten im Verzug war, dann hätten wir beide schlaflose Nächte gehabt.«

Rosi schaute ihren Vater an. »Das wusste ich bis jetzt auch noch nicht. Wir Kinder haben von diesen Sorgen gar nichts mitbekommen.«

Die alte Bäuerin strich ihrem Mann in einer seltsam unbeholfenen Geste über die Wange. Doch schon mit dem nächsten Wimpernschlag wandte sie sich wieder an den Gast.

»Ich hätte auch noch einen Rat parat, vielleicht den wichtigsten überhaupt. Reden ist Silber, Schweigen ist Gold, so heißt es nicht umsonst.«

Täuschte sie sich, oder war die alte Dame ein wenig verwirrt?, fragte sich Michelle, während die Bäuerin ihre Hand nahm und so fest drückte, dass es wehtat. »Junge Frau, ich sage Ihnen, wie eine Ehe funktioniert: Man muss vieles runterschlucken können! Wenn ich Ihnen erzählen würde, wie ich es gehasst habe, dass mein Mann seine Dreckwäsche einfach auf den Boden geworfen hat statt in den Wäschekorb! Und dann seine Masche, für den Salat am Sonntag einen extra Teller zu verlangen anstatt den Suppenteller dafür zu nehmen. Und die Stumpen, die stinkenden, die du immer geraucht hast. Vor den Kindern!«

Ihre Worte entfachten eine weitere Kabbelei.

So viele gemeinsame Jahre. So viele Erinnerungen. Und jeder hatte eigene. Wo lagen die Gemeinsamkeiten? Wie wichtig waren sie?, fragte sich Michelle, als der alte Bauer plötzlich sagte: »Es war eine gute Zeit. Bist eine gute Frau!« Sanft tätschelte er seiner Frau den Arm.

»Natürlich war es eine gute Zeit«, erwiderte sie, als hätte es gerade kein böses Wort zwischen ihnen gegeben. »Und das ist sie noch immer. Wir haben jetzt die Liliana, den Edy und den Apostoles! Wir leben wie früher, als große Familie. Andere müssen ins Heim, aber wir nicht«, sagte sie stolz zu Michelle. »Und noch eins müssen Sie wissen, junge Frau – gemeinsame Interessen sind wichtig. Mein Mann und ich helfen einmal in der Woche im Genießerladen unten im Dorf. Wir häkeln Armbänder, die brauchen wir fürs nächste Genießerfest. Das ist unser Hobby.«

»Grüne Armbänder!«, fügte ihr Mann hinzu und tätschelte erneut den Arm seiner Frau.

Michelle hatte auf einmal einen Kloß im Hals. Das alte Ehepaar strahlte eine solche Vertrautheit aus. Ob sie so etwas auch je würde erfahren dürfen? Sie räusperte sich. »Und was ist mit kleinen Gesten wie einen Blumenstrauß oder eine Schachtel Pralinen mitzubringen? Empfinden Sie solche Liebesbeweise als wichtig?« Tim Tagheuer hatte Clarissa fast täglich mit etwas überrascht. Er hatte ihr die Augen verbunden und sie über eine Wiese geführt, wo er ein grandioses Champagnerpicknick vorbereitet hatte. Ein andermal hatte er ein altes Grammophon aufgetrieben und alte Swing-Platten abgespielt, weil sie diese so liebte. Einmal – kurz vor dem Heiratsantrag – hatte er sogar eine einmotorige Cessna gemietet und rote Rosen vom Himmel herabsegeln lassen, direkt über der Gärtnerei! Dieser Pfundskerl...

Das alte Ehepaar schaute sich an. Mit dieser Frage schienen die beiden nichts anfangen zu können.

»Natürlich sind solche Liebesbekundungen wichtig«, erwiderte Rosi an ihrer Stelle. »Welche Frau wird nicht gern hofiert?« Sie warf Edy einen bedeutungsvollen Blick zu.

»Ich weiß, das kommt bei uns im Alltag zu kurz. Natürlich könnte ich irgendwas im Internet bestellen, aber mir fallen solche Sachen einfach schwer.« Edy schüttelte verlegen den Kopf. »Ich gelobe trotzdem Besserung.« Er bot einer Wespe, die sich ins Zimmer verirrt hatte, den rechten Zeigefinger seiner Hand als Landeplatz an, und als sie sich gesetzt hatte, trug er sie nach draußen.

»Du bist das Beste, was mir passieren konnte«, erwiderte Rosi sanft, als er wieder neben ihr saß. »Ich habe das eben gewiss nicht vorwurfsvoll gemeint. Aber wenn du mir abends, wenn ich im Bett noch lese, einen Tee bringst, dann fühle ich mich hofiert wie eine Königin! Und wenn du sonntags extra für mich Pommes frittierst, obwohl du lieber Kartoffelsalat zum veganen Schnitzel hättest, dann ist mir das Liebesbeweis genug.«

Edy atmete erleichtert auf. »Das Wichtigste ist, dass man sich vor lauter Arbeit nicht aus den Augen verliert. Dass man seine Liebe nicht verlegt wie den Haus- oder den Autoschlüssel. Das ist schon Arbeit genug…« Sein Gesicht verzog sich zu einem spitzbübischen Lächeln.

Einen Moment lang war außer einem erstickten Laut, der von dem Griechen kam, nichts zu hören. Michelle musste dem Reflex widerstehen, dem Mann tröstend ein Taschentuch zu reichen. Sie klappte ihren Block mit den Fragen zu. »Danke«, sagte sie leise. »Danke für Ihr Vertrauen und dass ich Ihnen zuhören durfte.«

Die Altenpflegerin warf theatralisch eine Hand auf ihre Brust und sagte: »Wir haben noch ein Sprichwort in Polen: »Wo Herz, da auch Glück!«

»... Es gehören immer zwei dazu! Einer allein kann eine Ehe nicht am Laufen halten. Als meine Schwester und ihr Mann damals...«

»... Respekt und ehrliches Interesse am andern, das ist beides wichtig. Und dass man miteinander lachen kann! Wenn der Kurt Sylvester Stallone oder Bruce Willis imitiert, könnte ich mich kaputtlachen. Und wenn er dann...«

»... Sich ständig tief in die Augen zu gucken ist gar nicht so wichtig, wie manche meinen. Besser ist es, gemeinsam in eine Richtung zu schauen. Als wir damals gemeinsam den Laden eröffnet haben und...«

Es war schon fast sechs Uhr. Mit einem Schreibblock voller Notizen, den Kopf voller Stimmen und einem leeren Magen stand Michelle auf dem Maierhofener Marktplatz. Die Luft war durchzogen von kulinarischen Wohlgerüchen. Irgendwo in einem Hinterhof hatte jemand einen Grill angeworfen, der Duft von Bratwürsten ließ Michelle das Wasser im Mund zusammenlaufen. Aus einer anderen Ecke roch es nach heißer Tomatensoße, von woanders her wehte der Geruch nach Pfannkuchen mit Marmelade. Es war lange her, dass sie etwas gekocht hatte, dachte Michelle mit einem unerwarteten Anflug von Heimweh.

Sie war nach den langen Gesprächen hungrig, hatte aber keine Lust, in die Goldene Rose essen zu gehen. Zwei Butterbrezeln kaufen und sich dann irgendwo hinsetzen, allein mit all den Gedanken, Eindrücken und Eröffnungen – danach stand ihr der Sinn. Irgendwie musste es ihr gelingen, Ordnung zu schaffen in ihrem Kopf, sonst... Michelle wollte kein passender Vergleich einfallen.

Mit raschen Schritten ging sie in die Bäckerei. Cora, die

Verkäuferin, war schon dabei, die Regale mit einem Handbesen von den Brotkrümeln zu befreien, als Michelle eintrat. Dicht hinter ihr folgte eine junge Frau, sie trug einen Dutt aus Rastazöpfen, um die Stirn hatte sie ein buntes Tuch gebunden. Über ihrem Arm hing ein großer Korb mit Äpfeln, den sie schnurstracks nach hinten in die Backstube trug. Wenn sie sich nicht täuschte, war das die Frau, von der Christine immer ihre Liköre und Fruchtsirups kaufte, dachte Michelle. Waren sie und die Bäckersfrau Magdalena etwa Schwestern? Oder Mutter und Tochter?, fragte sich Michelle, während der Duft der frühen Äpfel noch immer im Raum hing.

»Zwei Brezeln, bitte«, sagte sie zu Cora. Nach Butter zu fragen traute sie sich angesichts der abendlichen Aufräumtätigkeiten nicht mehr. »Und gibt es noch etwas Süßes?«

Die Verkäuferin deutete wortlos auf ein kleines Sammelsurium an übrig gebliebenen Gebäckstücken.

»Sie sind die Autorin, nicht wahr?«, fragte in dem Moment die junge Frau, die ohne Korb aus der Backstube zurückgekommen war. Freundschaftlich reichte sie Michelle einen Apfel.

»Danke, sehr nett!«, sagte Michelle. »Hier spricht sich alles schnell herum, was?«, fügte sie lachend hinzu.

»Da können Sie sich sicher sein!« Die grünen Augen der jungen Frau funkelten spöttisch. Sie streckte Michelle eine Hand hin. »Ich bin übrigens Jessy, Magdalenas Tochter. Ich habe sie schon öfter durchs Dorf laufen sehen, aber wir sind uns noch nicht persönlich begegnet.«

Schade eigentlich, dachte Michelle. Was für eine schöne, ungewöhnliche Frau diese Jessy war! Und ihr Handschlag wirkte so energiegeladen.

»Dann wissen Sie bestimmt auch schon, worüber ich recherchiere. Die Liebe, und wie sie auf Dauer funktionieren kann. Wollen Sie mir vielleicht auch noch etwas mit auf den Weg geben?«

»Ich?« Jessys dichte Brauen hoben sich. »Isch aabe gar keine Mann«, imitierte sie lachend die berühmte alte Kaffeewerbung mit Herrn Angelo. »Aber eine gute Freundin sagt immer: ›Liebe dich selbst, und es ist egal, wen du heiratest.‹« Sie zuckte mit den Schultern. »Wenn ich mir mein Umfeld so anschaue, dann glaube ich, da ist was dran.«

Keine der beiden jungen Frauen bemerkte, wie Magdalena, die gerade aus der Backstube getreten war, zusammenzuckte wie von einem Pfeil getroffen.

Vor der Casa Christine war die Einfahrt mit mehreren Autos zugeparkt. Gäste verabschiedeten sich und umarmten Christine, neue Gäste kamen, ein junges Paar hatte zwei Schäferhunde mitgebracht, diese knurrten feindselig Jack und Joe an, die die Welt nicht mehr zu verstehen schienen. War dies nicht ihr Zuhause?

Inmitten von alldem versuchte Christine mit geröteten Wangen und hektischem Blick, Herrin der Lage zu werden. Ob sie ihrer Zimmerwirtin irgendwie helfen konnte?, überlegte Michelle einen Moment lang. Doch dann überwog ihr Bedürfnis nach Ruhe, und sie wandte sich ab, um in Richtung des Weihers zu gehen. Christine war Hektik gewohnt. Ihr hingegen reichte der Trubel für heute. Die neuen Gäste würde sie auch morgen beim Frühstück noch kennenlernen. Und dann würde sie Christine auch wieder ein wenig unter die Arme greifen, so wie sie es sich in den letzten Tagen angewöhnt hatte.

Am Weiher war jetzt, mitten in den Sommerferien, ebenfalls noch erstaunlich viel los. Familien mit kleinen Kindern hatten es sich auf Picknickdecken gemütlich gemacht. Jugendliche düsten mit Mopeds davon, um Nachschub an Bier und anderen Getränken für ihr abendliches Gelage zu besorgen. Eine Mädchenclique versuchte unter viel Kreischen und Gelächter, ein Gruppen-Selfie hinzubekommen.

So viel zu ihrem Wunsch nach Ruhe, dachte Michelle. Doch dann ließ sie sich einfach ein wenig abseits von allen nieder. Während sie ihre Brezeln und den Apfel aß, ließ sie ihre Gedanken schweifen.

Was für ein Tag!

So viele unterschiedliche Menschen. So viele unterschiedliche Meinungen. Ergab sich daraus ein großes Ganzes? Sie war sich nicht sicher…

Was immer wieder genannt worden war: Gemeinsamkeiten haben. In dieselbe Richtung schauen. Ein Hobby miteinander teilen. Gut zueinander sein, sich zu achten, sich bei allen Gemeinsamkeiten auch genügend Freiraum zu lassen. Sich trotz vieler Arbeit nicht aus den Augen zu verlieren.

Aber was hatte das für Jonas und sie zu bedeuten? Gab es irgendetwas, bei dem sie in dieselbe Richtung schauten? Gab es eine andere Gemeinsamkeit als die, dass sie in derselben Wohnung wohnten?

Wie war das in ihrer Anfangszeit gewesen? Mit Schrecken stellte Michelle fest, wie viel Mühe es ihr bereitete, sich zu erinnern. Bevor Jonas sich mit seinem Start-Up selbständig gemacht hatte, waren sie abends öfter ausgegangen. Manchmal hatten sie einen Film gestreamt und gemeinsam angeschaut. Aber sehr viel mehr Gemeinsamkeiten konnte sie nicht wachrufen. War Zuneigung nicht mindestens genauso wichtig, wie miteinander lachen zu können?, dachte sie verteidigend. Und zugeneigt waren sie sich, oder etwa nicht?

Spontan zückte sie ihr Handy und wählte Jonas' Nummer.

»*Yes please?*«, ertönte geschäftig eine Frauenstimme.

Erschrocken hielt Michelle das Telefon ein Stück vom Ohr weg. Wer war das?

»Hallo? Ich... Ist das nicht die Nummer von Jonas Baumann?«

»Ach du bist es!«, ertönte es vorwurfsvoll am andern Ende. »Wir erwarten einen wichtigen Anruf.«

»Sabine? Wo ist Jonas? Gib ihn mir mal bitte.« Hatte ihre liebe Nachbarin in der Zwischenzeit als Jonas' Sekretärin angeheuert? Oder bezog sich das »wir« auf etwas anderes?

»Du, das ist jetzt ganz schlecht...«, sagte Sabine gedehnt und eine Spur schadenfroh. »Jonas arbeitet an einer letzten kleinen App, die will er den Amerikanern quasi als Appetizer anbieten, bevor wir dann mit dem eigentlichen Programm in die Vollen gehen.«

»Mag ja sein, aber was heißt das jetzt? Dass ich nicht mal mehr fünf Minuten mit meinem Freund reden kann?« Wütend warf Michelle ihren Apfelbutzen in den See, wo im nächsten Moment ein großer Fisch danach schnappte.

»*Dein* Freund... Tja...«

Michelle runzelte die Stirn. »Was meinst du?«

Am andern Ende der Leitung ertönte ein enerviertes Schnauben, auf das eine kleine Kunstpause folgte. »Eigentlich wollte Jonas es dir erst nach unserer USA-Reise sagen, aber jetzt, wo du es selbst schon ansprichst... Wahrscheinlich ist er gar nicht böse, wenn wir zwei für klare Verhältnisse sorgen.«

»Was für... klare Verhältnisse?«, fragte Michelle mit brüchiger Stimme und kam sich dabei vor wie eine Hündin, die im Kampf mit einer anderen Hündin derselben ihre Kehle zum Zubeißen hinhielt.

»Mit euch zweien ist es aus. Jonas und ich sind ein Paar«, platzte Sabine heraus.

Michelle erstarrte, ehe sie antwortete: »Und das sagt er mir nicht selbst?«

»Am Telefon?«, erwiderte Sabine vorwurfsvoll. »Wer ist denn auf und davon gerannt? Das warst doch wohl du. Nicht dass du dich zuvor sehr viel mehr um den Mann gekümmert hättest! Jonas ist ein Genie in dem, was er tut. Er braucht *Support*! Er braucht Encouragement und Assistence! Jemanden, der seine Genialität versteht, fördert und begleitet. Kurz gesagt, er braucht eine Frau wie mich.«

In einem Roman hätte die Heldin der andern irgendeinen genialen Spruch um die Ohren geschleudert. Etwas, was ihr ihre Verwerflichkeit vor Augen halten würde. Im wahren Leben hatte Michelle lediglich mit tonloser Stimme gesagt: »Wenn das so ist...«, dann hatte sie aufgelegt.

In einem Roman hätte die Heldin danach getobt, vielleicht ein ganzes Porzellanservice zerschlagen. Und danach hätte sie sich sehr schnell einen originellen Weg ausgedacht, wie sie a) ihren Ex wieder zurückgewinnen und b) der Tussi eins auswischen oder sich c) an beiden rächen konnte. Im wahren Leben starrte Michelle ihre leere Brezeltüte an, als sei sie der Stein der Weisheit. So fühlte sich also das Ende an. Irgendwie kam es ihr nicht einmal unbekannt vor.

Sie spürte in sich hinein, suchte nach Verletzung und Traurigkeit. Doch wo diese Gefühle ihren Platz hätten haben sollen, war alles leer. Wie ein Regal nach Hamsterkäufen, dachte sie selbstironisch.

Wenn sie ehrlich war, hatten Jonas und sie sich schon lange voneinander entfernt, mit jedem Monat, jeder Woche, jedem Tag ein bisschen mehr. Schon in ihren guten Zeiten hatten sie wenig gemeinsame Interessen gehabt – worum genau hätte sie jetzt also kämpfen sollen? Das zwischen ihnen hatte sich damals einfach so ergeben. Es war, wie so vieles in ihrem Leben, keine bewusste Entscheidung ihrerseits gewesen.

Ihre alte Beziehung war gerade in die Brüche gegangen, und Jonas, der Freund eines Freundes, war zufällig da, um sie zu trösten. Er war zu jener Zeit wie sie auf Wohnungssuche, da hatte es nahe gelegen, sich gemeinsam etwas zu suchen. Und wenn es auch nicht die ganz große Liebe war, so harmonierten sie doch recht gut miteinander, hatte sie sich gesagt. Und hatte fortan an ihrer Beziehung gezogen und gezuppelt wie an einer zu engen Jeans, auf dass sie endlich passte.

Während in ihrem Rücken die Sonne langsam unterging, schaute Michelle aufs Wasser, auf dem schon erste vertrocknete Blätter eines in der Nähe stehenden Kastanienbaums schwammen. Kleine Inseln, die bald untergehen würden. Michelle seufzte tief auf. Die Luft war spätsommerlich schwer. In jedem Atemzug lag ein Hauch von Vergänglichkeit. Der Spätsommer war die Zeit der Entscheidung, was bis jetzt nicht gereift war, würde es nie tun. Jonas und sie hatten genug Zeit gehabt, ihre Liebe zu leben. Nun war es zu spät, Versäumtes aufzuholen.

Wenn sie ehrlich zu sich selbst war, empfand sie sogar eine gewisse Erleichterung darüber, dass ihr eine Entscheidung abgenommen worden war. Tief in ihrem Innern spürte sie schon seit einiger Zeit, dass sie ihr altes Leben gar nicht zurückhaben wollte – weder das mit Jonas noch ihren Job in der Eisdiele. Beides war ihr nicht mehr genug. Vielleicht war es arrogant, so zu denken, schließlich hatte sie nicht die geringste Ahnung, was nun aus ihr werden sollte – aber eins wusste sie: Sie wollte Entscheidungen treffen, richtige und falsche, und sich nicht mehr nur wie ein Blatt im See treiben lassen. Es war Zeit für etwas Neues. Sie wollte wachsen! Als Mensch und als Frau. Sie wollte Höhenflüge machen, auch wenn dies bedeutete, den einen oder anderen Absturz zu erleiden. Sie wollte später einmal etwas zu erzählen haben, so wie Greta. Sie wünschte sich einen Menschen, mit dem sie verschmitzte Blicke tauschen konnte, so wie Rosi und Edy es taten. Sie wollte sich nach einem Menschen verzehren, so wie dieser Grieche es ganz offensichtlich tat. Von nun an würde sie alles auf eine Karte setzen, wie Greta …

Jetzt bist du völlig verrückt geworden, sagte eine Stimme in ihr. Michelle zückte erneut ihr Handy.

Hi Jonas, ich hole während deiner Reise meine Sachen aus der Wohnung. Den Schlüssel lege ich dir auf den Esstisch. Mach's gut! Viel Erfolg. Michelle

Sie starrte noch für einen langen Moment auf ihren SMS-Text. War es richtig? War es falsch? Handelte sie voreilig und unbedacht?

Zu spät, dachte sie und schickte die Nachricht los.

Als Nächstes schrieb sie ihrer Mutter.

Hi Mam, Jonas und ich haben uns getrennt. Kann ich bei euch ins Gästezimmer ziehen, bis ich was Neues finde? Melde mich kurz vor der Heimfahrt, ok? Alles ist gut, Michelle

Nachdem das Notwendigste erledigt war, steckte Michelle ihr Handy ein und stand auf. Das Leben konnte so banal sein, dachte sie.

Die Sonne war untergegangen, als sie bei Christines Haus ankam. Die Einfahrt war leer, die Autos der neuen Gäste standen ordentlich an der Straße entlanggeparkt. Michelle holte sich aus der Küche eine Flasche Wasser und legte einen Euro in die dafür vorgesehene Kasse. Wie von fremder Hand gesteuert stieg sie die Treppe nach oben in ihr Zimmer und machte ihren Laptop an. Sie wusste nicht, was sie antrieb, gerade jetzt etwas schreiben zu wollen, tagelang hatte sie das Gerät regelrecht gemieden. Aber da war etwas in ihrem Kopf, das hinauswollte. Eine Melodie, Wortfolgen ...

Als hätte sie jahrelange Erfahrung in solchen Dingen, legte sie eine neue Datei an. Sie lächelte, als sie die Datei benannte.

Das Weiß des Bildschirms leuchtete verheißungsvoll, ein kleines Lächeln umspielte Michelles Lippen, als sie zu schreiben begann.

Prolog

»*Es ist Spätsommer. Würde mich jemand fragen, was ich mit dieser Jahreszeit verbinde, dann würde ich sagen: Es ist der Duft! Dieser unglaubliche Duft, der die Luft erfüllt und mich spüren lässt, dass ich am Leben bin...*

15. Kapitel

Nachdem die angehende Autorin gegangen war, schnappte Greta sich die Hunde und lief erst einmal eine große Runde mit ihnen. Sie ging an den Weiher, wo es trotz der immer noch herrschenden Hitze einigermaßen erträglich war. Das Laufen tat ihr gut, ihr Gedankenwirrwarr, das sich schon während des Erzählens ein wenig geklärt hatte, beruhigte sich weiter.

Als sie nach Hause kam, hatte sie eine Entscheidung getroffen. Sie würde die Kinder – so die Ärztin überhaupt recht hatte – bekommen. Nie im Leben würde sie ein solches Geschenk ausschlagen, sie würde alles auf eine Karte setzen, genauso, wie sie es vorhin zu der Autorin gesagt hatte. Falls Vincent die Kinder nicht wollte, würde es ihr das Herz brechen. Aber das war dann nicht zu ändern. Die Klarheit – um nicht zu sagen Kaltschnäuzigkeit –, mit der sie diese Gedanken dachte, erschreckte sie. War das schon der aufkommende Mutterinstinkt?

Sie fütterte die Hunde, dann schob sie die Lasagne, die sie am Morgen vorbereitet hatte, in den Ofen. Nachdem sie lange geduscht hatte, zog sie nur ein dünnes Baumwollkleid über. Als sie an dem Spiegel vorbeikam, der auf einer der Schranktüren angebracht war, blieb sie unwillkürlich stehen. Sie war noch nie gertenschlank gewesen, sondern immer eher vollschlank. Diäten waren nicht ihr Fall, dazu schmeckte ihr das Essen einfach zu gut. Und am Abend ein Glas Wein tat ein Übriges zu ihren Rundungen dazu. Wein war ab jetzt tabu, dennoch würde sie in ein paar Monaten daherkommen wie eine wandelnde Tonne.

Probeweise mit den Händen einen Bauch formend schaute Greta ihr Spiegelbild an. Die Ärztin hatte gemeint, sie sei in der zwölften Woche, wann würden die Kinder denn überhaupt zur Welt kommen? Du meine Güte, sie hatte keine Ahnung von solchen Dingen! Erneut stieg Panik in ihr auf.

Im selben Moment hörte sie unten die Tür schlagen und das freudige Japsen der Hunde.

Greta schluckte. Es war so weit. Mit klopfendem Herzen ging sie die Treppe hinab.

Das Essen würde sie noch abwarten, beschloss sie. Es tat nicht Not, dass sie Vincent den Appetit verdarb. Und um die in einem anderen Leben liebevoll zubereitete Lasagne wäre es auch schade. Statt auf der Terrasse servierte sie am Esstisch. Für das, was als Dessert kommen würde, brauchte sie die Sicherheit ihrer vier schützenden Wände um sich herum.

Vincent langte herzhaft zu und erzählte von seinem Tag. Greta tat so, als würde sie essen, und erzählte kleine Anekdoten von den Hunden. Dass sie heute einen Arzttermin gehabt hatte, wusste er nicht. Sie hatte ihn nicht beunruhigen wollen. Er lachte an den richtigen Stellen, doch sie hatte das Gefühl, dass der Blick, mit dem er sie bedachte, irgendwie anders war als sonst. Nicht weniger liebevoll, das nicht. Aber vielleicht kritischer? Oder skeptisch? Eine Spur misstrauisch sogar? Er schien zu spüren, dass sie ihm etwas verheimlichte. O Gott, bin ich so durchsichtig?, dachte sie.

»Ich muss dir etwas sagen«, begann sie, nachdem sie die Teller abgeräumt hatte.

Vincent streckte seine langen, braungebrannten Beine von sich. »Lass mich raten – Debbie hat angerufen und wollte den Notartermin ein drittes Mal verschieben.« Er trank genüsslich einen Schluck aus der Flasche.

Greta schüttelte den Kopf. Dass die Ex ihnen mit ihrem unzuverlässigen Terminkalender bei der Urlaubsplanung das Leben schwer gemacht hatte, hatte sie schon vergessen.

»Es ist etwas, womit keiner von uns beiden gerechnet hat...«, sagte sie zögernd.

Er grinste sie an. »Du sagst mir jetzt aber nicht, dass die neue Waschmaschine schon wieder kaputt ist, oder?«

Unwillkürlich musste Greta lachen. Dass sie mit neuen technischen Geräten Pech hatten, war schon ein *running gag* unter ihren Freunden – ständig gaben nagelneue Geräte bei ihnen ihren Geist auf.

Sie schüttelte den Kopf. »Du kommst nie drauf«, sagte sie. »Und es wäre unfair, dich weiter raten zu lassen. Es ist so...« Sie biss sich auf die Unterlippe. Wie sollte sie ihm das so schonend wie möglich beibringen? Das geht gar nicht schonend, schoss es ihr durch den Sinn. Vincent würde vor Schreck vom Stuhl fallen, daran ging kein Weg vorbei.

»Ich weiß echt nicht, wie ich es dir sagen soll«, schindete sie weiter Zeit.

Er kniff seine Augen ein wenig zusammen und schaute sie kritisch an. »Du bist schwanger.«

»Äh, was?« Greta war es plötzlich so schwindlig, dass sie sich an der Tischplatte festhalten musste. Von wegen – er würde vom Stuhl fallen!

»Wie kommst du darauf?«, fragte sie mit einer Stimme, die nicht ihr gehörte.

Er gab seine relaxte Haltung auf. Seine Augen suchten in ihrem Gesicht nach einer Antwort, sein prüfender Blick ließ sie keinen Moment lang los.

»Ich weiß es nicht«, sagte er mit rauer Stimme. »Ich habe schon seit ein paar Wochen so ein komisches Gefühl. Da ist ein Glänzen in deinen Augen... Es ist anders als sonst. Und deine Ausstrahlung hat sich auch verändert. Irgendwie wirkst du noch weiblicher. Ich... Keine Ahnung!« Er zuckte mit den Schultern.

Fassungslos schaute Greta ihn an. Sah seinen flehenden Blick, seine zitternden Lippen, die Angst in seiner Miene.

»Sag, dass es wahr ist«, flüsterte er.

Sie nickte stumm.

Tränen schossen ihm in die Augen, ein ganzer Sturzbach rann seine wettergegerbten Wangen hinab.

»O Gott, Greta...« Er schloss sie in seine Arme, drückte und wiegte sie. Auch sie schluchzte und weinte – ihre ganze Anspannung entlud sich nun endlich.

»Das ist der schönste Moment in meinem ganzen Leben.« Sein Atem an ihrem Ohr war wie ein Streicheln.

»So geht's mir auch«, flüsterte sie.

Die Hunde tänzelten aufgeregt um sie herum, mit der Stimmung ihrer Menschen konnten sie nichts anfangen.

Irgendwann hatten sich Greta und Vincent soweit beruhigt, dass ein Gespräch wieder möglich war. Seine Hände nicht loslassend, erzählte sie von ihren körperlichen Beschwerden, von ihrem Arztbesuch und der völlig unerwarteten Eröffnung der Ärztin.

»Ich war wie vor den Kopf geschlagen«, endete sie. »Eigentlich bin ich es noch immer! Ich meine, du hast doch gesagt, du wärst… du könntest keine Kinder bekommen!« Einen Hauch vorwurfsvoll schaute sie ihn an.

Er nickte zerknirscht. »Das habe ich auch bis vor kurzem noch geglaubt. Aber als ich vor ein paar Wochen morgens im Bad hörte, wie du dich übergeben musstest, da kam mir so ein Verdacht… Zuerst habe ich ihn als Blödsinn abgetan. Ich meine, nach all den Jahren… Aber irgendetwas hat mir keine Ruhe gelassen, also habe ich zuerst im Internet ein bisschen herumgelesen. Und dann war ich auch noch beim Doc«, sagte er mit einem schrägen Grinsen. »Keine Ahnung, warum ich nicht früher auf diese Idee gekommen bin. Aber wie gesagt, für mich war alles glasklar, nichts, woran ich auch nur einen Gedanken verschwenden musste. Doch dann hat der Arzt mir erklärt, dass Mumps vor allem in der Pubertät für Unfruchtbarkeit sorgt. Ich aber hatte die Krankheit schon im zarten Alter von sechs Jahren. Der Arzt hat dann noch einen Test gemacht, und dabei kam heraus, dass meine Spermien gesund und munter sind.«

Greta schaute ihn fassungslos an. »Und das alles fällt dir jetzt erst ein? Ich meine… Wenn ich das gewusst hätte… Wir hätten verhüten können…« Auf einmal wusste sie nicht mehr, was sie denken sollte. Es war zu viel, was gerade auf sie hereinbrach.

Er wich alarmiert vor ihr zurück. »Willst du die Kinder etwa nicht?«

»Doch. Natürlich!«, rief sie entsetzt. »Ich bin überglücklich. Es kam nur alles so plötzlich! Und dann gleich zwei…« Bevor sie wusste, wie ihr geschah, liefen ihr erneut Tränen übers Gesicht. »Schaffen wir das alles überhaupt? In meinem Alter... Und wir haben doch beide überhaupt keine Erfahrung mit so was. Und – nach Kanada kann ich jetzt auch nicht mit«, schluchzte sie.

»Kanada!«, sagte er abfällig, als hätte es keine aufwändigen Reiseplanungen gegeben. »Morgen geh ich ins Reisebüro und buche um. Ich fliege für den Notartermin hin und komme am nächsten Tag zurück. Für mehr habe ich nun weiß Gott keine Zeit mehr!«

Sie schaute ihn misstrauisch an. »Was soll das heißen?«

Er grinste sie spitzbübisch an. »Na, ich muss doch das Baumhaus planen, das ich für unsere beiden bauen werde. Als Sohn und Tochter eines Zimmermanns müssen die zwei schließlich später ein standesgemäßes Spielhaus haben!«

Greta lachte schallend auf. »Bis die Kleinen in einem Baumhaus spielen werden, vergeht aber noch ein bisschen Zeit. Und überhaupt – Sohn und Tochter? Nachdem du schon vor mir wusstest, dass ich schwanger bin – was bitteschön ist sonst noch an mir vorbeigegangen?«

»Ich habe da so ein Gefühl, warte nur ab«, sagte er lässig. »Aber keine Sorge, zwei kleine Mädchen wären mir genauso lieb. Oder zwei Jungs!« Er nahm Greta wieder in den Arm und küsste sie zärtlich. »Hauptsache, dir und den Kindern geht es gut.«

»Das ist auch noch so eine Sache«, murmelte sie benommen. »Die Ärztin meinte, ab jetzt stehen mir viele Untersuchungen bevor. Da ich jedoch eine gute Konstitution habe und es keinerlei Erbkrankheiten in meiner Familie gibt, war sie sehr zuversichtlich, dass ich eine gute Schwangerschaft erleben werde. Was die gynäkologische Praxis hoffentlich bestätigen wird.«

Vincent strahlte. Er löste sanft seine Arme von ihr, dann stand er auf.

»Was machst du jetzt?« Sie schaute ihn konsterniert an. Von ihr aus hätten sie den Rest des Abends so sitzenbleiben können. »Komm bloß nicht auf die Idee, Champagner zu holen, der ist ab jetzt für uns beide gestrichen. Geteilte Freude – geteiltes Leid, sag ich nur«, bemerkte sie, als sie sah, dass er in Richtung Küche ging.

»Champagner?« Er blinzelte irritiert. »Ich hole meinen Zeichenblock und einen Bleistift. Was meinst du – soll ich für jedes Kind eine eigene Wiege bauen, oder wäre eine Doppelwiege besser?«

Wie jeden Abend in der letzten Zeit war Magdalena gegen neun Uhr im Bett. Über Schlafmangel konnte sie sich immerhin nicht mehr beklagen, dachte sie, während sie traurig auf die andere leere Betthälfte starrte.

Sie kam sich vor wie das Ohne-dich-ist-alles-doof-Schaf auf den Postkarten in Monika Ellwangers Schreibwarenladen. Ohne Apostoles war alles doof. Die Arbeit in der Bäckerei war doof. Die Freizeit war doof. Das allein Schlafengehen war doof. Keinen Sex haben war doof. Keine Liebe und kein Lachen waren doof.

Bestimmt sorgte er jetzt auf dem Franzenhof für gute Stimmung, dachte sie und schüttelte ihr Kopfkissen auf, als sei es ein Box-Sack. Hatte er sich womöglich schon in die Polin verliebt? Diese Liliana war bildhübsch. Und jung und knackig war sie obendrein, nicht so ein verbrauchtes, mürrisches Weib wie sie. Allein die Vorstellung, dass die Polin sich an ihren Apostoles ranmachen könnte, brachte ihr Blut zum Wallen. Sie sollte sich besser nicht dabei erwischen lassen ...

»Ach Apostoles, wie sehr ich dich vermisse!«, seufzte Magdalena leise auf. Heute war die Sehnsucht nach ihm so übermächtig wie nie zuvor. Bevor sie wusste, was sie tat, griff sie zum Telefon. Seine Handynummer war eingespeichert, sie tippte auf die eins.

»Hallo?«

O Gott! Erschrocken hielt Magdalena das Gerät von sich weg.

»Hallo? Wer ist denn da?«, hörte sie ihn sagen. Und dann: »Magdalena, bist du das? Sag doch was, bitte ...«

Sie legte hastig auf.

Was war sie nur für eine dumme Kuh!, schimpfte sie stumm mit sich selbst und starrte auf ihr zusammengeknülltes Kopfkissen. Warum hatte sie nicht einfach auch »Hallo« gesagt? Und ein »Du fehlst mir« nachgeschoben. Warum hatte sie nicht gesagt: »Komm bitte zurück! Unser Streit war ein schrecklicher Fehler. Verzeih mir, bitte.«

Genau wie all die Jahre mit Jessy, dachte sie bitter. Da hatte sie auch zig Mal versucht anzurufen, aber es nie geschafft. So wie jetzt. Sie wäre sich irgendwie dumm dabei vorgekommen, klein beizugeben. Verflixt – wie konnte man sich nur selbst dermaßen im Weg stehen?

»Liebe dich selbst, und es ist egal, wen du heiratest!«, hatte ihre Tochter vorhin zu der Autorin gesagt und hinzugefügt, dass es genau daran in ihrem Umfeld hapern würde. Magdalena wusste nicht, warum ihr diese Worte gerade jetzt in den Sinn kamen. Sie versetzten ihr zum zweiten Mal an diesem Tag einen kleinen Stich.

»Liebe dich selbst« – so ein Quatsch! Das war doch wieder so ein esoterischer Spruch. Als ob sie sich selbst nicht lieben würde! Sie war eine gestandene Frau von Mitte fünfzig, eine erfolgreiche Geschäftsfrau, Mutter und Witwe. Bisher hatte sie jedes noch so tiefe Tal ihres Lebens durchschritten, und das wäre ja wohl ohne Selbstliebe gewiss nicht gegangen, oder?

Zugegeben, ihre Sturheit stand ihr manchmal ein wenig im Weg. Und dann war da ihre Unfähigkeit, nein sagen zu können. Die nervte sie auch ein bisschen. »Zweihundert Brezeln in die Stadt liefern? Kein Problem!« »Noch ein Backhausfest zusätzlich im Genießerjahr-Kalender? Aber gern!« Zu allem und jedem sagte sie ja, dabei hatte sie manchmal das Gefühl, die vielen Termine und Zusagen würden ihr den Hals abschnüren. Warum tat sie sich so schwer mit dem Neinsagen? Weil sie Angst hatte, dass es dann hieß, sie »hätte es wohl nicht mehr nötig«? Weil es sich einfach »gehörte«, dass man sich im Dorf engagierte? Als Bäckersfrau hatte sie schließlich einen Ruf zu verlieren.

Aber war der verdammte Ruf wirklich so viel wichtiger, als ein bisschen mehr Zeit für sich zu haben?

Zeit für die kleinen Dinge im Leben. Für einen Spaziergang im raschelnden Herbstlaub. Fürs morgendliche Schwimmengehen im Weiher. Einmal einen Abend nicht auf die Uhr schauen müssen, sondern bis in die Puppen mit andern zusammensitzen und das Leben feiern!

»Liebe dich selbst...«

Mit Apostoles war all das möglich gewesen, ging es ihr unvermittelt durch den Kopf. »Ich arbeite, um zu leben und nicht umgekehrt«, hatte er einmal zu ihr gesagt. Da hatte sie ganz schön gestaunt! Einen solchen Spruch hätte sie nie zu sagen gewagt.

»Liebe dich selbst...«

Wie liebevoll, aber bestimmt er sich über ihre Sturheit hinweggesetzt hatte! »Das Wetter ist viel zu schön, um jetzt Buchhaltung zu machen. Komm, lass uns zum Schwimmen an den Weiher gehen.« Lächelnd und nicht nur sprichwörtlich hatte er ihr in dieser Art oft die Hand gereicht.

Und sie? Was hatte sie getan? Sich darüber aufgeregt, dass er seine Wanderstiefel nicht in den Schrank räumte.

»Liebe dich selbst...«

Magdalena stöhnte leise auf, weil ihr ein schlimmer Verdacht kam. Als sie sich so über die »griechischen Verhältnisse« aufgeregt hatte – hatte sie sich da in Wahrheit nicht viel eher über sich selbst geärgert? Darüber, dass es ihr nicht gelang, so zu leben, wie sie in Wahrheit wollte? Weil sie sich nach all den Jahren immer noch viel zu sehr darum kümmerte, was die andern sagten und von ihr dachten?

16. Kapitel

Schon seit Stunden saß Michelle an ihrem kleinen Arbeitsplatz und schrieb. Sie brauchte keine besondere Musik, um in Stimmung zu kommen. Sie benötigte auch keine besonderen Rituale – all diese Tipps diverser Schreibschulen hatte sie ad acta gelegt.

Es machte ihr auch nichts aus, dass unten in der Einfahrt Leute lärmten und die Hunde im Garten die Nachbarskatze verbellten – vielmehr war ihre Konzentration so nach innen gerichtet, dass sie von alldem gar nichts mitbekam.

Zum ersten Mal seit ihrer ambitionierten Entscheidung, Autorin zu werden, genoss Michelle das Schreiben. Sie mochte es, wie ihre Finger über die Tastatur flogen, sie mochte es, wie sich auf dem weißen Bildschirm Zeilen bildeten. Einfach so. Ohne dass sie etwas konstruieren musste. In ihrem neuen Manuskript gab es keine gekünstelte Heldin und keinen manieristischen Helden. Es gab nur eine Frau mittleren Alters, die zu ergründen versuchte, warum das Fundament des Lebens immer wieder Risse bekam. Warum eine Liebe zerbrach, und ob Freundschaften Sollbruchstellen hatten. Michelle hatte die Ich-Form gewählt, um der Frage nachzugehen, welcher Mörtel geeignet war, die Risse zu kitten, oder ob man nicht besser alles abreißen und ganz neu aufbauen sollte. Sie wusste noch nicht, ob aus ihrer Schreiberei je etwas »werden würde«. Sie wollte einfach nur schreiben, auch wenn es kein klassischer Roman, sondern eher eine Art Tagebuch war. Keiner der Schreibratgeber, die sie regelrecht inhaliert hatte, hatte dafür je irgendwelche Tipps parat gehabt, und vielleicht war das auch gut so. Denn sie schrieb einfach das auf, was ihr durch den Kopf ging an offenen Fragen, unklaren Gefühlen, losen Enden. Und hin und wieder, dachte sie ironisch, schrieb sie sogar über eine Erkenntnis, die sie hatte!

Das Schreiben tat ihr gut, die Worte flossen nur so aus ihr heraus, sie hatten eine eigene Melodie entwickelt, einen Wechsel aus schnellen und langsamen Passagen, aus kurzen und langen Sätzen. Wie das Leben selbst, befand Michelle lächelnd.

Das Einzige, was ihr derzeitiges Glück störte, war die Tatsache, dass sie demnächst adieu sagen musste, zu ihrem Dachzimmer, zu Christine und zu Maierhofen – allein der Gedanke fiel ihr schwer. Was also tun? In der letzten – schlaflosen – Nacht hatte sie beschlossen, am heutigen Tag mit Christine zu sprechen. Vielleicht war es möglich, das Zimmer für zwei Wochen länger zu mieten? Daheim wartete niemand auf sie, ihre Sachen konnte sie auch noch aus der Wohnung holen, wenn Jonas wieder zurück war. Vielleicht war das sowieso besser – sie waren ja keine Feinde, waren lediglich keine Freunde mehr.

... Und so lautete die Frage, die zu stellen ich mir so viele Jahre versagt hatte und die ich nun endlich wieder zu stellen wagte: Was ist wirklich wichtig im Leben?...

Eine gute Stelle zum Aufhören. Für die Antwort wollte sie sich Zeit lassen, so ganz war sie noch nicht im Reinen damit. Zufrieden mit sich und ihrem heutigen Tagwerk atmete Michelle tief auf. Jetzt noch einmal Korrekturlesen, was sie heute geschrieben hatte, und dann würde sie nach unten gehen und mit Christine sprechen. Ihr Gefühl sagte ihr, dass sie optimistisch sein konnte, was eine Verlängerung ihres Aufenthalts anging.

Beschwingt putzte Reinhard sich die Zähne. Beschwingt föhnte er dann seine Haare trocken. Und genauso beschwingt holte er ein Hemd aus seinem Schrank. Es war so strahlend blau wie der Himmel.

Heute war ein guter Tag! Am späten Vormittag wollten Renzo und Luise aus Zürich anreisen. Er konnte es kaum erwarten, die Freunde wiederzusehen. Sie hatten sich erst im Jahr zuvor kennengelernt, als Renzo und Luise am großen Maierhofener Kochwettbewerb teilnahmen. Doch Reinhard kam es vor, als würden sie sich viel länger kennen. Vielleicht hatte das tiefe Gefühl der Verbundenheit auch damit zu tun, dass der Schweizer Manager und die Krankenschwester aus Ludwigshafen sich genau wie Christine und er während der Kochwoche verliebt hatten?

Sie telefonierten regelmäßig, und so wusste Reinhard, dass Renzo inzwischen bei seinem alten Unternehmen gekündigt und sich als Berater selbstständig gemacht hatte. Ein kluger Schritt, nachdem er im Vorjahr sogar einen Herzinfarkt erlitten hatte, den er nur dank Luises Hilfe überlebte. Reinhard konnte es kaum erwarten, bei einer guten Flasche Wein zu erfahren, wie dem Freund das neue Leben mit weniger Stress bekam.

Sein Blick fiel hinüber zu Christines Haus, wo schon alle Rollläden oben waren. Christine war über Nacht in ihrem Haus geblieben, ihr Schlafzimmer war ausnahmsweise frei gewesen, sie wollte es gleich am Morgen für Renzo und Luise herrichten.

Für den Mittag hatte er einen Tisch in der Goldenen Rose bestellt, Christine sollte mit den Gästen keine Arbeit haben. Denn eigentlich hatten sie für die nächsten Tage ja Urlaub eingeplant! Und daran sollte sich auch nichts ändern, außer, dass sie auch Zeit mit den Freunden verbringen würden.

Er wollte Renzo vorschlagen, nach dem Mittagessen mit ihm in die Stadt zu fahren, um den Wein für Apostoles' Fest, das morgen stattfand, abzuholen. Der Grieche würde Augen machen, wenn er sah, was er, Reinhard, aufgetrieben hatte: Griechischen Landwein vom Feinsten! Und dazu einen grünen Veltliner vom Bodensee – beides war in seinen Augen perfekt für ein rustikales Dorffest. Den Wein würde er am späteren Nachmittag zusammen mit dem Geschirr, das Christine aus dem Tennisclub organisiert hatte, hoch auf den Franzenhof fahren. Damit war ihr Part an den Vorbereitungsarbeiten für das Fest erledigt, und sie konnten die freie Zeit mit ihren Schweizer Freunden genießen.

Für den Abend hatte er noch keine Pläne gemacht. Es war eigentlich der Abend des Stammtisches. Falls Renzo Lust hatte, konnten sie auf eine Stunde bei Edy, Vincent und den andern vorbeischauen. Christine und Luise hatten sicher nichts dagegen, ein bisschen Zeit für sich allein zu haben. Andernfalls würden sie es sich zu viert in Christines

Garten gemütlich machen. Vielleicht sollte er Apostoles anrufen und fragen, ob er dazukommen wollte? Falls der Grieche einen Tag vor seinem Fest überhaupt Zeit dazu hatte.

Reinhard schnappte sich Haus- und Autoschlüssel – vielleicht hatte Christine noch letzte Einkäufe zu tätigen, dann würde er sie fahren – und ging aus dem Haus.

Seltsam, seit wann fuhr Renzo einen Volvo?, dachte er, als er auf Christines Einfahrt zulief. Und wer waren die ganzen Leute?

Ein Ehepaar mittleren Alters und zwei schlaksige Jugendliche standen mit Bergen von Koffern und Taschen da.

»Ihr Auto können Sie nachher auf der Straße parken«, hörte er Christine sagen.

Neue Gäste? Reinhard runzelte die Stirn. Sie hatten doch Urlaub!

»Das Auto ist Rüdigers Job«, sagte die Frau. »Ich habe oben in den Zimmern gerade gesehen, dass Sie Baumwollbettwäsche aufgezogen haben. Wenn Sie bitte noch Allergiker-Bettwäsche bereitlegen könnten? Unsere Anna-Joeline ist hochallergisch gegen Hausstaub!«

»Allergiker…«, hob Christine fragend an.

Die Leute ignorierend, schob Reinhard sich zwischen die Frau und Christine. »Kannst du mir bitte sagen, was das hier zu bedeuten hat?«, flüsterte er ihr mit unverhohlenem Ärger ins Ohr. Wie blass sie war, dachte er im selben Moment erschrocken.

Während die Familie unter lautem Getöse ihr Gepäck ins Haus trug, verzog Christine das Gesicht zu einer entschuldigenden Grimasse. »Sorry, ich habe ganz vergessen, es dir zu sagen. Aber… nachdem feststand, dass Luise und Renzo kommen, habe ich noch eine weitere Reservierung angenommen. Es sind drei Zimmer – ich kann das Geld gut gebrauchen«, fügte sie flüsternd hinzu.

Reinhard schaute sie an und wusste nicht, ob er wütend oder traurig sein sollte.

»Jetzt guck nicht so vorwurfsvoll, sie werden eh die meiste Zeit unterwegs sein«, sagte sie abwehrend. »Sie wollen in die Berge!«

»Dann hätten sie sich auch dort eine Unterkunft suchen können«, erwiderte er heftiger, als er wollte. »Mensch Christine, hättest du nicht wenigstens diese eine Woche…«

Weiter kam er nicht. Christine verdrehte die Augen, ihre Knie gaben nach, ihre Beine sackten weg, hart und heftig prallte sie auf dem Boden auf – und das alles im Bruchteil einer Sekunde, so dass er keine Chance hatte, sie aufzufangen. Den linken Arm verdreht unter sich, den rechten Arm über die Brust geschlagen, das Gesicht blutig, lag sie in der Einfahrt.

»Christine!« Reinhards Herz setzte für einen Schlag aus. Er fiel auf seine Knie, rüttelte sie sanft. »Du lieber Himmel, Christine, bitte!« Was war zu tun in solch einem Fall? Stabile Seitenlage? Oder zuerst einen Arzt rufen? Die Hunde japsten aufgeregt, schleckten ihrem Frauchen übers Gesicht. »Weg! Weg mit euch!«, rief Reinhard hektisch. Hilfesuchend in Richtung Haus schauend zückte er sein Handy. Wenn man jemanden brauchte, war natürlich niemand da. Seine Hände zitterten so sehr, dass er Mühe hatte, die drei Ziffern des Notrufs zu wählen.

»Einen Krankenwagen bitte, meine Frau liegt ohnmächtig auf der Straße. Schnell!«, schrie er ins Telefon.

Im selben Moment trat Michelle Krämer aus dem Haus.

»O Gott! Was ist passiert?« Mit einem Satz war sie neben Reinhard am Boden, schaute Christine entsetzt an. »Ein Schwächeanfall?«

»Ihr hat es einfach die Füße unterm Boden weggezogen«, sagte Reinhard. »Sie atmet, Gott sei Dank«, fügte er hinzu, nachdem er mit seinem rechten Ohr ganz nah an ihrem Mund gelauscht hatte. »Christine, Liebes, hörst du mich?«

»Ihr Puls ist schwach, aber spürbar«, stellte Michelle, die Christines rechte Hand in der ihren hielt, fest. »Hoffentlich kommt der Krankenwagen bald ...«

Vorsichtig drehte Reinhard Christine so zur Seite, dass er den linken Arm unter ihrem Leib hervorziehen konnte.

Die Autorin rannte ins Haus, kam mit einem Kissen zurück.

Sanft betteten sie Christines Kopf darauf.

»Bin gleich wieder da«, sagte Michelle und rannte erneut ins Haus.

Die neu angereiste Familie beobachtete von einem der oberen Fenster aus das Geschehen, keiner rührte sich, um sich irgendwie nützlich zu machen. Wie Gaffer bei einem Unfall auf der Autobahn, dachte Reinhard hasserfüllt. Er drehte sich so, dass er mit seinem Körper die Sicht auf Christine verdeckte. Noch nie in seinem Leben hatte er sich so hilflos gefühlt. Wenn bloß Renzo und Luise kommen würden! Luise war Krankenschwester in der Notaufnahme gewesen, sie hätte gewusst, was zu tun war.

Mit einem Glas Wasser in der einen und einem feuchten Handtuch in der anderen Hand kam Michelle zurück. Vorsichtig begann sie, Christines blutverschmiertes Gesicht abzutupfen. Christines Augenlider flatterten wie kleine Schmetterlinge.

»Mein Herz, was machst du nur für Sachen?«, flüsterte Reinhard tränenerstickt. »Bitte, wach auf…«

Von weither ertönte die Sirene des Krankenwagens. In Reinhards Ohren war es die schönste Musik, die er sich vorstellen konnte.

»Wahrscheinlich ein akuter Schwächeanfall«, sagte der Notarzt, nachdem er Christine erstversorgt und gemeinsam mit einem Sanitäter auf der Trage in den Wagen geschoben hatte. Sie war in der Zwischenzeit zu sich gekommen, hatte wirr um sich geschaut, Reinhards Namen gerufen, dann hatte sie die Augen wieder geschlossen.

»Das erleben wir derzeit täglich. Die Hitze, und wenn die Leute dann noch zu wenig trinken…«

Michelle und Reinhard hingen dem Arzt an den Lippen, um nur ja kein Wort zu verpassen.

Ein Schwächeanfall. Michelle nickte betrübt. Die Pensionswirtin war ihr schon seit einiger Zeit nicht ganz fit vorgekommen. Kein Wunder, wo sie von früh bis spät so viel herumwirbelte! Doch sie kannten sich nicht gut genug, als dass sie, Michelle, es gewagt hätte, diesbezüglich etwas zu sagen. Unauffällig war sie Christine in den letzten Tagen ein wenig zur Hand gegangen. Hatte Geschirr vom Frühstückstisch abgeräumt. Hatte die Mülleimer nach vorn auf die Straße gezogen, wenn sie sah, dass andere Hausbesitzer in der Straße das auch taten. Auch mit den Hunden war sie schon mehrfach spazieren gewesen – keine Pflicht, sondern reine Freude für sie!

Der Sanitäter begann, die Trage im Wagen festzuzurren. Der Notarzt sagte: »Wir nehmen Frau Heinrich jetzt mit. Ein, zwei Infusionen und ein wenig Ruhe, dann kann sie morgen vielleicht schon wieder nach Hause. Aber das entscheidet natürlich der Stationsarzt.« Noch während er sprach, füllte er ein Formular aus. Michelle hatte zu diesem Zweck Christines Handtasche aus der Küche geholt. Gemeinsam hatten sie dann in Christines Geldbeutel nach ihrer Krankenkarte gesucht. So schnell war es aus und vorbei mit der Privatsphäre eines Menschen, dachte Michelle bedrückt. Gleichzeitig war sie froh, dass es ein Rettungssystem gab, das in solchen Situationen funktionierte.

»Kann ich mitfahren?« Reinhard schaute den Mediziner flehentlich an.

»Sie folgen uns besser in Ihrem eigenen Wagen«, erwiderte der Notarzt und hielt Reinhard ein Formular zum Unterschreiben hin.

Reinhard schaute Michelle an. »Wir erwarten Besuch, unsere Schweizer Freunde, sie müssten in der nächsten Stunde ankommen... Und bei Luise Stetter müsste man auch kurz vorbeischauen.«

Michelle legte Christines Lebensgefährten beruhigend eine Hand auf den Arm. »Gehen Sie nur. Ich übernehme hier!« Je einen Hund links und rechts am Halsband ergreifend ging sie zurück ins Haus. Im Türrahmen drehte sie sich nochmal um. Reinhard war schon fast an seinem Auto angekommen. »Soll ich nicht schnell ein Nachthemd und Waschsachen für Christine einpacken? Wenn sie über Nacht bleiben muss?«

Eine halbe Stunde später saß Michelle mit einer Tasse Kaffee am Küchentisch, vor sich Block und Bleistift. Irgendwie musste es ihr gelingen, Ordnung in das Durcheinander zu bringen, das Christines Zusammenbruch hinterlassen hatte.

Michelles Blick wanderte von den Wäschekörben, in denen sich das Geschirr für das griechische Fest stapelte, hinüber zu der Pinnwand, auf der Christine vermerkt hatte, welche Speisen sie zu dem Fest beisteuern wollte. Eine Einkaufsliste hing daneben. Michelle schüttelte den Kopf. Ihre Wirtin hatte sich ursprünglich nur um die Dekoration kümmern wollen, doch offenbar konnte sie es sich doch nicht verkneifen, nicht nur eine, sondern gleich mehrere Speisen für das Büfett beizusteuern. Nun gut – wenn das Christine wirklich so wichtig war, dann würde eben sie, Michelle, das Kochen übernehmen. Am besten kam sie so schnell wie möglich in die Gänge, dachte Michelle. Als Erstes sollte sie am besten nach der alten Frau im Nachbarhaus schauten. Dann musste sie prüfen, ob Christine schon das Zimmer für die anreisenden Gäste aus der Schweiz hergerichtet hatte, danach ...

Ihr Gedankenstrom wurde von einem seltsam dumpfen Klopfen unterbrochen. Es kam aus dem Hausflur. Michelle runzelte die Stirn. Was war das? Die Hunde lagen schlafend neben ihr, sie konnten es nicht sein.

Bumm bummbumm... Wie ein Ball, der gegen eine Wand gekickt wurde. Im nächsten Moment streckte ein pickliger Jugendlicher seinen Kopf durch die Küchentür. Auf seiner Zehenspitze balancierte er einen Fußball.

»Hi, kann ich 'ne Coke haben?«, fragte er, ohne Michelle eines Blickes zu würdigen.

»Kannst du nicht, das hier ist kein Kiosk!«, sagte sie scharf. »Und wenn du nicht augenblicklich deinen Fußball in die Hand nimmst, geschieht hier ein Unglück, wie du noch keines erlebt hast. Sag mal, geht's eigentlich noch? Du kannst bei euch daheim im Haus Fußball spielen, aber hier nicht!«

Der Jugendliche trollte sich mürrisch.

Unfassbar! Kein Wunder, dass Christine bei solchen Gästen irgendwann genug hatte.

Michelle schaute auf ihre To-Do-Liste. Sie hatte Reinhard versprochen, den Laden hier zu stemmen, und genau das würde sie tun. Aber solange die Schweizer Freunde nicht angereist waren, konnte sie das Haus weder verlassen, um auf den Franzenhof zu fahren, noch, um die alte Frau im Nachbarhaus aufzusuchen.

Ihr kam ein Gedanke. An der Pinnwand hatte sie eine Visitenkarte von Greta Roth gesehen. Christines Freundin kümmerte sich ebenfalls um die alte Nachbarin, das hatte sie, Michelle, mitbekommen. Sie hoffte, dass Greta heute nach der alten Frau schauen konnte. Vielleicht würde sie die Pflege in den nächsten Tagen komplett übernehmen?

Resolut zückte Michelle ihr Handy.

17. Kapitel

»Das Büfett kommt hierhin. Der Gyrosstand dorthin. Und hierher kommt die Bühne!« Niki wies mit den Armen nach rechts und links wie der Dirigent eines großen Orchesters.

»Welche Bühne?« Apostoles schaute seinen Neffen entgeistert an.

Der attraktive Dreißigjährige und seine Eltern waren am Vortag angereist. Es war ein schönes, überschwängliches Wiedersehen gewesen, allein dadurch getrübt, dass Magdalena nicht da war, um die Gäste zu begrüßen. Dass er und die Bäckerin sich entzweit hatten, betrübte seine Familie sehr. Bevor Apostoles wusste, was er tat, hatte er ihnen gebeichtet, dass er im morgigen Fest die letzte Chance sah, Magdalena zurückzugewinnen. Daraufhin hatten sich alle Mienen wieder aufgehellt. Feiern – das konnten sie! Apostoles musste ihnen nur sagen, was sie tun sollten. Während Apostoles kochte und Ismene ihm dabei half, stürzte sich Niki, seit Jahren im Hotelmanagement tätig und versiert bei der Vorbereitung von Großveranstaltungen, mit einer Verve in die Festvorbereitungen, dass es Apostoles schwindlig wurde.

»Die Bühne brauchst du für deine Ansprache, wenn du die Gäste begrüßt. Für die Ansagen der diversen Programmpunkte. Ich hoffe doch sehr, du hast eine Band engagiert?

Und das große Abschlussfeuerwerk am Ende könnte man auch auf der Bühne aufbauen, es ist ja alles *open air*. Du hast doch ein Abschlussfeuerwerk?« Nikis buschige Augenbrauen hoben sich zu zwei fragenden Bögen.

Liliana hing andächtig an seinen Lippen. Seit Nikis Ankunft hatte sie nur noch Augen für ihn, wenn Apostoles sie um Hilfe bei etwas bat, tat sie so, als würde sie ihn gar nicht hören.

Ihr abservierter »Schatz« Apostoles kratzte sich am Kopf. Welche Programmpunkte? Welche Band?

»Ehrlich gesagt...«, hob er an, als aus dem Haus lautes Lachen ertönte.

Ismene, Jannis, Rosi und Edy hatten sich auf Anhieb bestens verstanden. Auch Rosis Eltern waren von den griechischen Gästen sehr angetan, was auch damit zu tun hatte, dass Ismene einen ganzen Koffer mit griechischen Süßigkeiten mitgebracht hatte. Die alten Leute hatten nicht schlecht gestaunt, als Ismene mehrere Steinguttener mit Mandelnougat, Pistazienkeksen und zuckrigen Loukoumia-Würfeln füllte.

»Unser Gastgeschenk! Das Familienoberhaupt darf als Erste kosten«, mit diesen Worten hatte sie Rosis Mutter die Platten angeboten. Stolz hatte Rosis Mutter eine Dattelpraline gewählt. Damit war das Eis gebrochen, Rosis Mutter war Fan der griechischen Kultur, und der »griechische Geist der Freundschaft«, den Apostoles so sehnlichst hatte beschwören wollen, hatte sich wie von allein eingestellt.

»Ein Feuerwerk muss her! Du willst doch, dass deine Magdalena große Augen macht«, bestimmte Niki, noch bevor Apostoles mehr sagen konnte. »Der Blick in den hell erleuchteten Sternenhimmel macht einen Abend zu einem unvergesslichen Erlebnis, das bekommen wir von unseren Gästen immer wieder als Feedback. Am besten wäre ein Feuerwerk mit einem Schriftzug am Ende. ›I love you‹ wird beispielsweise gern genommen. Oder ›Wiedersehen unter Freunden‹.« Mit beiden Händen malte Niki die Schrift in den Himmel. Liliana seufzte sehnsüchtig auf.

»Das ist ja schön und gut – aber wo soll ich auf die Schnelle ein Feuerwerk herbekommen?« Apostoles spürte, wie Panik in ihm aufstieg. Er wollte doch nur ein kleines Fest mit Freunden feiern! *I love you* als goldener Schriftzug am Nachthimmel – er war sich nicht sicher, wie Magdalena das aufnehmen würde. Wäre sie zutiefst bewegt, gar gerührt? Oder würde sie es als Großmeierei abtun, mit der er auf ewig verspielt hätte?

Niki zückte sein Handy. »Lass mich machen, Onkel. Mal sehen, was mein Netzwerk zustande bringt.«

»Ich weiß nicht recht...«, sagte Apostoles unsicher, doch da sprach Niki schon schnell und hektisch in sein iPhone.

Rastlos ging Apostoles über den Hof. Entlang der Außenwand von Edys Lager stand alles bereit, was sie für den morgigen Abend benötigten. Zufrieden, mehr noch: stolz betrachtete Apostoles seine Schätze. Bei einem Gärtner im Nachbardorf hatte er für viel Geld und gute Worte etliche Steinfiguren ausgeliehen, die allesamt aussahen, als seien sie der griechischen Mythologie entlehnt. Zwei Figuren wollte er so aufstellen, dass sie die Gäste gleich beim Ankommen begrüßten, die andern wollte er strategisch auf dem Hof verteilen. Sie sollten Magdalena an die Abende in der kleinen Bucht am Meer erinnern, wo sie die Steinfiguren an der verfallenen Landhausvilla des Athener Geschäftsmannes bewundert hatte. Eine steinerne Sitzgruppe hätte er auch gern gehabt, aber nirgendwo eine bekommen. Wohl oder übel musste er mit den Biergarnituren vorliebnehmen, die Edy und Rosi aufgetrieben hatten. Immerhin hatte er im Internet etliche bunte Leinendecken gefunden, alle in den Farben des Mittelmeers: Blautöne, ein wenig Rosé, etwas Grün und ganz viel Weiß. Auf den Märkten, die sie gemeinsam besucht hatten, hatte Magdalena die schönen Leinenwaren stets bewundert – sie würde Augen machen, wenn er ihr sagte, dass alles, was sie sah, sein Geschenk an sie war.

Christine hatte versprochen, mit ihrer Dekoration aus Zitrusfrüchten, Olivenzweigen und Weinlaub für weitere mediterrane Stimmung zu sorgen. Dann würden vielleicht die etwas schäbigen Außenwände von Edys Lager nicht mehr ganz so ins Gewicht fallen. Frohgemut begann Apostoles, die Tische zusammenzustellen. Ihm schwebte eine lange, riesengroße Tafel vor, an der alle miteinander speisten, lachten und sich des Lebens freuten.

»Onkel, was machst du denn da? Die Tische müssen in fünf Reihen aufgestellt werden, mit einem Minimum von fünfzig Zentimetern Abstand pro Seite, ich habe das schon genau ausgerechnet. Dann kann jeder problemlos aufstehen und zum Büfett oder sonst wohin gehen.«

»Die Tische in Reih und Glied mit festgelegten Abständen – wir sind doch nicht in einer Kaserne! Ich möchte eine lange Tafel für alle.«

»Onkel, glaube mir, ich habe schon so viele Freilichtveranstaltungen ausgerichtet – ich weiß, was ich mache.« Schon begann Niki, die Tische wieder auseinanderzuziehen. »Letztes Jahr, auf Kos, da haben wir einen Gala-Abend direkt am Strand organisiert. Onkel, ich sage dir...«

Hilflos schaute Apostoles zu, wie sich seine schöne Tafel

in Nichts auflöste. Wo blieben eigentlich Reinhard und Christine?, fragte er sich, während Niki von einer bombastischen Party nach der andern schwärmte. Hatte es nicht geheißen, dass die beiden heute Nachmittag den Wein und das Geschirr bringen wollten?

»Für wann hast du morgen die Tontechniker bestellt?«, unterbrach sich Niki in dem Moment selbst.

»Welche Tontechniker?« Entgeistert schaute Apostoles seinen Neffen an.

»Apostoles«, sagte dieser geduldig, »das Orga-Team sollte verkabelt sein, so dass wir den ganzen Abend über kleine Mikrophone miteinander sprechen können. Und die Band...«

Halb lachend, halb verzweifelt hob Apostoles die rechte Hand. »Stopp! Das wird so nichts, Niki.« Den entgeisterten Blick seines Neffen ignorierend, sagte er: »Ich bin dir für deine Hilfe sehr dankbar, glaube mir. Aber unsere Vorstellungen von diesem Fest gehen ein wenig auseinander. Ich möchte einfach einen schönen Abend mit Freunden verbringen, mehr nicht. Essen ist genügend da – Salate, Nudelspeisen, Süßes und vieles mehr. Edy spendiert sogar Gyros für alle! Reinhard bringt Wein mit, und Georgious wird ein bisschen auf seiner Gitarre spielen. Dazu der Sternenhimmel und ganz viele Kerzen – es soll alles unkompliziert wirken. Ich möchte Magdalena nicht durch eine perfekte Organisation beeindrucken, sondern durch unser griechisches Lebensgefühl, verstehst du?«

Niki, der aufmerksam zugehört hatte, nickte. Ohne eine Spur eingeschnappt zu sein, nahm er Apostoles' Faden auf und spann ihn weiter: »Griechisches Lebensgefühl – eine Motto-Party sozusagen! Warum hast du das nicht gleich gesagt? Onkel, das gefällt mir! Was würdest du davon halten, wenn wir …«

Während Niki vorschlug, die Außenwände des Lagers mit Hunderten Metern von weißem und blauem Stoff zu verkleiden, kam Rosi aufgeregt angerannt.

»Apostoles! Hast du schon gehört? Christine ist im Krankenhaus!«

»Was?« Apostoles zuckte zusammen. »Was macht sie dort?«

»Sie hatte anscheinend einen Schwächeanfall, ist mitten in ihrer Einfahrt zusammengeklappt. Michelle hat gerade angerufen, sie wollte wissen, ob jemand da ist, weil sie uns jetzt das Geschirr hochbringen will.«

»O Gott …« Apostoles' Schultern sackten nach unten. Das war ja schrecklich!

»Christine? Ist sie einer deiner Life-Acts? Oder ist sie sonst wie ins Festgeschehen eingebunden?« Niki runzelte die Stirn.

»Christine ist eine gute Freundin. Wenn ich mir vorstelle, sie liegt im Krankenhaus, anstatt mit uns zu feiern, dann …« Apostoles' Stimme bebte. So eine schlechte Nachricht kurz vor dem Fest – war das ein böses Omen für sein ganzes Unterfangen?

Als Magdalena von Christines Zusammenbruch erfuhr, hatte sie das Gefühl, jemand schlage ihr mit der Faust in den Magen. Mitgefühl überflutete sie, aber auch Angst und ein Dutzend andere Gefühle, die sie nicht auf Anhieb ordnen konnte. Fahrig und unkonzentriert bewältigte sie den

Ansturm kurz vor der Mittagspause, danach riss sie sich die Schürze herunter.

»Bin kurz weg!«, rief sie der konsternierten Cora noch zu.

Hoffentlich ist Jessy daheim, dachte sie, während sie eiligen Schrittes durch die Straßen rannte. Umso erleichterter war sie, als sie sah, dass das Küchenfenster bei ihrer Tochter offenstand. Laute Musik plärrte, der Geruch von Alkoholischem lag in der Luft. Eine Party so früh am Tag?, dachte Magdalena stirnrunzelnd. Doch dann sah sie, dass ihre Tochter mit Schürze und Kopftuch am Herd hantierte. Sie winkte ihr zu.

»Was führt dich mitten am Tag hierher? Hast du nicht gesagt, du hättest heute noch einen Großauftrag für das City-Hotel in der Stadt zu erledigen?«, fragte Jessy, als sie Sekunden später mit einer Suppenkelle in der Hand an der Tür erschien. Noch während sie sprach, ging sie in die Küche zurück. »Ich bin dabei, verschiedene Liköre anzusetzen, Himbeere, Brombeere ...«

»Den Auftrag habe ich abgelehnt. Die haben in der Stadt auch Bäcker, sollen die doch die fünfhundert Käsebrezeln backen!«, sagte Magdalena, während sie ihrer Tochter ins Haus folgte. Den erstaunten Blick, den Jessy ihr über die Schulter hinweg zuwarf, ignorierend, sagte sie: »Stell dir vor, Christine liegt im Krankenhaus – sie hatte einen Zusammenbruch!«

Jessy drehte sich abrupt um. »Mist! Das tut mir leid.«

Magdalena nickte. »Greta hat mich angerufen, sie hat es von der Autorin erfahren, die bei Christine wohnt.«

»Die arme Christine! Ich habe sie erst kürzlich mal unterwegs getroffen, da kam sie mir tatsächlich recht blass vor. Oder meinst du, es liegt nur an der Hitze?« Mit gekonnten Griffen setzte Jessy ihre Arbeit fort, verteilte Früchte auf großbauchige Flaschen. Vanilleschoten, Tonkabohnen, Zucker und klare Schnäpse standen auch bereit. So wenige Zutaten waren also für Jessys göttliche Liköre nötig!, dachte Magdalena erstaunt.

»Keine Ahnung«, sagte sie. »Jedenfalls ist das echt blöd. Pass du bloß auf dich auf, Mädel!«, fügte sie hinzu und schaute bedeutungsvoll auf die vielen Likörflaschen, die Jessy abfüllen musste.

»Keine Sorge, meine Work-Life-Balance stimmt«, antwortete Jessy lachend. »Und wie es scheint, bastelst du gerade auch an deiner, was?«

»Ich habe beschlossen, dass ich mich ab jetzt nicht mehr schier umbringe wegen jedem Hinz und Kunz«, sagte Magdalena und zuckte beiläufig mit den Schultern. Dabei hatte es sie einige Überwindung gekostet, den Hotelauftrag abzusagen. Am Ende hatte sie es jedoch geschafft. Gott sei Dank!, dachte sie nun, sonst würde sie jetzt in der Backstube stehen.

»Mein Leben ist auch etwas wert, und ich werde nicht jünger. Es ist höchste Zeit, dass ich weniger arbeite und mehr liebe, äh, lebe…«, korrigierte sie sich eilig und spürte, wie ihr die Röte in die Wangen stieg.

»Hört, hört«, sagte Jessy spöttisch. »Mal sehen, wie lange du durchhältst. Wobei – wenn du dir erst mal was in den Kopf gesetzt hast…«

»Genau«, sagte Magdalena zufrieden. Die andern würden alle noch Augen machen! Vor allem, wenn sie erfuhren, dass die Bäckerei ab Januar montags geschlossen war. Sie zeigte auf Jessys Arbeitstisch. »Wo ich schon da bin – kann ich dir helfen?«

»Wer hat gerade gesagt, dass er weniger arbeiten will?«, erwiderte Jessy mit liebevollem Spott. Sie wies auf einen Stapel Zuckerpäckchen auf der antiken Anrichte. »Als Nächstes muss der Kandiszucker dazu. Auf zweihundert Gramm Früchte kommen immer hundertfünfzig Gramm Zucker.«

Schweigend arbeiteten Mutter und Tochter Hand in Hand. Nach ein paar Minuten schaute Jessy stirnrunzelnd auf. »Sag mal, da ist doch noch was, oder? Es ist nicht nur Christine, die dir Sorgen macht, oder?«

Magdalena schmunzelte in sich hinein. Trotz aller Differenzen, die sie in der Vergangenheit gehabt hatten, kannte ihre Tochter sie scheinbar ziemlich gut.

»Morgen findet doch Apostoles' Fest statt«, sagte sie gedehnt. »Was, wenn er es jetzt absagt?« Sie hielt unmerklich den Atem an.

»Wegen Christine? Das glaube ich nicht. Der zieht das durch. Er macht das doch extra wegen d…« Jessy hielt mitten im Satz inne.

»Was?«

Jessy winkte ab. »Vergiss es. Jedenfalls – das Fest findet statt, darauf kannst du dich verlassen!«

Magdalena atmete innerlich auf.

Ihre Tochter schaute sie kritisch an, die Arme über der Brust verschränkt. »Du weißt schon, dass das deine letzte Chance auf eine Versöhnung ist, nicht wahr?«

Magdalena nickte bekümmert. Und ob sie das wusste! Sie wusste zwar nicht wie, aber sie würde alles daran setzen, Apostoles wiederzugewinnen.

»Und? Hast du dir schon überlegt, was du anziehen willst?«

Wer war hier eigentlich Mutter, wer Tochter?, ging es

Magdalena durch den Kopf. »Soll ich mich etwa besonders aufbrezeln?«, fuhr sie auf. »Mit Make-Up und hohen Hacken? Sorry, aber dabei würde ich mir blöd vorkommen. So nötig habe ich es nun wirklich nicht.«

»Mutter, du bist und bleibst unmöglich!« Jessy schüttelte lachend den Kopf. »Niemand sagt, dass du dich aufbrezeln sollst. Aber ein wenig hübsch machen, das wäre doch schön! Sollen wir mal schauen, ob wir bei mir was finden?« Sie zeigte mit dem Kochlöffel nach oben in Richtung Schlafzimmer.

»Danke, aber nein. Ich bin kein so bunter Paradiesvogel wie du.« Magdalena verzog das Gesicht. Wahrscheinlich würde ihr aus Jessys Schrank eh alles zu klein sein. »Aber du hast schon recht – ich werde mir was überlegen. Vielleicht trage ich etwas, was ich in unserem Urlaub letztes Jahr anhatte? Ich habe eine weiße Tunika, die mochte Apostoles immer gern an mir.«

Jessy strahlte.

»Da wäre noch was...«, fügte Magdalena hinzu, nun, da sie bei ihrer Tochter wieder Boden gut gemacht hatte. »*Einen* Gefallen könntest du mir tatsächlich tun.«

»Ja klar. Und der wäre?«

Magdalenas Blick war kläglich, als sie sagte: »Können wir gemeinsam zu dem Fest gehen? So ganz allein auf den Franzenhof zu marschieren – dabei käme ich mir blöd vor.«

18. Kapitel

Christine schaute Reinhard von ihrem Krankenhausbett aus kläglich an. »Es tut mir so leid... Das hier kommt wirklich zur Unzeit! Gerade jetzt lasse ich euch so im Stich.«

»Was redest du denn da? Du lässt uns doch nicht im Stich! Im Gegenteil, ich mache mir Vorwürfe, dass ich so etwas nicht habe kommen sehen.« Tiefe Falten der Sorge hatten sich auf Reinhards Stirn eingegraben, sie standen in einem seltsamen Kontrast zu dem farbenfrohen Hemd, das er trug. Es war so blau wie die Fahne Griechenlands, schoss es Christine durch den Kopf. O Gott... Sie stöhnte auf.

»Morgen ist doch Apostoles' Fest. Ich habe versprochen, ihm bei der Dekoration zu helfen. Und ich wollte doch auch etwas zu essen vorbereiten. Stattdessen lieg ich hier blöd herum.« Eine Träne rann über ihre linke Wange.

Ein akuter Erschöpfungszustand, so lautete die Diagnose. Ihr erschöpfter Körper hatte einfach seinen Dienst quittiert. Sie brauche nun dringend Ruhe, hatte es noch geheißen.

»Christine, jetzt mach dir nicht wegen allem und jedem einen Kopf. Ich werde Apostoles nachher anrufen, bestimmt kann eine der anderen Frauen die Dekoration übernehmen. Und Michelle schaut in der Pension nach dem Rechten. Alles ist gut«, murmelte Reinhard in einem Ton, als wolle er ein panisches Tier beruhigen.

»Und was ist mit Luise Stetter?« Es war schon drei Uhr, die alte Frau war es gewohnt, dass sie ihr um diese Zeit Kaffee und Kuchen vorbeibrachte!

»Für Luise ist auch gesorgt. Ich habe auf der Fahrt hierher Greta angerufen. Sie kümmert sich. Und sie wird außerdem die Nummer von Luises Tochter raussuchen und dort anrufen, spätestens jetzt muss sich jemand von der Familie um die alte Dame kümmern.«

Christine war erleichtert, doch im nächsten Moment spürte sie erneut Anspannung in sich aufkommen. »Und Luise und Renzo? Die sind doch bestimmt schon angekommen. Und von uns ist keiner da...«

»Michelle wird sie begrüßen, auch das haben wir vereinbart. Renzo und Luise sind erwachsen und wissen sich bestimmt ein paar Stunden lang zu beschäftigen, und heute Abend bin ich ja für sie da. Jetzt zerbrich dir nicht mehr den Kopf wegen anderen!« Reinhard zeigte auf die kleine Reisetasche neben sich. »Die hat Michelle in aller Eile für dich gepackt. Wenn etwas fehlt, bringe ich es dir morgen.«

»Morgen? Ich hoffe, dass ich morgen nach Hause kann!«, sagte Christine entsetzt und starrte auf die Nadel in ihrem linken Arm, durch die eine Infusion in ihre Venen tröpfelte. Sehr viel besser fühlte sie sich noch nicht, da war diese bleierne Müdigkeit, die ihre Lider so schwer machte und ihre Arme und Beine auch... Aber sie würde sich hüten, Reinhard das zu sagen.

»Ich bin so eine Versagerin!« Ihre Stimme war voller Selbsthass.

»Jetzt hör aber auf«, sagte Reinhard ungehalten. »Du brauchst dich doch nicht dafür entschuldigen, dass du zusammengeklappt bist!«

»Entschuldigen vielleicht nicht, aber schämen«, entgegnete sie heftig. »Kaum läuft meine Pension richtig gut, mache ich schlapp! Ich meine – was ist denn schon dabei? Ein paar Zimmer herrichten, Frühstück für ein paar Leute machen – das ist doch wirklich nicht die Welt. Wenn ich mir anschaue, was Therese in ihrem Gasthaus jeden Tag leistet! Oder Magdalena in der Bäckerei, oder Greta in ihrer Werbe…«

»Schluss damit«, unterbrach Reinhard sie. »Ich mag es nicht, wenn du dein Licht so unter den Scheffel stellst. Das, was du mit deiner Pension leistest, ist alles andere als ein Kinderspiel! Und als wäre das nicht genug, hast du dir noch zig andere Verpflichtungen ans Bein gebunden. Glaube mir, das würde auf die Dauer den stärksten Kerl umhauen.«

Sie schwieg. Tief in ihrem Inneren ahnte sie, dass er recht hatte. Wohler fühlte sie sich deswegen aber noch lange nicht. »Und dir gegenüber habe ich auch ein schlechtes Gewissen«, setzte sie ihre Selbstzerfleischung fort. »Wenn ich daran denke, was wir diesen Sommer alles unternehmen wollten, und fast nichts davon ist wahr geworden. Ach Reinhard, es tut mir so schrecklich leid. Ich und meine Unfähigkeit zu organisieren!« Sie seufzte abgrundtief auf. »Hättest du dich nur in eine andere verliebt. Du könntest so ein schönes Leben haben…«

Warum sagte er nichts?, fragte sie sich, als Reinhard sie nur anschaute.

»Ich will keine andere. Ich will dich«, sagte er nach einem langen Moment des Schweigens. Seine Stimme war rau und voller Zärtlichkeit. »Dich mit Haut und Haaren. Dich mit allen Einschränkungen, die dein Pensionsbetrieb mit sich bringt. Trotzdem…« Er schwieg für einen Moment. »Trotzdem werden wir nicht umhin kommen, uns Gedanken über unsere Zukunft zu machen. Denn eins steht fest – so wie bisher kann es nicht weitergehen!«

Christine fühlte sich mit einem Schlag so taumelig, dass sie Angst hatte, ohnmächtig zu werden. O Gott. War das seine Art, mit ihr Schluss zu machen? Es würde sie nicht wundern, schließlich wäre es nicht das erste Mal, dass sie verlassen wurde.

Reinhard nahm ihre Hand und sagte: »Irgendetwas muss uns einfallen, Christine. Wir haben nur dieses eine Leben. Und das lassen wir uns nicht von unendlichen Alltagspflichten kaputtmachen, versprochen?«

Sie nickte schwach. »Versprochen«, flüsterte sie, dann fielen ihr die Augen zu.

War das das Ende ihrer Pension?, dachte sie noch, ehe sie vor Erschöpfung einschlief.

»Die arme Chrischtine!«, rief der Schweizer Renzo Hoffmann, und sein Blick war sorgenvoll wie der eines Vaters, als er über Christines Esstisch hinweg Michelle anschaute.

Seine Lebensgefährtin, die sich als Luise vorgestellt hatte, nickte ebenso betrübt. »Christine war schon immer ein Wirbelwind. Wenn einem das Arbeiten so viel Spaß macht, wenn man quasi seine Passion gefunden hat, dann läuft man immer Gefahr, es zu übertreiben.« Liebevoll streifte sie Renzo mit einem Blick, den er sogleich auffing und mit einem »*Ich* habe alles im Griff, meine Liebe. Nicht zuletzt dank dir!« konterte.

Auch eins dieser Paare, die sich blind verstanden, dachte

Michelle lächelnd. Die beiden Schweizer waren vor einer halben Stunde angereist. Nach dem ersten Schrecken, den die Mitteilung über Christines Zusammenbruch ihnen versetzt hatte, saßen sie nun bei einer Tasse Kaffee zusammen.

»Es ist ja nicht nur die Pension allein, um die Christine sich kümmert...« Durfte sie das alles überhaupt erzählen?, fragte sich Michelle, während sie von den vielen freiwilligen Diensten, die Christine auf sich nahm, berichtete. Aber es tat gut, die Sorge um die Pensionswirtin mit diesen lieben Menschen zu teilen.

»Kein Wunder, dass unsere Chrischtine zusammengeklappt ist«, sagte Renzo, als sie zum Ende gekommen war. Er schaute seine Lebensgefährtin an. »Wollen wir gleich ins Krankenhaus?«

Die blonde Mittvierzigerin schüttelte den Kopf. »Nee, besser nicht, ich denke, Christine braucht jetzt erst mal Ruhe. Reinhard kommt sicher bald wieder, warten wir ab, was er zu berichten hat.«

»Soll ich Ihnen bis dahin Ihr Zimmer zeigen?«, sagte Michelle eilfertig.

Luise nickte. »Ich bin jedenfalls froh, dass Christine Sie hat«, sagte sie. »Ich habe ihr schon an Weihnachten geraten, jemanden einzustellen. Den ganzen Pensionsbetrieb allein zu führen – das wäre auf Dauer nicht zu schaffen. Wenigstens da war sie klug und hat auf mich gehört.« Sie lächelte zufrieden.

»Oh. Das ist ein Missverständnis. Ich bin hier gar nicht angestellt. Ich bin lediglich ein Dauergast... Ich schreibe an einem Buch, und dafür habe ich mir die Ruhe Maierhofens ausgesucht. Aber Anfang September ist meine Auszeit leider vorbei.« Michelle seufzte. Wie peinlich, dass sie den Eindruck vermittelt hatte, sie hätte hier das Sagen!

Luise und Renzo tauschten stirnrunzelnd einen Blick. »Sie sind hier gar nicht angestellt? Dafür machen Sie den Job aber gut«, sagte der Schweizer.

»Sagen wir mal so – ich habe versucht, Christine in der langen Zeit wenigstens nicht zur Last zu fallen.« Michelle lachte. »Und morgen früh wird es mir dann hoffentlich auch gelingen, ein Frühstück für Sie herzurichten. Ich bin ja sozusagen vom Fach. In Reutlingen arbeite ich in einer Eisdiele, davor habe ich zwei Jahre lang im Hardrock-Café in München bedient, und kurzzeitig habe ich tatsächlich auch mal in einem Hotel gearbeitet, an der Bar zwar, aber immerhin.«

Renzo und Luise tauschten einen dieser Blicke, die bedeuteten: Denkst du, was ich denke?

»Da muss wohl jemand Christine auf die Sprünge helfen«, flüsterte Luise ihrem Mann zu. Der nickte unmerklich.

Michelle hatte keine Ahnung, wovon die beiden sprachen. Wie schön musste es sein, sich so blind zu verstehen, dachte sie seufzend.

Renzo klatschte in die Hände. »So! Genug geplaudert. Was ist zu tun, so kurz vor Apostoles' Fest? Wie ich Christine kenne, hat sie sich dafür doch sicher auch etliches ans Bein gebunden.« Er schaute Michelle auffordernd an.

Michelle grinste. »Und ob, dabei hat Apostoles ausdrücklich gesagt, jeder dürfe maximal eine Speise mitbringen. Er will die Leute selbst verwöhnen! Auf der Pinnwand in der Küche hat Christine aber vermerkt, was sie alles kochen will. Einen griechischen Schichtsalat, dazu Auberginenröllchen und noch ein paar andere Dinge. Dann stehen in der Küche Körbe mit Geschirr, die müssen dringend zum Franzenhof gefahren werden. Bestimmt warten die Leute dort schon darauf. Auf der Terrasse hinten stehen weitere Körbe mit Weinlaub, blank polierten Äpfeln, bunten Servietten, keine Ahnung, was Christine damit vorhat...«

»Bestimmt sind diese Sachen für die Tischdekoration gedacht, so etwas kann Christine wirklich gut. Mir hingegen liegt das Dekorieren nicht so sehr, aber beim Kochen könnte ich helfen...«, sagte Luise. Schon krempelte sie die Ärmel ihrer weißen Bluse hoch.

»Und was ist mit den Hunden?«, fragte Renzo, der inzwischen am Boden kniete und die beiden Labradore streichelte. Beide waren für ihre Verhältnisse ziemlich unruhig, fiepten, standen auf, schauten sich immer wieder suchend um, gingen zur Tür und wieder zurück.

Michelle verzog das Gesicht. »Mit denen müsste auch dringend jemand laufen. Ich konnte ja nicht fort, solange Sie nicht da waren.«

Renzo winkte ab. »Kein Problem. Ich würde vorschlagen, wir machen es so: Zuerst laufe ich mit den Hunden, währenddessen kann ich schon mal versuchen, auf dem Handy Reinhard zu erreichen. Er hat mir am Telefon erzählt, dass er den Wein für Apostoles' Fest beisteuert, womöglich muss der auch noch irgendwo abgeholt werden? Falls das der Fall ist, fahre ich zuerst die Geschirrkörbe hoch zu Rosi, Edy und Apostoles. Und danach könnte ich die Getränke kaufen gehen.«

Mit welcher Selbstverständlichkeit die beiden loslegten, staunte Michelle. Viele andere Freunde hätten, beleidigt darüber, dass ihre Erwartungshaltung nicht erfüllt wurde, die

Hände in den Schoß gelegt. Oder wären gar wieder abgereist. Aber die zwei hier schienen echte Freunde zu sein.

»Gute Idee, Renzo«, sagte Luise, dann wandte sie sich an Michelle. »Dann schauen wir in der Zwischenzeit mal nach, ob Christine schon alles für ihre Speisen eingekauft hat. Falls nicht, gehen wir als Erstes einkaufen. Einverstanden?«

19. Kapitel

Und dann war er da. Der Tag, den Apostoles so herbeigesehnt hatte. Der Tag – oder besser gesagt, der Abend –, über den er sich so viele Gedanken gemacht hatte. Der Tag, der all seine Hoffnungen bündelte. Was bedurfte es, um mediterranes Lebensgefühl mit dem Süddeutschlands zu vereinen? Liebe ging durch den Magen und Musik direkt ins Herz – aber würden veganes Gyros und das Gitarrenspiel von Georgious ausreichen, um Magdalenas Herz wiederzugewinnen? Diese Fragen trieben ihn um, sie raubten ihm den Schlaf, aber sie gaben ihm auch Hoffnung.

Während Apostoles die Tischdecken auflegte und kleine Blumenvasen mit Sonnenblumen, die Rosi aufgetrieben hatte, auf den Tischen verteilte, schossen ihm abermals tausend Fragen und Ängste durch den Kopf. Was, wenn niemand kam? Wenn es den Leuten nicht gefiel? Und, das Allerschlimmste: Was, wenn Magdalena nicht kam? Oder, falls sie kam – was, wenn sie keinen Gefallen an seinem Fest fand?

Seine Familie, Edy, Rosi, sogar Rosis Eltern, alle versuchten, ihn zu beruhigen – vergeblich.

Der Wettergott war gnädig, es waren für den Abend 23 Grad und kein Regenrisiko vorhergesagt. Im Notfall hätten sie das Fest auch in Edys Lager feiern können, aber der Anblick getrockneter Sojahäcksel war doch weitaus weniger romantisch als ein Sternenhimmel. Jetzt musste der Gott der Liebe noch genauso gnädig sein, hoffte Apostoles, während er sein weißes Leinenhemd anzog. Das hatte er auf Kreta oft getragen, Magdalena mochte es besonders gern.

Eingeladen hatte Apostoles ab achtzehn Uhr, und Punkt sechs Uhr trudelten die ersten Gäste ein. Es waren Monika Ellwanger vom Waffel-Café und ihr Mann. Beide trugen Kuchenplatten, hoch beladen mit Waffeln.

Als Apostoles seine ersten Gäste sah, machte sein Herz einen Freudenhüpfer. Er begrüßte sie überschwänglich, dankte für die Waffeln und deutete auf das Büfett, auf dem schon seine zubereiteten Speisen standen.

Monika runzelte die Stirn. »Ich habe noch ein paar Teller mehr mitgebracht. Wenn ich die Waffeln verteile, kann ich auf jeden Tisch einen Teller stellen. So kann sich jeder nach Herzenslust bedienen!« Noch während sie sprach, winkte sie Herrn und Frau Scholz zu, Edys Eltern.

Madara von der Alpe kam als Nächste. »Ich habe meinen Käse schon in mundgerechte Würfel geschnitten«, sagte sie zu Apostoles. »Dann kann man sie zusammen mit den eingelegten Oliven, von denen du mir so vorgeschwärmt hast, genießen.« Stirnrunzelnd schaute sie auf die in Reih und Glied aufgestellten Tische. »Ich möchte mich ja nicht einmischen, lieber Apostoles, aber wäre eine große Tafel nicht schöner?«

»Ja schon, aber es gibt da Mindestabstände, die...« Apostoles brach ab, als er Greta und Vincent erspähte. In ihrer Mitte hatten sie die alte Luise Stetter.

»Ihr zwei?«, fragte er erstaunt und erfreut zugleich. »Ich dachte, ihr wolltet verreisen. Herzlich willkommen, Frau Stetter!«, fügte er hinzu.

Greta und der Zimmermann tauschten einen liebevollen Blick. »Es ist etwas dazwischengekommen«, sagte Greta. »Vincent fliegt am Dienstag, aber nur für drei Tage. Ich hoffe, es ist in Ordnung, dass wir so einfach vorbeikommen? Und dass wir Luise mitgebracht haben?«

»Und ob! Da drüben ist meine Familie, ich stelle euch gleich mal vor«, sagte Apostoles strahlend. Ein gutes Zeichen! Der liebe Gott sandte ihm ein gutes Zeichen. Greta und Magdalena waren Freundinnen, wenn die eine kam, kam bestimmt auch die andere.

Während Vincent die alte Dame an einen der Tische führte, überreichte Greta ihrem Gastgeber zwei Kuchenformen. »Aprikosenkuchen, die Früchte habe ich von einem wilden Baum gepflückt, sie sind zuckersüß.« Die Aprikosen waren von einem satten Orange, überzogen mit einer glänzenden Marmeladenschicht. Ein Hauch von Zimt und glasierten Haselnüssen stieg von den Kuchen empor.

»Da läuft mir das Wasser im Mund zusammen! Das Büfett ist übrigens da drüben«, sagte Apostoles, doch da hatte Greta schon Rosi erblickt und steuerte auf sie zu.

Im nächsten Moment erschienen Therese und Sam. Eilig stellte Apostoles die Aprikosenkuchen auf dem nächstbesten Tisch ab. »Dass ihr zwei kommt, freut mich besonders«, sagte er warmherzig und schüttelte ihnen die Hand. Nie hätte er gedacht, dass die Wirtin ihr Gasthaus extra für diesen Abend schließen würde.

»Danke für die Einladung, alter Freund! Damit hast du mir einen freien Abend beschert«, sagte Sam grinsend. Er nahm seinen Rucksack ab und zog sechs Flaschen Ouzo hervor, die er Apostoles überreichte. »Ich dachte, das könnte passen. Zum Essen habe ich ausnahmsweise nichts mitgebracht, heute lasse ich mich bedienen.«

»Ich werde dir eigenhändig einen Teller voller Köstlichkeiten servieren«, erwiderte Apostoles lachend. Gerührt schaute er auf den Ouzo – denselben hatte er in seinem Restaurant Akropolis ausgeschenkt. »Vielen Dank, das ist das Tüpfelchen auf dem I! Reinhard hat reichlich Wein beigesteuert, es wird also ein feuchtfröhlicher Abend.« Er zeigte auf die Kisten mit den Weinflaschen, die Reinhard und Renzo am Vorabend vorbeigebracht hatten. Zwei Flaschen hatten sie gleich zusammen mit Edy geköpft – sie mussten den Wein ja schließlich testen!

Hoffentlich kam sein Freund überhaupt, dachte Apostoles im selben Moment. Reinhard hatte am Nachmittag nochmal ins Krankenhaus zu Christine fahren wollen.

»Ich soll dich herzlich von Christine grüßen«, sagte Therese in dem Augenblick, als könne sie Gedanken lesen. »Ich war am Vormittag bei ihr, es geht ihr einigermaßen gut. Wahrscheinlich wird sie schon am Montag entlassen, muss sich danach aber noch schonen. Sie bedauert ungemein, dass sie heute nicht hier sein kann. Aber immerhin kommen die andern! Kann höchstens sein, dass es bei Reinhard, Renzo und Luise etwas später wird, sie waren auch noch bei Christine im Krankenhaus«, fügte sie mit betont leichtem Ton hinzu.

Apostoles nickte betrübt. Tief im Innern hatte er gehofft, dass Christine vielleicht doch für ein Stündchen vorbeikommen konnte.

Therese reichte ihm erneut die Hand. »Ich möchte mich ganz herzlich bei dir bedanken.«

»Wofür denn?« Unauffällig schaute Apostoles in Richtung Einfahrt, wo zwei Frauen auftauchten. Magdalena und Jessy? Sein Herz setzte einen Moment lang aus. Doch dann sah er, dass es die beiden Hundezüchterinnen waren, von denen Greta und Vincent ihre Tibet-Terrier hatten. Ihr Hof lag in der Nachbarschaft vom Franzenhof, also hatte Apostoles sie ebenfalls eingeladen.

»Danke für dieses Fest«, sagte Therese schlicht. »Danke dafür, dass du auf diese Idee gekommen bist. Ich schäme mich, dass mir als Bürgermeisterin nicht schon längst so ein Gedanke gekommen ist. Einmal wieder zusammen feiern, ich glaube, das haben wir Maierhofener alle dringend nötig.« Noch während sie sprach, drehte sie sich um. »Wie prachtvoll! Eine lange Tafel wie im Süden!«, rief sie entzückt.

Apostoles, der ihrem Blick gefolgt war, traute seinen Augen nicht. Unbemerkt von ihm hatten die Gäste Nikis exakte Tischreihen zu einer einzigen, großen Tafel zusammengeschoben. Statt die Speisen auf das dafür vorgesehene Büfett zu stellen, landete alles auf den Tischen. Er lachte schallend auf. Da wird sich einer freuen!, dachte er feixend, als er sah, wie Niki aus dem Haus trat.

Sein Neffe hatte am längsten im Bad gebraucht, aber der Aufwand hatte sich gelohnt: Mit seinen frisch gewaschenen, braungelockten Haaren und seinem weit ausgeschnittenen Hemd sah Niki aus wie ein junger Costa Cordalis. Sofort fuhren die Köpfe der meisten Frauen zu ihm herum, Madara bekam glänzende Augen, und auch Monika Ellwanger schaute länger zu dem jungen Griechen hinüber, als nötig gewesen wäre.

Doch statt seinen Auftritt zu genießen, runzelte Niki die Stirn.

»Onkel!«, rief er schon von weitem. »Was ist hier passiert? Wo ist mein exakter beidseitiger Tischabstand von je fünfzig Zentimetern geblieben?« Er fuchtelte mit der rechten Hand in Richtung der Tische, die sich schon unter den Speisen bogen. »Und warum steht das alles nicht auf dem Büfett?«

Apostoles legte seinem Neffen kameradschaftlich einen Arm um die Schulter. »Ach weißt du, Niki, wir Maierhofener haben halt unsere eigene Art zu feiern.«

Niki schüttelte missbilligend den Kopf. »Und das mit dem Feuerwerk wird übrigens auch nichts, ich konnte auf die Schnelle leider nichts auftreiben.«

»Feuerwerk?« Madara, die sich zu ihnen gesellt hatte, merkte auf. »Sorry, aber das kannst du knicken! Es gibt eine Verordnung, die besagt, dass Feuerwerke bei uns unterm Jahr verboten sind. Sonst werden nur meine Kühe auf der Alm droben unnötig verschreckt.«

Apostoles seufzte theatralisch. »Ach Niki«, sagte er, »jetzt müssen wir wohl doch mit dem schnöden Sternenhimmel vorliebnehmen.« Und zum ersten Mal an diesem Tag spürte er, wie er sich innerlich entspannte.

Zufrieden warf Michelle ihrem Spiegelbild einen letzten Blick zu. Sie hatte sich mit einer schwarzen Jeans und einem Designer-T-Shirt – es war eine Kopie, aber sie bildete sich ein, dass man das nicht sah – in Schale geworfen. Ihre Haare hatte sie zu einem hohen Pferdeschwanz zusammengebunden, was ihr zusammen mit ihrem schwarzen dicken Lidstrich einen leichten *Rockabilly-Touch* verlieh. Sie fühlte sich jung und schön und gut, und das, obwohl sie nicht mehr lange in Maierhofen bleiben konnte. Aber die Aussicht auf feines Essen, guten Wein und ein wenig Musik half ihr dabei, den Abschiedsschmerz zu verdrängen. Außerdem hatte sie die Hoffnung, ihren Aufenthalt noch ein wenig verlängern zu können, noch nicht ganz aufgegeben. Es hieß, Christine würde am Montag zurückkommen. Wenn sie ihr versprach, sich klein wie ein Mäuschen zu machen, keinen Ton von sich zu geben – vielleicht würde sie dann noch zwei Wochen bleiben dürfen? Bitte, liebes Schicksal, sei gnädig mit mir, betete sie stumm, während sie die Treppe hinabstieg. Sie kam gerade so gut voran mit ihrem Tagebuch!

»Na, ihr müden Krieger«, sagte sie zu den beiden Hunden, die sie schwanzwedelnd im Hausflur begrüßten. Renzo war am Nachmittag eine lange Runde mit den beiden gegangen, sie hatten genug Auslauf für den Tag.

»Frau Krämer? Dürfen wir Sie noch kurz zu uns an den Tisch bitten, bevor wir alle zum Fest aufbrechen?«

Michelle stutzte. Sowohl die beiden Schweizer als auch Reinhard saßen am großen Esstisch. Luise winkte sie lächelnd näher.

Beklommen folgte Michelle der Einladung. War das der Moment, in dem Reinhard ihr sagte, dass die Pension geschlossen werden sollte? Dass sie ihre Koffer zu packen hatte, und zwar *pronto*?

»Was gibt es denn?«

Es war kurz nach sechs, sie sollten sich eigentlich auf den Weg zum Franzenhof machen. Auf der Küchentheke stand der Schichtsalat ebenso parat wie die Auberginenröllchen und die anderen Speisen, die Luise und sie am Vortag vorbereitet hatten, damit alles schön durchziehen konnte.

Reinhard räusperte sich. »Unsere Schweizer Freunde hatten eine Idee. Eine sehr gute Idee, wie ich finde. Und die wollen wir Ihnen gern vortragen...« Unterstützt von den aufmunternden Blicken seiner Freunde – hatte Luise ihm gerade gar unter dem Tisch einen kleinen Tritt ans Schienbein verpasst? –, begann Christines Lebensgefährte, besagte Idee zu skizzieren.

Michelle glaubte nicht richtig zu hören.

»Und so möchten wir Sie fragen, ob dieses Angebot vielleicht für Sie in Frage käme«, endete Reinhard.

Drei Augenpaare starrten Michelle erwartungsvoll an.

»Ich...« Michelle war sprachlos. »Ich weiß gar nicht, was ich sagen soll!« Sie schaute von einem zum andern. »Und Sie sind sich wirklich sicher? Das würden sie mir zutrauen?«

Die drei nickten heftig.

»Und Christine ist in diesen Plan eingeweiht? Ich meine, die Pension ist ihr ein und alles – wäre es ihr da recht, wenn ich...« Skeptisch blickte sie erneut über den Tisch.

»Christine wäre überglücklich, wenn Sie zusagen. Und ich wäre es auch!«, antwortete Reinhard aus tiefstem Herzen.

»Wenn das so ist...« In Michelles Kopf ratterte es.

Bis Ende Oktober ging hier in Maierhofen die Spätsommer- und Herbstsaison, hatte Reinhard gesagt. Bis dahin würden sie Hilfe benötigen, danach konnten Christine und er in Ruhe überlegen, wie es mit der Pension weitergehen sollte.

Freie Kost und Logis, dazu eine Vergütung auf Minijobbasis – und das bei halbtägiger Mithilfe im Haus –, das würde bedeuten, dass sie in aller Ruhe an ihrem Manuskript weiterschreiben konnte! Zehn weitere Wochen, um zu sehen, ob sie doch noch den Mörtel fand, mit dem sie die Risse im Fundament ihres Lebens zu kleben vermochte. Zeit, um herauszufinden, ob ihr Renovierungs- oder Abbrucharbeiten bevorstanden. »Ein Neuanfang auf Probe« – das hörte sich schon fast nach einem Buchtitel an. Michelle kicherte nervös. Dann schaute sie strahlend in die Runde.

»Wenn wir nicht sowieso auf dem Weg zu einem Fest wären, würde ich sagen: Das muss gefeiert werden!« Sie hielt Reinhard über den Tisch hinweg die rechte Hand hin. »Vielen Dank für Ihr Vertrauen. Ich werde mein Bestes geben, um Christine so gut es geht zu entlasten.«

Einträchtig einen Leiterwagen hinter sich herziehend, gingen Mutter und Tochter den Weg hinauf zum Franzenhof. Es war schon nach halb sieben, Magdalena hatte darauf gedrungen, bloß nicht unter den ersten Gästen zu sein.

Sie hatte einen ganzen Korb Hefe-Kipferl dabei, das Gebäck war schnell zubereitet, und man konnte es mit Marmelade genauso genießen wie zu einem deftigen Salat. Jessy hatte ein paar Gläser Brombeermarmelade eingepackt und einen Aufstrich aus frischen Kräutern und Walnüssen, der gut zu den Kipferln passte.

Es war ein lauer Abend, die Sonne war über der Alm noch als orangeroter Ball zu sehen, die Grillen zirpten, die Luft war erfüllt vom Duft spätsommerlicher Fülle.

Beide Frauen konnten sich nicht daran erinnern, wann sie einmal gemeinsam zu einem Fest oder einer anderen Veranstaltung gegangen waren. Mutter und Tochter, einträchtig nebeneinander. Dennoch sprachen sie kaum. Jessy unternahm zwar mehrmals einen Anlauf, ein Gespräch in Gang zu bringen, aber Magdalena reagierte nicht darauf. In ihrem Kopf war es laut genug.

Heute war der Tag der Tage. In wenigen Minuten würde sie über ihren Schatten springen müssen. Sie holte tief Luft.

»Geht's noch? Oder brauchst du eine Pause?«, fragte Jessy.

Magdalena winkte ab. Es war nicht der leichte Anstieg, der ihr zu schaffen machte. Es war die Aussicht auf das, was ihr bevorstand.

Sie wollte Apostoles ihre Liebe gestehen und ihm sagen, dass sie sich wie eine dumme Kuh verhalten hatte. Und dass es ihr leidtat – das würde sie natürlich auch sagen! Ihr war noch nicht klar, wie sie das alles über die Lippen bringen sollte, wahrscheinlich würde sie ihre Zunge dabei verknoten, aber egal. Eine Frau musste tun, was sie tun musste.

Hoffentlich hatte er überhaupt Zeit für sie? In den letzten Tagen hatte sie den Eindruck gewonnen, dass das halbe Dorf eingeladen war – was, wenn sich bei so vielen Gästen gar keine Möglichkeit zu einem Gespräch unter vier Augen ergab? Oder schlimmer noch – wenn er gar keine Lust auf solch ein Gespräch hatte? Vor zwei Wochen, auf dem Marktplatz, als er sie zu seinem Fest eingeladen hatte, war er ihr gegenüber nicht gerade sehr überschwänglich gewesen.

»O Gott...« Sie stöhnte erneut auf.

Jessy blieb nun doch stehen. »Mutter, mach dir nicht solche Gedanken«, sagte sie sanft. »Alles kommt, wie es kommen soll.«

Magdalena nickte tapfer.

Es war schon nach sieben, als Michelle, Reinhard und die andern auf dem Franzenhof ankamen. Was ist denn das für ein Begrüßungskommando?, fragte sich Michelle belustigt, als sie an den beiden griechischen Göttinnen, die Apostoles am Eingang des Hofes aufgebaut hatte, vorbeispazierten. Die Steinfiguren passten so gar nicht zu dem rustikalen Bauernhof.

Während Reinhard und die Schweizer Freunde sogleich von allen möglichen Leuten begrüßt und in Beschlag genommen wurden, blieb Michelle einen Moment lang stehen und genoss einfach nur den Anblick, der sich ihr bot.

In der Mitte des Hofes stand eine riesige lange Tafel, gedeckt mit bunten Tischdecken aller Art. Menschen saßen zusammen, speisten, unterhielten sich und lachten. Junge Menschen, alte Menschen – alle waren der Einladung des Griechen gefolgt!

»Magst du von meinem Kartoffelsalat probieren? Es sind auch Gurken drin!«

»Reicht mir mal jemand das Marmeladenglas rüber? Waffeln mit Marmelade – ein Traum.«

»Edys Gyros ist der Hit! Und Apostoles' Oliven auch. Ob ich die auch so hinbekomme?«

»Da braucht man doch glatt nicht mehr in den Urlaub zu fahren, oder?«

»Stimmt! So schön, wie wir es hier haben...«

Augen strahlten, Zungen schnalzten, übermütiges Gelächter war zu hören, leises Kichern. Einige Kinder kletterten mit viel Getöse auf einen alten Trecker, andere streichelten die Hofkatzen. Über den Tisch hinweg wurden verliebte Blicke getauscht, Pärchen hielten Händchen, und ein paar mutige Paare gingen auf die Fläche zwischen Festtafel und

Lagerhalle, wo sie sich zu melancholischer Gitarrenmusik im Takt wiegten.

Das war das wahre Leben, dachte Michelle beklommen und beglückt zugleich. Man brauchte dazu so wenig: Eine lange Tafel und Essen, das in großen Schüsseln direkt auf den Tisch gebracht wurde. Rotwein, in rustikalen Pressgläsern ausgeschenkt. Und im Hintergrund Rosis alte Scheune. Keine aufgesetzten Fassaden. Keine gekünstelten Namen. Kein Double-Chocolat-mega-Cookie-Vanilla-Shake! Nichts brauchte hier einen großen Namen.

Zu wem sollte sie sich setzen?, überlegte Michelle. Zu Greta und ihrem Mann? Zu Reinhard und den anderen? Oder sollte sie es wagen, einfach irgendwo zu fragen, ob für sie noch Platz war? Ganz gleich, wofür sie sich entscheiden würde – sie würde herzlich aufgenommen werden, das spürte sie.

Sie zögerte noch immer, als ein Mann in ihrem Alter auf sie zukam. Er hatte dichte, dunkelbraune Locken, einen gebräunten Teint, breite Schultern und schmale Hüften. Seine Augen funkelten, als er sie anschaute.

»Herzlich willkommen! Ich bin Niki, Apostoles' Neffe. Und du bist bestimmt die Sängerin, die mein alter Kumpel Gianni aus München geschickt hat, nicht wahr?« Mit sichtlichem Wohlgefallen glitt sein Blick an ihrem Körper hinab. »Da wird Apostoles Augen machen, wenn er meine Überraschung sieht!«

Michelle lachte auf. »Ich muss dich leider enttäuschen, ich bin nur eine Autorin. Mit meinem Gesang könntest du die Leute hier binnen kürzester Zeit verscheuchen.« Ein leises Kribbeln machte sich in ihr bemerkbar. Was für ein gutaussehender Mann!

Niki schaute sie an, als habe er nicht ganz verstanden, was sie gesagt hatte. Er zückte hektisch sein Handy. »Eine WhatsApp… Der Life-Act steht im Stau, eine Vollsperrung! So, wie es aussieht, wird das heute nichts mehr.« Kopfschüttelnd steckte er sein Telefon wieder weg. »Na prima, damit ist auch mein letzter Beitrag zu diesem Fest flöten gegangen«, sagte er ironisch.

Michelle grinste ihn an und hörte sich im nächsten Moment sagen: »Dann hast du ja jetzt Zeit, mit mir ein Glas Wein zu trinken, oder?« O Gott! War sie von Sinnen? Noch direkter ging es wohl nicht.

Doch Niki grinste zurück. Dann reichte er ihr in übertrieben galanter Weise seinen linken Arm. »Warum nur ein Glas Wein? Es wäre mir eine Ehre, dein Kavalier für den ganzen Abend zu sein. Vielleicht gelingt es mir auch noch, zwischen all den Bauernblumen eine Rose für dich aufzutreiben, dann dürftest du mich sogar Rosenkavalier nennen. Ansonsten musst du mit einem Teller Gyros und Zaziki vorliebnehmen.« Noch während er sprach, steuerte er mit ihr in Richtung von Edy Scholz, der heftig in einer riesigen Grillpfanne rührte.

Michelle kicherte. »Rosen sind zwar ganz nett. Aber das Herz einer Frau gewinnt man am ehesten mit gutem Essen. Nur wissen das leider die wenigsten Männer.«

»Das sieht ja aus wie in Griechenland!«, entfuhr es Magdalena, als sie die beiden Steinfiguren sah. Fassungslos schaute sie ihre Tochter an. »Wo hat er die wohl aufgetrieben?«

»Alles nur für dich, Mutter«, sagte Jessy grinsend.

Vor Magdalenas innerem Auge erschien wie aus dem Nichts eine Badebucht am Meer. Ein kleines Sommerhaus, zwei marmorne Figuren. Die Grillen hatten gezirpt, es war heiß gewesen, das Meer so blau… Sie hatte mit der Hand über den kalten Marmor der Figuren gestrichelt.

»Magdalena! Du bist gekommen!«

Bevor sie wusste, wie ihr geschah, stand Apostoles vor ihr. Jessy verzog sich mit dem Leiterwagen eilig.

»Hast du etwa daran gezweifelt?«, fragte sie leise.

Für einen langen Moment schauten sie sich an.

Er trug das weiße Leinenhemd, das sie zusammen auf einem Straßenmarkt in Heraklion gekauft hatten. Ihre weiße Tunika hatten sie auf demselben Markt gekauft. Zwei Menschen – ein Gedanke. Alles würde gut werden. Tränen der Erleichterung schossen Magdalena in die Augen.

Apostoles öffnete seine Arme, sie warf sich an seine Brust, und ihre Rundungen schmiegten sich sogleich ganz vertraut an seine Kanten.

»Du hast mir so gefehlt«, flüsterte er. »Magdalena, mein Herz, meine Liebe, mein Leben…«

»Ich war so dumm«, schluchzte sie. »Verzeih mir. Du glaubst ja nicht, wie oft ich diesen blöden Streit und meine kleinlichen Worte schon bereut habe! Alles, was ich damals gesagt habe, tut mir schrecklich leid. Ich verspreche dir, ich werde mich ändern und…«

»Bitte tu das nicht. Niemals! Du bist wunderbar, so wie du bist«, unterbrach er sie. Kleine Küsse landeten auf ihren Wangen, ihrer Stirn, ihrem ganzen Gesicht. »Du bist mein Engel.«

Die Stimmen um sie herum, der würzige Geruch des Gyros, das leise Spiel einer Gitarre – Magdalena hatte das

Gefühl, als würde sie alles wie durch dichten Nebel wahrnehmen. Das Einzige, was zählte, war Apostoles' Nähe. Seine Wärme und der ihm eigene Duft nach Rasierwasser, grünen Oliven und der Haarpomade, mit der er seine braunen Locken zu zähmen versuchte.

»Aber ... aber ... Warum machst du es mir so leicht?«, schluchzte sie. Sie musste ihm doch noch sagen, dass zwar niemand aus seiner Haut konnte, aber dass sie lernen wollte, Kompromisse zu schließen und hin und wieder über den eigenen Schatten zu springen.

»Du bist hier – das ist alles, was zählt! Dieses Fest hier ... Ich habe es nur für dich veranstaltet«, sagte er mit rauer Stimme. »Letztes Jahr, in Griechenland, die Erinnerung an diese Zeit hat mir die Hoffnung geschenkt, dass es wieder so werden kann zwischen uns.«

Sie nickte. »Damals hast du mir das Leben gerettet. Ich wäre fast ertrunken, weißt du noch?« Ihre Stimme war tränenerstickt, ihre Nase verstopft, aber sie wagte es nicht, ein Taschentuch zu zücken, um sich zu schnäuzen. Hoffentlich lief ihr nicht schon der Rotz aus der Nase! Unmerklich schniefte sie.

Er nickte düster. »Du hast aber auch *mein* Leben gerettet, und zwar schon lange vor unserem Urlaub«, sagte er, und seine Augen ließen sie keinen Moment los. »In dem Augenblick, als ich dich das erste Mal sah, mit Mehl auf den Wangen und deiner weißen Schürze, da wusste ich, dass es doch etwas wert war, am Leben zu sein.« Er streichelte ihr über die Wange, hob ihr Kinn ein wenig an und schaute ihr so tief in die Augen, dass sie erschauerte vor lauter Liebe. »Magdalena, der einzige Wunsch, den ich habe, ist der, dich glücklich zu machen!«

»Dann ist dein Wunsch schon in Erfüllung gegangen«, erwiderte sie zwischen lauter kleinen Küssen.

Apostoles strahlte. Aus dem Augenwinkel sahen sie, wie Ismene und Jannis ihnen von einem der Tische aus heftig zuwinkten.

»Wie es aussieht, kann meine Familie es kaum erwarten, dich zu begrüßen. Aber darf ich dich zuerst zum Essen einladen?« Mit einladender Geste zeigte Apostoles in Richtung von Edys Gyrosstand. »Ich habe Oliven eingelegt, genauso, wie du sie magst. Mit Knoblauch und Oregano, mit Paprika und roten Zwiebeln.«

Magdalena schmunzelte. Wahrscheinlich hatte er bei der Zubereitung ein mächtiges Chaos in Rosis Küche hinterlassen. Aber wen kümmerte das, wo die wichtigste Zutat – die Liebe nämlich – doch alles wettmachte?

»Du glaubst gar nicht, wie hungrig ich bin«, murmelte sie, dann schmiegte sie sich erneut in seine Arme. Unauffällig ließ sie ihre Hände seinen Rücken hinabgleiten, bis zu seinem Po, und drückte sich an seinen Körper. »Heute Nacht schläfst du wieder zu Hause, ja?«, flüsterte sie.

Apostoles nickte glücklich.

Gab es etwas Schöneres als Kerzenlicht in einer lauen Sommernacht? Mit glänzenden Augen schaute Greta sich um, eine Hand hatte sie auf ihrem Bauch liegen, die andere lag auf Vincents linkem Schenkel. Auf jedem Tisch, auf dem steinernen Wassertrog, am Boden entlang der Lagerhallen, auf der Bühne, die keiner brauchte – überall hatten Apostoles, Rosi und Edy Kerzen aufgestellt. Wie Hunderte von

Glühwürmchen! Dazu der Klang der Konzertgitarre… Unglaublich schön.

Das alles hätten sie verpasst, wenn sie nach Kanada geflogen wären, dachte Greta.

Es war eine große Runde, die sich an der langen Festtafel versammelt hatte – nur Christine fehlte.

Es konnte so schnell gehen. Ein Wimpernschlag, und schon konnte alles anders sein. Umso wichtiger war es, das Leben zu feiern! Die Freundschaft zu feiern! Und dankbar zu sein für alles, was der liebe Gott einem schenkte.

Vincent, der in einem lebhaften Gespräch mit Edy gewesen war, drehte sich ihr zu. »Ist alles in Ordnung mit dir? Du bist so ungewöhnlich still.«

Sie lächelte. »Alles in Ordnung. Ich genieße einfach nur…« Über den Tisch hinweg sah sie Reinhards betroffenen Blick. Mist!, dachte sie. Spontan nahm sie seine Hand. »Mir fehlt sie auch. Trotzdem – sei nicht allzu traurig, bei den nächsten Festen ist Christine ja wieder dabei! Ich bin so froh, dass sie sich entschlossen hat, eine Hilfe einzustellen.« Gleich zu Beginn des Abends hatten Reinhard, Renzo und Luise von ihrem Geistesblitz erzählt. Sowohl Therese als auch Greta waren höchst angetan von dieser Entwicklung. Michelle war nicht nur sympathisch, sondern überaus patent! Sie würde Christine ordentlich entlasten, da waren sich alle sicher.

»Falls unsere Autorin morgen überhaupt noch da ist«, sagte Therese und zeigte mit schrägem Grinsen auf ein eng umschlungenes Paar. »Wie es scheint, ist nicht nur Magdalena einem griechischen Adonis verfallen!«

»Griechischer Wein…« Vincent hob den alten Udo Jürgens-Song an. »Wenn das mit Christines Haushaltshilfe nicht klappt, wissen wir, wer schuld ist. Reinhard, es ist dein Wein! Hättest du mal einen französischen gekauft!«

Reinhard verzog das Gesicht. »Ob das besser gewesen wäre? *L'amour fou*...«

Greta und die andern lachten. Ihr Blick wanderte hinüber zu dem steinernen Wassertrog, neben dem Magdalena und Apostoles eng umschlungen standen. Es war so schön, die beiden wieder vereint zu sehen.

»Lasst uns darauf anstoßen!«, rief Therese. »Greta, du hast ja immer noch keinen Wein im Glas. Vincent, seit wann bist du so nachlässig?« Sie warf ihm einen gespielt tadelnden Blick zu. »Komm, ich schenk dir ein!«

Eilig hielt Greta ihre Hand über ihr Glas. »Wasser ist besser.«

Ihre Cousine schaute von einem zum andern. »Seit wann denn das? Oder... Du willst doch nicht etwa sagen...«

Greta und Vincent tauschten einen Blick. Bisher hatten sie ihr Geheimnis für sich behalten. Aber nachdem sie nun auch bei ihrer Frauenärztin gewesen war und diese ihr versichert hatte, dass alles in Ordnung sei, bestand eigentlich kein Grund mehr zu schweigen.

Vincent nickte ihr unmerklich zu.

»Ich bin schwanger. In der vierzehnten Woche. Die Kinder sind schon fünf Zentimeter groß«, platzte Greta heraus. »Und derzeit muss ich ständig zur Toilette...« Sie zuckte entschuldigend mit den Schultern.

»Du bist schwanger?«

»Habe ich richtig gehört – *die* Kinder?«

»Zwillinge?«

»Wie wunderbar, seit wann wisst ihr das denn?«

Alle sprachen durcheinander. Jeder wollte gratulieren, jeder wollte Einzelheiten erfahren. Greta und Vincent strahlten über das ganze Gesicht.

»Darauf müssen wir aber nun wirklich anstoßen, und wenn es nur mit Wasser ist!«, rief Renzo. »Den Champagner trinken wir dann zur Taufe.«

Gerührt streichelte Greta über ihren Bauch.

»Auf die neuen Erdenbürger! Endlich kann unser Standesamt mal wieder einen Zuwachs im Melderegister verzeichnen!« Therese hob ihr Glas.

»Auf die neuen Maierhofener!«, ertönte es aus der Runde zurück.

Greta schaute fröhlich in die Runde. »Eins steht fest – langweilig wird es hier bei uns in Maierhofen nie!«

Epilog

Ein dreiviertel Jahr später

Lächelnd nahm Christine das Päckchen vom Postboten entgegen. Als sie den Absender sah, wusste sie genau, was sich darin befand.

Das Päckchen wie einen wertvollen Schatz in beiden Händen tragend, ging sie barfuß zurück ins Haus und setzte sich damit an den Tisch. Es war halb zehn am Vormittag. Normalerweise hätten sich um diese Zeit die letzten Frühstücksgäste noch Brote für ihren Tagesausflug geschmiert. Der eine würde um eine letzte Tasse Kaffee bitten, der nächste wissen wollen, wo man an einem regnerischen Apriltag hingehen konnte. Sie hätte Tipps gegeben, wo man den besten Honig kaufen konnte und wo handgeschnitzte Brotzeitteller. Sie hätte sich aufgeschrieben, für wen sie in der Goldenen Rose einen Tisch reservieren sollte und wer in den Folgetagen an einer Kräuterwanderung mit ihr teilnehmen wollte.

Doch an diesem Tag war es still in ihrem Haus. Genauso still, wie es in den nächsten Tagen auch sein würde.

Zufrieden lächelnd schaute Christine sich in ihrem Heim um. Die Hunde lagen ausgestreckt auf dem Boden und schliefen, Musik lief, die Tür zum Garten stand weit offen. Sie selbst war noch im Nachthemd. So sehr sie es liebte, ihr Haus für Gäste zu öffnen, so sehr schätzte sie zwischendurch auch die Ruhe.

Seit Januar hatte die Casa Christine nur noch drei Wochen pro Monat geöffnet, jeweils für die erste Woche eines neuen Monats nahm sie keine Reservierungen an. Und das ganz gleich, ob in dieser Woche ein Feiertag mit Brückentag lag oder ob Ostern oder Pfingsten in diese Zeit fielen. Die Regelung würde nur funktionieren, wenn sie absolut konsequent war – das hatte sie von Anfang an gewusst. Und sie hielt sich daran. Inzwischen fühlte sie sich wieder topfit, ihr Zusammenbruch war nur noch eine vage Erinnerung. Dennoch hütete sie sich, wieder alles auf einmal erledigen zu wollen, und gönnte sich immer dann, wenn es nötig war, im Alltag eine Pause.

Sollte sie das Päckchen gleich öffnen? Eigentlich musste sie sich fertig machen. Denn Reinhard würde bald herüberkommen, sie wollten mit den Hunden einen Ausflug an den Alpsee machen. Danach würden sie im Internet nach Zugverbindungen oder Flügen nach Hamburg schauen, übernächsten Monat wollten sie nämlich ihre Schwester Erika in Hamburg besuchen. Kleine Fluchten aus dem Alltag – auch sie waren dank ihres entspannten Belegungsplans jetzt möglich.

Gleichgültig! Die Neugier würde sie umbringen, sie konnte nicht anders, als das Päckchen aufzumachen. Vorsichtig ritzte Christine mit einem Messer das braune Paketklebeband auf, dann hob sie den Deckel an.

Das hast du nun davon, dachte sie schmunzelnd, als sie das in elegantes gold-weißes Papier eingewickelte Geschenk erblickte. Es hätte sie auch sehr gewundert, wenn Michelle ihr Buch einfach so ins Päckchen gelegt hätte. Außer dem Buch war ein Briefumschlag enthalten.

Christine dachte kurz nach. Den Brief würde sie jetzt lesen, aber das Buch würde sie sich für später aufsparen.

Liebe Christine,

ich hoffe, es geht dir gut? Ich muss oft an dich, Reinhard und die andern denken.

Christine lächelte. Michelle war ihr im letzten Jahr eine große Hilfe gewesen. Gemeinsam hatten sie die Arbeit in der Casa Christine gestemmt, und irgendwann zwischen Staubsaugen und Fensterputz waren sie zum Du übergegangen, es hatte sich einfach richtig angefühlt.

Bitte verzeih, dass ich mich in der letzten Zeit nicht so oft gemeldet habe. Aber es war einfach wahnsinnig viel los! Du glaubst ja nicht, wie viel Arbeit man als Autorin hat, wenn das Buch geschrieben ist. Fast würde ich sagen, da fängt die eigentliche Arbeit erst richtig an. Aber ich will mich nicht beklagen, im Gegenteil! Ich mache alles, was der Verlag von mir wünscht, von Herzen gern. Stell dir vor, ich habe sogar eine Autorenseite auf Facebook angelegt, vielleicht magst du bei Gelegenheit mal reinschauen?

Christine schüttelte sacht den Kopf. Das hatte sie doch längst getan! Sie verfolgte alles, was mit Michelles Schreiberei zu tun hatte, mit großem Interesse. Denn irgendwie fühlte sie sich ein bisschen daran beteiligt, schließlich hatte Michelle in ihrem, Christines, Haus ihr Erstlingswerk geschrieben.

Für mich ist es immer noch ein Wunder, dass sich ein Verlag für mein Buch interessiert hat. Und dass dann alles auch noch so schnell ging. Unfassbar! Du kannst dir nicht vorstellen, wie erhebend es war, als ich gestern meine zwei Vorabexemplare bekommen habe. Das eigene Buch in den Händen zu halten war einfach unbeschreiblich. Ich habe Rotz und Wasser geheult!

Eins dieser Vorabexemplare bekommst nun du, liebe Christine. Denn ohne dich wäre dieses Buch nie zustande gekommen. Du warst es, die mich zum Weiterschreiben ermutigt hat, als ich aufgeben wollte. Du warst es, die mir die wunderbaren Gespräche mit deinen klugen, lebenserfahrenen Freunden ermöglicht hat. Ihr habt mir gezeigt, dass das wahre Leben spannender ist als jeder Kitschroman.

Ach Michelle, dachte Christine bewegt, das habe ich alles von Herzen gern getan.

Und in einer Woche soll das Buch nun tatsächlich erscheinen. Ich glaube, wenn ich es das erste Mal in einer Buchhandlung liegen sehe, werde ich ohnmächtig vor Schreck!

Christine lachte auf. Das würde ihr genauso ergehen!

Apropos Buchhandlung – stell dir vor, ich werde demnächst eine Lesung abhalten. Bei uns in Reutlingen hat Anfang des Jahres ein neuer Buchladen eröffnet, er liegt in einer Seitenstraße in einem wunderschönen Fachwerkhaus. Der Besitzer ist ein total netter Mann, super engagiert, kennt sich echt gut mit Büchern aus. Markus' Laden ist eher ein Buch-Café, und als er hörte, dass ich ein Buch geschrieben habe, hat er mich sofort eingeladen, im Buch-Café zu lesen. Ist das nicht genial?

Total genial!, dachte Christine.

Es gibt noch etwas zu berichten, liebe Christine. Heute ist der Tag der großen Neuigkeiten!

Oha, was kam nun? Neugierig blätterte Christine um.

Markus, also der Buchhändler, hat mich gefragt, ob ich bei ihm mitarbeiten möchte. Ich in einer Buchhandlung, kannst du dir das vorstellen? Das wäre, als würdest du die Katze direkt vor den Sahnetopf setzen! Zuerst war ich mir unsicher. Ich meine, ich habe ja keine Buchhändlerausbildung. Aber Markus meinte, meine Liebe zu Büchern würde das wieder wettmachen. Und so viel, wie ich lese, bin ich wirklich immer up to date, was Neuerscheinungen angeht. Nächsten Monat fange ich bei ihm an. Der Verdienst ist kläglich, um ehrlich zu sein, es ist sogar weniger als in der Eisdiele, aber ich bin glücklich! Und das ist es doch, was zählt, oder?

Und ob, Michelle, und ob!, dachte Christine tief berührt. In einer Buchhandlung zu arbeiten, was für ein Traum! Nach einem tiefen Seufzer las sie weiter.

Und da ist noch mehr. Markus und ich sind... Sagen wir mal, wir mögen uns sehr. Wir haben uns schon ein paar Mal privat verabredet. Der Gesprächsstoff geht uns nie aus, wenn wir nicht über Bücher reden, dann übers Schreiben, über das Leben selbst... ach, es ist einfach wunderschön!

Das gönnte sie Michelle von Herzen! Michelles Exfreund, der Computerfreak, schien ja weiß Gott nicht der Richtige für sie gewesen zu sein. Letztes Jahr, nach Apostoles' Fest, hatte es eine Zeitlang danach ausgesehen, als würden Apostoles' Neffe Niki und Michelle zusammenkommen. Doch so häufig der junge Grieche in den ersten Wochen hier angerufen hatte, so abrupt hatten seine Anrufe eines Tages geendet. Michelle war erstaunlicherweise nicht traurig darüber gewesen.

»Ich muss erst mal mit meiner alten Beziehung abschließen, bevor ich an eine neue denke«, hatte sie gesagt. »Und dann will ich schauen, dass ich mein Leben auf die Reihe bringe. Bisher habe ich mich immer irgendwie treiben lassen, nichts richtig ernsthaft verfolgt. Ich hatte Spaß, habe mein Geld verdient, und das war auch völlig in Ordnung so. Aber das Schreiben hat mir gezeigt, dass es sich lohnt, sich einem Thema voller Konzentration zu widmen. Wenn es mir gelingt, dies auf mein Leben umzumünzen, dann wäre ich der glücklichste Mensch auf der Welt!«

Allem Anschein nach hatte Michelle wirklich ihr ganzes Leben umgekrempelt! Beeindruckt las Christine weiter.

Zum ersten Mal seit vielen Jahren habe ich das Gefühl, angekommen zu sein. Bei mir selbst. Und in meinem Leben. Ich habe das Gefühl, die geworden zu sein, die ich tief drinnen vielleicht schon immer war, die ich aber nie rausgelassen habe. Das hört sich vielleicht komisch an, aber anfühlen tut es sich verdammt gut!

Christine ließ den Brief lächelnd sinken. Nein, das hörte sich gar nicht komisch an. Es war wirklich ein verdammt gutes Gefühl, die zu werden, die man schon immer war!

»Die Babys schlafen endlich, Gott sei Dank«, flüsterte Greta. Erschöpft ließ sie sich an Vincents selbstgezimmertem Esstisch nieder, wo ihre Freundinnen seit einer halben Stunde auf sie warteten. Seit Greta Mutter geworden war, fanden ihre Mädelsabende nicht mehr in der Goldenen Rose, sondern bei der frischgebackenen Mutter statt. Therese moserte deswegen zwar ein bisschen – weil sie so kein Auge auf den laufenden Restaurantbetrieb haben konnte –, aber anders wäre Greta die Teilnahme nicht möglich gewesen. Vincent arbeitete jetzt oft, bis es dunkel wurde, er hatte also keine Zeit fürs Babysitting. Und solange Greta noch stillte, wollte sie die Kinder auch nicht jemand anderem überlassen.

Dunkle Schatten lagen unter ihren Augen, und hinter vorgehaltener Hand versteckte sie ein Gähnen. »Eigentlich müsste ich mich jetzt auch hinlegen und etwas schlafen. Denn spätestens heute Nacht um zwei heißt es wieder ›Time to tango‹!« Sie verzog das Gesicht.

Christine schaute die Freundin mitfühlend an. »Ich weiß, wie das ist. Aber die zwei sind erst vier Wochen alt, da schlafen Kinder nun mal noch nicht durch.«

Greta nickte. »Entweder Luis ist quietschfidel oder Lisa ist wach, einer weckt jedenfalls immer den andern, so auch letzte Nacht. Ich kann ihnen was vorsingen, ich kann sie stillen und wickeln, ich kann sie in die Wiege legen und schaukeln – alles vergeblich. Die zwei denken einfach nicht daran, wieder einzuschlafen! Am Ende habe ich sie heute Nacht um drei in den Kinderwagen gepackt und bin mit ihnen durch die Straßen gezogen, damit Vincent seine Ruhe hat. Dabei *sind* sie dann eingeschlafen.«

Die Frauen am Tisch lachten.

»Darauf einen Dujardin!«, sagte Therese und schenkte allen ein Glas Sekt ein. Lediglich Greta bekam Wasser statt Sekt ins Glas.

Magdalena stellte einen Teller Minibrezeln auf den Tisch. Christine holte selbstgemachte Schinkenhörnchen aus ihrem Korb. Rosi legte ein paar Tüten Kartoffelchips dazu. Wenn jede etwas mitbrachte, hatte Greta keine Arbeit.

»Es wird von Monat zu Monat besser«, sagte Christine mit so viel Überzeugung, wie sie aufbringen konnte. Es tat nicht Not, Greta damit zu erschrecken, dass ihr die schlimme Zeit – wenn die Babys gleichzeitig zahnten und grantig wurden – erst noch bevorstand!

Greta warf ihr einen Blick zu, der besagte: Wer's glaubt, wird selig.

»Leute, ich habe was mitgebracht«, sagte Christine und schaute geheimnisvoll in die Runde.

»Michelles Buch!«, kam es wie aus der Pistole geschossen von Rosi.

»Woher weißt du...?«

»Im neuen Bücherweltkatalog wird es als Neuerscheinung angekündigt. Eine halbe Seite groß! Und ein Portrait von Michelle ist auch mit drin.« Mütterlicher Stolz war in der Stimme der Kartoffelbäuerin zu hören. »Ich wollte den Katalog eigentlich mitbringen, aber dann habe ich ihn doch vergessen.«

Die andern stöhnten.

»Ist doch egal, ich hab was Besseres«, sagte Christine und kramte in ihrer Handtasche. »Michelle hat mir eins ihrer Vorabexemplare geschickt.«

»Wow, was für eine Ehre«, sagte Greta. »Und – wie sieht das Buch aus? Hat der Verlag etwas Hübsches draus gemacht?«

»Steht eine Widmung drin? Oder eine Danksagung?«, fügte Rosi hinzu.

Therese und Magdalena schwiegen. Sie hatten mit der Entstehung des Buches weniger zu tun gehabt und waren dementsprechend nicht ganz so euphorisch wie die andern.

»Schaut am besten selbst!« Wie ein Zauberer sein Kaninchen aus dem Zylinder zog, so holte Christine das Buch mit einer schwungvollen Geste aus ihrer Tasche. »*Et voilà!* ›Spätsommerliebe‹ – Roman von Michelle Krämer!«

»Wie schön!«, sagten Therese und Greta wie aus einem Mund.

»Wie kommt sie denn ausgerechnet auf diesen Titel?«, sagte Rosi. »Der hört sich wirklich toll an.«

»Sie hat das Buch im Spätsommer geschrieben, vielleicht hängt es damit zusammen«, antwortete Christine.

»Das Glas Brombeermarmelade auf dem Cover ist ja ein toller Hingucker, findet ihr nicht?«, fragte Greta begeistert. Einen Moment lang schien ihre Müdigkeit wie weggeblasen.

»Bestimmt ist das Jessys Brombeermarmelade«, sagte Magdalena. »Die glänzt auch immer so verführerisch.«

Die andern lachten.

»Und dazu die Oliven und Sonnenblumen – das lässt mich gleich an Apostoles' Fest denken«, sagte Greta. »Ob das Zufall ist? Oder durfte Michelle bei der Covergestaltung mitwirken?«

»Keine Ahnung, darüber hat sie nichts geschrieben«, sagte Christine. »Aber ich finde den Umschlag auch wunderschön. Und es passt auch zu dem, was sie geschrieben hat, das ist gut. Sehr häufig wecken Cover nämlich eine Erwartungshaltung, die dann vom Roman nicht bedient wird und…«

»Du hast das Buch schon gelesen?«, unterbrach Greta sie und klang eine Spur neidisch.

»Nur reingelesen«, erwiderte Christine beschwichtigend. »Und? Wie findest du es?«

Christine grinste. »Genial! Einfach nur genial...«

Magdalena, die das Buch gerade in den Händen hielt, schaute auf. »Soll ich mal die erste Seite vorlesen?«

Die andern nickten.

Die Bäckerin räusperte sich. »Also gut, es beginnt mit einem Prolog...

Es ist Spätsommer. Würde mich jemand fragen, was ich mit dieser Jahreszeit verbinde, dann würde ich sagen: Es ist der Duft! Dieser unglaubliche Duft, der die Luft erfüllt und mich spüren lässt, dass ich am Leben bin. Ob ich draußen bin oder im Haus bei geöffneten Fenstern, ob beim Spaziergang mit den Hunden oder bei einer Runde durch den Wald – immer werde ich begleitet vom Aroma des Spätsommers. Der Duft der reifen Brombeeren, der würzige Geruch von Waldkräutern und Pilzen. Der aufgewühlte Boden nach der Kartoffelernte. Der Duft reifer Äpfel, die darauf warten, dass kundige Hände sie pflücken und zu Saft verarbeiten. Seltsamerweise riecht es auf dem Marktplatz auch nach Lindenblüten, dabei ist deren Jahreszeit längst vorbei. Wie so vieles. Vielleicht sind es Essenzen von etwas Vergangenem, die in der Luft liegen? Konzentrate von etwas, was war? Ich mag diesen Gedanken. Er vertreibt meine augenblickliche Einsamkeit. Noch mehr mag ich den Spätsommerduft, der mich Tag für Tag so zärtlich umarmt in diesen Zeiten, in denen kein anderer es tut.

Die Liebe ist ein seltsam empfindsames Wesen. Hält man sie zu fest, läuft man Gefahr, sie zu erdrücken. Gibt man nicht genügend acht auf sie, ist sie plötzlich fort. Und man sucht nach ihr wie nach einem Schlüssel, den man verlegt hat. Die

Liebe braucht ein festes Fundament, damit sie nicht beim ersten Windhauch zerbröckelt und nur noch eine Fassade übrigbleibt. Gibt es einen Mörtel, der die Liebe zusammenhält?

Ich gestehe: Die Liebe macht mir Angst. Vielleicht waren meine Beziehungen deshalb seltsam belanglos? Gab es da eine unterschwellige Angst, mich auf dieses seltsam empfindsame Wesen einzulassen?

Das möchte ich herausfinden.

Ich glaube, es wird ein langer Weg.

Doch selbst, wenn es der einzige Weg ist, den ich fortan in meinem Leben nehme, dann ist es gut so…

Magdalena schaute auf. Ihre Augen glänzten. Mit jedem Satz war ihre Stimme belegter geworden.

Für einen langen Moment schwiegen alle am Tisch.

»Essenzen von etwas Vergangenem«, sagte Rosi leise. »Ja, in unserem Alter hat man halt schon viel erlebt.«

»Die Spätsommerliebe… Das ist wirklich etwas anderes als die junge Liebe im Frühling des Lebens«, bemerkte Magdalena nachdenklich. »Es ist seltsam, aber irgendwie habe ich das Gefühl, Michelle hat über Apostoles und mich geschrieben. Dabei war ich so ziemlich die Einzige, mit der sie nicht gesprochen hat!« Sie verzog ironisch das Gesicht.

Christine lachte auf. »Ob du's glaubst oder nicht, ich hatte beim Lesen auch so ein Gefühl. Dieses bröckelnde Fundament, von dem sie schreibt, und dazu der besondere Mörtel, den es braucht – das war bestimmt auf Reinhard und mich gemünzt.«

»Sich ganz auf das seltsame Wesen Liebe einlassen…«, kam es gedehnt von Greta. »Das erinnert mich an das Gespräch, das Michelle und ich geführt haben.«

Die Frauen schauten sich an. »Wie es aussieht, müssen wir uns wohl alle das Buch kaufen«, sagte Rosi lachend.

»Das ist sowieso Ehrensache«, sagte Greta.

Christine strahlte. »Stellt euch mal vor, Michelle arbeitet ab nächsten Monat in einer Buchhandlung! Ist das nicht toll? Das wäre mein absoluter Traum. Ich würde ganz trunken werden vom Duft all der neuen Bücher!« Genießerisch hielt sie sich Michelles Buch unter die Nase und atmete ein. Bücher aus Papier waren ihr Lebenselixier – kein E-Reader dieser Welt konnte damit mithalten!

Die andern nicken vage.

»Dass wir einmal an der Entstehung eines Buches beteiligt sein würden – wer hätte das gedacht?«, sagte Rosi.

Magdalena zuckte beiläufig mit den Schultern. »Was ich mit Apostoles erlebe, gäbe Stoff für eine ganze Roman-Reihe her!«

Gelächter folgte.

»Ach, es gibt doch nichts Schöneres, als zu lesen«, stellte Christine aus tiefstem Herzen fest. »Eintauchen in die Welt der Bücher. Den Alltag vorübergehend vergessen. Kraft tanken für neue eigene Taten. Apropos...« Sie zog verlegen mit ihrem rechten Zeigefinger die Maserung auf Vincents Holztisch nach. Sollte sie oder sollte sie nicht?

Die andern schauten sie an. »Kann es sein, dass du irgendwas ausbaldowerst?«, sagte Therese, die Christine am längsten und besten kannte.

Christine spürte, wie ihr die Röte ins Gesicht schoss. »Bisher ist es nur eine vage Idee. Reinhard wäre wahrscheinlich total sauer, wenn er wüsste, was mir im Kopf herumschwirrt.« Vielleicht auch nicht, dachte sie im selben Moment. Reinhard war ebenfalls ein großer Buchliebhaber.

»Jetzt sag schon – was?«, drängte Therese stirnrunzelnd.

»Du brummst dir aber nicht schon wieder mehr Arbeit auf, oder?«, kam es ebenso skeptisch von Greta.

»Was ihr nur alle habt!« Christine lachte. »Jetzt hört euch doch meine Idee erst mal an. Es geht um den leerstehenden Schusterladen vom alten Schuster Beck…«

»Ja?«, sagten Therese und Greta gleichzeitig.

»Was würdet ihr davon halten, wenn wir dort eine Buchhandlung einrichten? Auf dieselbe Weise wie den Genießerladen, also in genossenschaftlicher Art. Es wäre so schön, wenn wir Bücher direkt hier am Ort kaufen könnten! Immer nur online bestellen macht einfach keinen Spaß. Und extra in die Stadt zu fahren, um mal wieder in einer Buchhandlung stöbern zu können, diesen Luxus kann sich auch nicht jeder leisten.«

Einen Moment lang herrschte Stille am Tisch. »Eine Buchhandlung in Maierhofen…«, sagte Greta. »Dafür würden sicher auch etliche Leute aus den Nachbarorten herkommen.«

»Ein Laden mit ganz vielen Kochbüchern und Kräuterfibeln«, sagte Rosi. »Vegane Kochbücher müssten natürlich auch im Angebot sein«, fügte sie hinzu.

»Man könnte Lesungen veranstalten, im Rahmen des Kräuter-der-Provinz-Festivals«, kam es von Greta.

»Und Michelles Buch müsste vorn an der Kasse liegen«, ergänzte Christine.

Die Freundinnen schauten sich an und lachten.

Christine strahlte. Im Geist sah sie sich schon an dem Tisch mit den Bestsellern stehen und stöbern.

»Ich könnte das Thema bei der nächsten Bürgerversammlung mal anschneiden«, sagte Therese stirnrunzelnd.

»Aber eigentlich habe ich mir vorgenommen, dieses Jahr nichts Neues anzustoßen. Jeder hat mit dem Alten wahrlich genug zu tun.« Sie schaute Christine bedeutungsvoll an.

»Wenn ich überlege, wie schwierig es in manchen Wochen ist, die freiwilligen Helfer für den Genießerladen zusammenzubekommen – ob sich zusätzlich noch jemand für eine Buchhandlung finden würde?«, sagte nun auch Rosi zweifelnd.

»Also, ich habe mit Büchern nichts am Hut, auf mich könnt ihr nicht zählen. Außerdem wollen Apostoles und ich weniger arbeiten und nicht mehr«, kam es bestimmt von Magdalena.

»Ich bin auch raus aus der Nummer.« Greta hob abwehrend beide Hände. »Ich bin schon froh, wenn ich mal für meine Agentur eine Stunde zum Arbeiten komme.«

Im selben Moment ertönten die lautstarken Stimmen ihrer beiden Kinder.

Christine spürte, wie sich Enttäuschung in ihr breitmachte. Es wäre so schön gewesen …

Im nächsten Moment spürte sie Rosis Hand auf ihrem Arm. »Sei nicht traurig, Christine, manche Träume brauchen halt ein bisschen länger, bis sie wahr werden. Vielleicht legen wir nächstes Jahr mit der Buchhandlung los? Das Wichtigste ist doch das hier …« Sie krempelte ihren linken Blusenärmel hoch und entblößte das Tattoo, das sie sich in ihrer Anfangszeit mit Edy hatte stehen lassen.

Christine schaute auf Rosis nackten Arm und lächelte. Ja, alles war gut.

»Ihr habt völlig recht. Träume sind zum Teilen da! Und aufgeschoben ist nicht aufgehoben!«

Rezepte und Tipps
für ein gelungenes Sommerfest
mit Freunden, Familie und Nachbarn

Vom Garten auf die Gabel!

Nehmen Sie, was Sie haben! In Maierhofen spielen regionale Produkte stets die Hauptrolle. Falls etwas davon allerdings nicht erhältlich ist, kein Problem. Tauschen Sie Auberginen gegen Zucchini aus. Gibt es keine Erdbeeren mehr, dann nehmen Sie Johannisbeeren. Und falls die eigene Ernte dieses Jahr etwas mager ausfällt, greifen Sie zu Tiefkühlkost. Improvisation ist beim gemeinsamen Feiern das Zauberwort, perfekt müssen wir anderswo oft genug sein.

Die Mengenangaben der Rezepte sowie auch die Koch-, Brat- oder Backdauer sind variabel. Weil jeder Backofen anders ist. Und jede Aubergine auch. Reife Früchte sind saftiger als jene, die schon länger im Kühlschrank liegen und dadurch an Wasser verloren haben. Die einen Oliven schmecken salziger als andere. Deshalb raten wir: Schmecken! Tasten! Fühlen! Dem eigenen Gaumen vertrauen. Und zur Not noch jemand andern abschmecken lassen.

Bitten Sie die Gäste, auf das Mitbringen leicht verderblicher Speisen wie Hackfleisch- oder Fischgerichte zu verzichten – sicher ist sicher!

Haben Sie Lust auf Musik? Vielleicht gibt es jemanden in Ihren Reihen, der Gitarre spielt oder singt. Wenn nicht: Wer könnte sonst für Musik in welcher Form sorgen?

Motto-Partys wie ein »White Picknick« sind schön. Aber die Maierhofener Frauen halten es viel lieber mit dem Motto: Sei wild, bunt und wunderbar! Alles ist erlaubt. Und wenn einer aus der Reihe tanzt und plötzlich beim Griechisch-Allgäuer-Fest mit einer spanischen Paella daherkommt – auch gut! Wichtiger als Perfektion ist auch hier der (Mitmach-)Spaß!

Sei wild, bunt und wunderbar – dieser Gedanke setzt sich auch beim Geschirr fort. Clean-chic in Weiß ist super-elegant. Aber ein Sommerbüfett, zu dem jeder etwas beiträgt, lebt nicht nur von der Vielfalt der Speisen, sondern auch von der Fülle an verschiedenem Geschirr. Die wertvolle Meißen-Servierplatte steht neben einer Keramiksalatschüssel aus der Toskana, Rosenmuster und Streifen stehen einträchtig zusammen mit Goldrandtellern.

Das Auge isst mit – das gilt auch bei der Tischdekoration. Dazu müssen Sie nicht in teure Deko-Läden gehen, vieles finden Sie in der Natur oder in Ihrem Garten. Blank polierte Äpfel, Weinlaub, Efeuranken, Weintrauben, Zitronen oder Pflaumen – essbare Dekoration hat ihren ganz eigenen Charme.

Im Spätsommer gibt es erste Kürbisse – zusammen mit Getreideähren, Maiskolben und den ersten Kastanien bekommen Sie so in Windeseile eine rustikale, schon herbstlich anmutende Deko.

Die Vögel waren fleißig, und nun wachsen bei Ihnen die Sonnenblumen zuhauf? Dann nehmen Sie diese zur Dekoration von Büfett und Tischen!

Kerzenlicht ist ein Muss. Aber auch hier gilt: Nehmen Sie, was Sie haben. Eine Reihe bunt zusammengewürfelter Teelichter ist oftmals hübscher als langweiliges Einerlei.

Weitere Tipps zur Planung eines Sommerfestes:

- Sorgen Sie für genügend Sitzmöglichkeiten. Bei einem Picknick reichen Decken auf dem Boden, ältere Menschen möchten aber vielleicht lieber auf Stühlen und Bänken sitzen.
- Woher kommen die Getränke? Wenn Sie nicht alles selbst beitragen wollen, bitten Sie Ihre Gäste, Wein, Sekt oder Mineralwasser mitzubringen. Wichtig ist, dass genügend alkoholfreie Getränke zur Verfügung stehen. Selbstgemachte Limonaden oder aromatisiertes Wasser in großen Karaffen sehen nicht nur toll aus und schmecken gut, sondern sind eine schöne Abwechslung zum Mineralwasser.
- Sekt auf Eis oder eine eisgekühlte Bowle sind herrliche Sommergetränke. Wer organisiert die Eiswürfel dafür? Und wer bringt die Kühlbox mit, in der sie kalt gehalten werden können?
- Woher kommen Besteck, Geschirr und Gläser? Entweder bringt jeder sein eigenes Zubehör mit oder Sie bestimmen jemanden, der für alles sorgt. Restaurants,

Gemeindehallen, Getränkehändler – es gibt viele Möglichkeiten, Geschirr und Besteck gegen kleines Geld auszuleihen.

- Falls Sie ausleihen, stellen Sie Plastikkisten/-boxen auf, in denen Sie das benutzte Geschirr bequem sammeln können. Und bestimmen Sie im Vorfeld, wer am Tag nach dem Fest Teller und Gläser spült und zum Ausleiher zurückfährt.
- Wohin können Sie bei schlechtem Wetter ausweichen? Bei Open-Air-Festen ist es immer gut, einen Plan B zu haben, auch wenn das Ambiente nicht ganz so toll ist wie draußen.
- Bauen Sie das Büfett an einem schattigen Platz auf – unter Bäumen oder in einem Pavillon.
- Halten Sie die Wespen vom Büfett fern! Ob Lavendel, glimmendes Kaffeepulver oder andere Hausmittel – informieren Sie sich im Internet, was gegen aufdringliche Wespen hilft.
- Bestimmen Sie ein oder zwei Helfer, die auf dem Büfett zwischendurch immer wieder für »Ordnung« sorgen: Leere Platten abräumen, Salate neu durchmischen, Speisen neu anordnen – auch zu später Stunde soll ein Büfett noch attraktiv aussehen und zum Essen einladen.
- Wem gehört welche Platte und welche Schüssel? Damit es nach dem Fest nicht unnötig kompliziert wird, bitten Sie Ihre Gäste, ihr Geschirr am Boden mit einem Namensaufkleber zu versehen. Das gilt auch für Abdeckhauben und Deckel, die für den Transport benötigt werden.

Rezepte

Christines Rezepte

Griechischer Schichtsalat

Schichtsalate sind irgendwie altmodisch geworden. Kein Wunder, wenn man an die früheren Relikte mit Dosenmais und -erbsen denkt, die stundenlang in irgendwelchen großen Schüsseln vor sich hindümpelten! Da ist unser griechischer Schichtsalat unvergleichbar besser.

Unser Tipp: Richten Sie ihn portionsweise in kleinen Gläsern anstatt in einer großen Schüssel an. Das macht zwar etwas mehr Arbeit, sieht aber klasse aus! Und es bringt Abwechslung auf ein Büfett.

Sie brauchen:
Wir verzichten hier auf Mengenangaben, denn Sie können mit diesem Rezept beliebig viele Portionen herstellen. Ganz gleich, ob Sie acht oder achtzig kleine Gläser oder eine Riesenschüssel mit dem Salat füllen – er schmeckt stets köstlich und erfrischend. Deshalb kaufen Sie so viel ein, wie Sie mögen, und dann geht es ans Schnibbeln und Schichten!
- ❋ Eisbergsalat, klein geschnitten
- ❋ Zwiebel, fein geschnitten

- Fleischtomaten, gewürfelt
- Salatgurke, gewürfelt
- rote Paprikaschote, in Stücke geschnitten
- Weißkraut, fein gehobelt
- Rotkraut, fein gehobelt
- Feta-Käse oder griechisch eingelegter Tofu
- Tsatsiki
- Oliven
- falls Ihnen noch etwas einfällt – her damit!

Die einzelnen Gemüsesorten nach Lust und Laune aufeinanderschichten.

Zwischendurch und als oberste Schicht jeweils etwas Tsatsiki geben.

Als Topping eignet sich eine Deko aus Olive und Paprika. Den Salat im Kühlschrank mindestens für 6 Stunden durchziehen lassen.

GEGRILLTE AUBERGINENRÖLLCHEN

Diese Auberginenröllchen schmecken heiß so gut wie kalt. Ein Tsatsiki passt wunderbar dazu, aber auch ein frischer Salat oder ein paar Knoblauchkartoffeln.

SIE BRAUCHEN:
- drei Auberginen
- drei kleinere oder zwei größere Zwiebeln
- Knoblauch, so viel Sie mögen
- eine Handvoll grüne und schwarze Oliven
- ein Glas Sardinen, wenn Sie mögen
- so viele eingelegte oder frische Piementos, wie Sie mögen (kleine, scharfe Chilischoten)

- ❋ etwas Ketchup oder Tomatenmark
- ❋ etwas Senf, nach Wunsch
- ❋ Salz, Pfeffer, Gewürze nach Lust und Laune
- ❋ ein großes scharfes Messer
- ❋ Zahnstocher

Zuerst schneiden Sie die Auberginen der Länge nach in dünne Scheiben, die Sie später zu Röllchen aufwickeln können.

Den Anschnitt und das Ende der Aubergine sowie die Zwiebel würfeln Sie sehr fein. Beides braten Sie dann zusammen mit dem ebenfalls fein gewürfelten Knoblauch in einer Pfanne an.

Geben Sie die Auberginenscheiben für circa zwei Minuten in kochendes Salzwasser. Danach in einem Sieb sehr gut abtropfen lassen. Besser ist es, sie zusätzlich mit etwas Küchenpapier abzutupfen.

Die Oliven, die Piementos und die Sardinen fein würfeln, die angebratenen Auberginen, Zwiebeln und Knoblauchwürfel dazugeben und alles nach Belieben würzen. Wer keine Sardinen nimmt, muss nun salzen.

Die Auberginenscheiben auf einem Teller auslegen, mit der Paste bestreichen, einrollen und mit Zahnstochern fixieren.

Die Röllchen von allen Seiten mit etwas Öl einpinseln und dann circa fünf Minuten von jeder Seite grillen. Wer keinen Grill hat, brät sie scharf in einer Pfanne an.

SPÄTSOMMERLICHER FLAMMKUCHEN

Manchmal macht es sich auch Christine einfach – dann greift sie zu einem fertigen Kuchenteig aus dem Kühlregal im Supermarkt!

SIE BRAUCHEN:
- fertigen Flammkuchenteig aus dem Kühlregal
- Crème Vega (Dr. Oetker) oder Sauerrahm
- Belag nach Wahl, alles hauchdünn geschnitten: rote Zwiebeln, rote Paprika, Champignons, Frühlingszwiebeln
- frischer Knoblauch, Chiliflocken, Salz, Pfeffer

Rollen Sie den Flammkuchenteig auf dem mitgelieferten Backpapier auf einem Backblech aus.

Den Ofen heizen Sie laut Anleitung vor.

Bestreichen Sie den Flammkuchenteig mit veganer Crème oder Sauerrahm. Als Nächstes streuen Sie nach Lust und Laune Gewürze drauf.

Zu guter Letzt belegen Sie den Flammkuchen mit Gemüse Ihrer Wahl. Toll passen zum Beispiel Pilze und Frühlingszwiebeln zusammen. Eine schöne Kombination sind auch hauchdünne rote Paprika- und rote Zwiebelringe!

In einer Viertelstunde ist das erste Blech Flammkuchen gebacken. In handliche Stücke geschnitten, schmeckt er auch kalt auf jedem Büfett!

MELONEN-FETA-SPIESSE

Hier gibt es keine Mengenangaben, denn von den Melonenspießen können Sie so viele zubereiten, wie Sie mögen bzw. wie Ihre Melone hergibt!

SIE BRAUCHEN:
- ❊ Würfel von roter Wassermelone
- ❊ Feta-Würfel
- ❊ Basilikumblätter
- ❊ etwas Zitronensaft, Olivenöl, Salz und Pfeffer
- ❊ Holzspieße

Stecken Sie die Feta- und Wassermelone-Würfel auf Spieße, spießen Sie hin und wieder ein Basilikumblatt mit auf.

Aus Zitronensaft, Olivenöl und den Gewürzen bereiten Sie eine Vinaigrette und beträufeln mit ihr die Spieße.

Bis zum Servieren kühl stellen!

Apostoles' Rezepte

SELBST EINGELEGTE OLIVEN
Eingelegte Oliven in diversen Variationen gibt es heutzutage auf jedem Wochenmarkt zu kaufen. Damit holt man sich den Süden in die Küche.

Aber haben Sie schon einmal Oliven selbst eingelegt? Das macht Spaß und bringt Abwechslung aufs Büfett. Und obendrein ist es wesentlich günstiger als fertige Ware zu kaufen.

SIE BRAUCHEN:
- grüne oder schwarze Oliven mit oder ohne Stein, in Salzlake eingelegt, dazu weitere Zutaten nach Belieben, zum Beispiel:
- gutes Olivenöl
- nach Wunsch Balsamessig
- frischen Knoblauch
- getrocknete Tomaten
- frische Kräuter nach Wunsch
- getrocknete Kräuter wie Thymian, Oregano oder
- fertige Kräutermischungen italienischer oder griechischer Art
- getrocknete Chiliflocken
- grünes oder rotes Pesto
- Sambal Oelek
- Bio-Zitronen und -Orangen

- ❋ Lorbeerblätter
- ❋ Schafskäse (oder anderer Käse nach Wahl)
- ❋ Tofu
- ❋ Sardellen
- ❋ Trockenfrüchte, klein geschnitten
- ❋ Honig
- ❋ weitere Zutaten nach Wahl

Lassen Sie die Oliven in einem Sieb abtropfen.

Mischen Sie die Oliven mit dem Olivenöl, den Kräutern und allen gewünschten weiteren Zutaten.

Nun sind Ihre Fantasie und Ihr Geschmack gefragt. Welche Zutaten harmonieren in punkto Geschmack und Farbe miteinander? Zitrone und Knoblauch? Geht immer! Getrocknete Tomaten, Rosmarin und Oliven? Ihr Geschmack entscheidet.

Lassen Sie die Oliven einen Tag im Kühlschrank durchziehen, bevor Sie sie in kleinen Schälchen servieren. Sie eignen sich u. a. als Beilage zum Aperitif, dürfen aber auch auf keinem Büfett fehlen. (Zahnstocher dazulegen und kleine Tellerchen für die benutzten Zahnstocher!)

GRIECHISCHER NUDELSALAT

SIE BRAUCHEN:
- ❋ 500 g Farfalle
- ❋ 200 g Feta oder Tofu, Feta-Art
- ❋ 200 g Kirschtomaten
- ❋ 100 g schwarze Oliven
- ❋ 100 g Rucola

- ❋ 1 Becher Sojajoghurt
- ❋ 2–3 EL Zitronensaft
- ❋ 2–3 EL Olivenöl
- ❋ Knoblauch, Salz, Pfeffer, Cayennepfeffer, Thymian, Oregano

Kochen Sie die Nudeln nach Anleitung. Anschließend abgießen und abkühlen lassen.

Schneiden Sie den Feta in kleine Würfel.

Die Kirschtomaten und Oliven halbieren Sie.

Den Rucola bitte waschen und klein schneiden.

Aus Joghurt, Zitronensaft, Olivenöl und den Gewürzen bereiten Sie ein Salatdressing zu.

Nudeln und andere Salatzutaten mischen, Dressing darüber verteilen, einmal durchmischen und für einige Stunden zum Durchziehen kaltstellen.

Tsatsiki

Apostoles hat von Edy gelernt, dass man auch ohne tierische Produkte gut kochen und essen kann. Deshalb verwendet er für dieses Tsatsiki Sonnenblumenkerne anstelle von Quark oder Joghurt.

Sie brauchen:
- ❋ 120 g Sonnenblumenkerne
- ❋ Saft von 1 bis 1½ Zitronen
- ❋ 100 ml Wasser, bei Bedarf etwas mehr
- ❋ 1 Knoblauchzehe
- ❋ ½ Salatgurke – die wässrigen Kerne mit einem Löffel entfernen

- ½ TL Salz
- etwas frisch gemahlenen Pfeffer

Die Sonnenblumenkerne circa zwei Stunden einweichen lassen, danach abgießen und abbrausen.

Die Kerne in eine Schüssel geben, ein wenig Wasser, Zitronensaft und Knoblauch hinzufügen und mit einem Standmixer cremig pürieren.

Nach und nach Wasser dazugeben, bis eine feste cremige Masse entsteht.

Die entkernte Salatgurke fein raspeln, in einem frischen Geschirrtuch gut ausdrücken und dann zur Masse dazugeben.

Alles gut vermischen und mit Salz und etwas Pfeffer gut abschmecken.

Bis zum Verzehr kaltstellen.

AUBERGINENCRÈME

SIE BRAUCHEN:
- 2 Auberginen
- Salz
- 3 bis 4 Knoblauchzehen
- 1 Bund glatte Petersilie
- 3 bis 4 EL Olivenöl
- 1 EL Pul Biber (türkische Chiliflocken) oder eine gute Messerspitze Chilipulver
- 2 EL Zitronensaft

Heizen Sie den Backofen auf 220 Grad Celsius vor.

Die Stiele der Auberginen entfernen und die Auberginen

auf einem Stück Alufolie auf den Backrost geben und je nach Größe ca. 40 bis 50 Minuten garen, bis sie weich sind. Dabei immer wieder wenden, damit die Hitze gleichmäßig ins Innere gelangt.

Nach kurzem Abkühlen die Auberginen längs halbieren und das Fleisch herauskratzen, in eine Schüssel geben und salzen.

Die Knoblauchzehen und die Petersilie mit einem Messer klein hacken und mit dem Olivenöl zu dem Auberginen-Mus geben und mit einer Gabel vermischen.

Mit Chilipulver und Zitronensaft würzen.

Magdalenas Backrezepte

Allgäuer Sesam-Kipferl

Sie brauchen:
- 500 g Mehl
- ½ Würfel Hefe
- 1 EL Honig
- ½ EL Salz
- 60 g zerlassene Butter
- 200 ml Wasser
- Eigelb zum Bestreichen
- Sesamsaat

Heizen Sie den Backofen auf 220 Grad Celsius vor.

Honig in eine Schüssel geben, Hefe hinzufügen und verrühren, bis alles cremig ist.

Anschließend Salz, die zerlassene Butter und die Eier untermischen.

Unter ständigem Rühren das Mehl und das Wasser nach und nach hinzugeben.

Sollte der Teig zu fest sein, noch etwas Wasser zugeben.

Den Teig eine Stunde an einem warmen Ort gehen lassen, bis er sich mindestens verdoppelt hat.

Den Teig auf einer bemehlten Fläche ausrollen und Dreiecke ausschneiden.

Die Dreiecke von der breiten Seite her zur Spitze aufrollen, auf ein mit Backpapier ausgelegtes Backblech legen und kurz gehen lassen.

Mit Eigelb bestreichen und mit Sesam bestreuen. Im Backofen 25 bis 30 Minuten backen und danach auf einem Gitterrost auskühlen lassen.

Bauernzupfbrot

Sie brauchen:
- 1 fertig gebackenes Bauernbrot
- 200 g Allgäuer Bergkäse
- 5 EL Olivenöl
- 5 durchgepresste Knoblauchzehen
- Salz, Pfeffer
- Schnittlauch, Petersilie

Heizen Sie den Backofen auf 200 Grad Celsius Ober- und Unterhitze vor.

Das Bauernbrot mit einem Brotmesser erst längs und dann quer tief einschneiden – bitte darauf achten, dass der Schnitt nicht zu tief ist, damit das Brot nicht in mehrere Teile auseinanderbricht.

Den Käse in 2 Zentimeter dicke Scheiben schneiden und in das aufgeschnittene Brot füllen. Knoblauch mit dem Öl vermischen und das Brot damit einpinseln. Die Kräuter sowie etwas Salz und Pfeffer darübergeben. Das Brot auf ein mit Backpapier ausgelegtes Backblech legen und 20 bis 25 Minuten backen, bis der Käse geschmolzen ist.

Ofenwarm servieren.

Sesambrot

Verdoppeln Sie die Menge. Ein Brot steuern Sie zum Sommerfest bei, das zweite genießen Sie am nächsten Morgen mit Marmelade und Honig.

Sie brauchen:
- 500 g Mehl
- 1 Würfel frische Hefe
- 450 ml warmes Wasser
- 1 TL Salz
- 150 g Sesam

Heizen Sie den Backofen auf 190 Grad Celsius vor.

Mehl, Wasser, Hefe, Salz und Sesam in eine Schüssel geben und alles vermengen. Da der Teig nicht gehen muss, können Sie ihn gleich in eine Kastenform geben und eine Stunde backen. Ofenwarm genießen.

Kleine Knoblauch-Oregano-Thymian Brote

Diese »Portionsbrote« können Sie auch sehr schön zusammen mit einem Kräuterzweig jedem Gast als Dekoration auf den Teller legen.

Sie brauchen:
- 300 g Weizenmehl
- ½ TL Salz
- 1 TL getrocknete Hefe
- 1 EL Olivenöl
- 200 ml lauwarmes Wasser

❋ 100 g Margarine
❋ 5 Knoblauchzehen, fein gehackt
❋ eine gute Prise Oregano, eine gute Prise Thymian
❋ Salz und Pfeffer

Mehl, Salz und Hefe in eine große Schüssel geben, miteinander verrühren und in die Mitte eine Mulde drücken.

Das Wasser mit dem Öl verrühren und in die Mulde gießen.

Alles zusammen zu einem weichen, formbaren, aber nicht klebrigen Teig vermischen. Bei Bedarf noch etwas Wasser hinzufügen.

Den Teig auf eine leicht bemehlte Arbeitsfläche geben und etwa zehn Minuten gut durchkneten, bis er glatt und elastisch ist. Alternativ können Sie natürlich auch ein elektrisches Handrührgerät mit Knethaken verwenden.

Den Teig dann in einer Schüssel an einem warmen Ort ungefähr eine Stunde gehen lassen, bis er sich verdoppelt hat.

Heizen Sie den Backofen auf 200 Grad Celsius vor.

Den Teig auf eine bemehlte Arbeitsfläche geben, einige Minuten durchkneten und in acht Portionen teilen. Die Teigportionen erst zu Kugeln formen und danach ein wenig flach drücken.

Margarine, Knoblauch, Oregano, Thymian, Salz und Pfeffer in eine Schüssel geben und mischen.

Die Teiglinge mit genügend Abstand auf mit Backpapier ausgelegte Backbleche legen und im vorgeheizten Backofen acht bis zehn Minuten backen, bis sie aufgegangen, knusprig und goldbraun sind.

Die Bleche jetzt aus dem Ofen nehmen und die Hälfte der Knoblauch-Oregano-Thymian Mischung dünn auf das

Brot auftragen. Die Bleche wieder in den Ofen stellen und ungefähr weitere zwei Minuten im Ofen backen, bis die Mischung geschmolzen ist.

Aus dem Ofen nehmen und die restliche Knoblauch-Oregano-Thymian Mischung mit den Broten servieren.

Beerenmuffins

Beeren gehören zum Spätsommer einfach dazu. Ob Heidelbeeren aus dem Wald, Brombeeren vom Wiesenrand oder Himbeeren aus dem eigenen Garten – verwenden Sie einfach das, was es reichlich gibt. Falls die Beerensträucher einen Sommer lang müde sind, ersetzen Sie die Beeren durch klein geschnittene Aprikosen oder Pfirsiche.

Natürlich können Sie auch dieses Rezept problemlos verdoppeln – backen Sie dann die Muffins nacheinander.

Sie brauchen:
- 175 g Mehl
- 2 TL Backpulver
- 1 Prise Salz
- 125 g brauner Zucker
- 175 ml Sojamilch oder Buttermilch
- 4 EL Sonnenblumenöl
- 200 g frische Beeren nach Wunsch

Heizen Sie den Backofen auf 180 Grad Celsius vor.

Befüllen Sie die Muffin-Backform mit Papierbackförmchen.

Die Beeren möglichst nicht waschen, sondern nur vorsichtig verlesen.

Das Mehl in eine Schüssel sieben und mit dem Backpulver und Salz vermengen.

Den Zucker anschließend dazugeben.

In einer separaten Schüssel die Milch und das Sonnenblumenöl mischen.

Die flüssigen Zutaten zur Mehlmischung gießen und gut vermischen.

Beeren vorsichtig und zügig unterheben.

Die Masse mit einem Löffel in die Muffinbackförmchen geben und 20 bis 25 Minuten backen, bis der Teig aufgegangen, goldbraun und fest ist.

Die Muffins noch circa 5 Minuten in der Form abkühlen lassen, aus der Backform nehmen und auf einem Kuchengitter abkühlen lassen

Erdnussbutterkekse

Diese Kekse werden ähnlich zubereitet wie die berühmten Maierhofener Kekse aus »Kräuter der Provinz«. Durch die Erdnussbutter haben sie eine leicht salzige Note, das Vollkornmehl macht sie außerdem etwas herzhafter und nicht ganz so zart wie die Maierhofener Kekse.

Sie brauchen:
- ❀ 450 g Vollkornmehl
- ❀ 3 TL Backpulver
- ❀ 1 TL gemahlener Zimt
- ❀ 375 g Puderzucker
- ❀ 225 g Margarine
- ❀ 300 g Erdnussbutter
- ❀ 3 TL Sojamilch

Heizen Sie den Backofen auf 175 Grad Umluft vor und legen Sie die Backbleche mit Backpapier aus.

Mehl, Backpulver und Zimt in eine Schüssel sieben. Puderzucker dazugeben und alles gut vermischen. Die Margarine nach und nach dazugeben, bis die Mischung eine bröselige Konsistenz hat. Die Erdnussbutter und die Sojamilch zur Mischung hinzugeben und mit den Händen alles zusammen verkneten.

Aus dem Teig jeweils zwei bis drei Zentimeter große Kugeln formen und mit genügend Abstand auf die vorbereiteten Bleche setzen.

Mit einer Gabel leicht flach drücken und 15 bis 20 Minuten goldbraun backen.

Nach dem Backen die Kekse kurz auf dem Backpapier belassen, damit sie sich festigen können. Zum anschließenden Abkühlen auf ein Kuchengitter legen.

BUTTERKEKSE

Sie brauchen:
- 100 g Butter
- 200 g Mehl
- ½ Päckchen Backpulver
- 125 g Zucker
- etwas Milch

für die Glasur:
- 100 g Puderzucker
- 1 EL Zitronensaft oder Orangensaft
- etwas heißes Wasser

Heizen Sie den Backofen auf 180 Grad Celsius vor.

Mehl und Backpulver sieben und in eine Schüssel geben.

Butter, Zucker und Milch dazugeben und kneten, bis ein fester Teig entsteht.

Den Teig zu einer Wurst formen, in eine Frischhaltefolie wickeln und für 30 Minuten ins Gefrierfach legen.

Danach den Teig circa einen Zentimeter dick auf einer leicht bemehlten Arbeitsfläche ausrollen und mit einem Glas oder einer Ausstechform kleine Kreise ausstechen.

Die Kekse auf ein mit Backpapier ausgelegtes Backblech legen und 15 bis 20 Minuten backen.

Auskühlen und nach Wunsch mit Glasur bestreichen.

Für die Glasur Puderzucker in eine Schüssel sieben und mit Zitronensaft und Wasser glattrühren, sodass eine dickflüssige Masse entsteht.

Rosis Kartoffelrezepte

»Rupf-Kartoffeln« aus dem Backofen

Sie brauchen:
- 1 kg kleine Kartoffeln
- Olivenöl
- Knoblauch, so viel Sie mögen, fein gehackt
- Salz, Pfeffer
- Dazu wahlweise: Kräuterpesto, Sauerrahmdip, Ketchup

Spülen Sie die Kartoffeln unter fließendem Wasser gut ab. Dann garen Sie die Kartoffeln mit Wasser bedeckt in einem großen Topf circa zehn Minuten lang vor.

Legen Sie ein Backblech mit Backpapier aus.

»Rupfen« bzw. zerdrücken Sie die etwas abgekühlten Kartoffeln mit den Händen in grobe Stücke, je unregelmäßiger, desto besser.

Legen Sie die Kartoffelstücke auf ein Backblech.

Die Kartoffeln dann mit Salz, Pfeffer und Knoblauch würzen und mit Olivenöl beträufeln und das Blech in den Ofen schieben.

Wenn die Kartoffeln eine goldgelbe Kruste bekommen haben, können Sie sie auf einer Platte anrichten.

Servieren Sie dazu Salat, Pesto oder einen Dipp.

Sesamkartoffeln mit Kräuterquark

Sie brauchen:
- 1 kg festkochende Kartoffeln
- 3 EL Sesamsaat
- 3 EL Sesamöl
- Salz, Pfeffer
- Zutaten für einen Kräuterquark nach Belieben oder für einen Salat Ihrer Wahl

Heizen Sie den Backofen auf 200 bis 220 Grad vor.

Waschen Sie die Kartoffeln unter fließendem Wasser gut ab.

Je nach Größe werden die Kartoffeln nun halbiert oder geviertelt.

Geben Sie die Kartoffeln, das Öl, die Sesamkörner sowie Salz und Pfeffer in eine Schüssel und mischen Sie alles ordentlich durcheinander, so dass die Kartoffeln gut mariniert sind.

Geben Sie die Kartoffeln dann auf ein mit Backpapier ausgelegtes Backblech und backen Sie sie circa 35 bis 40 Minuten lang. Zwischendurch wenden, dann werden sie auf allen Seiten knusprig.

Reichen Sie zu den Sesamkartoffeln entweder Kräuterquark oder einen gemischten Salat Ihrer Wahl.

Tapsi – Ofenkartoffeln griechische Art

»Tapsi«, so wird in Griechenland eine Auflaufform genannt – das hat Rosi von Apostoles gelernt. Der Name des Gerichtes rührt also daher, dass die Kartoffeln in einer Auflaufform zubereitet werden. Es handelt sich aber nicht um einen klassischen, geschichteten Auflauf, sondern um eine besondere Art gebackene Kartoffeln. Bringen Sie Tapsi als Beilage zum Grillen auf den Tisch oder servieren Sie einen grünen Salat dazu. Tapsi schmeckt heiß aus dem Ofen, aber auch lauwarm serviert.

Sie brauchen:
- 1 kg Kartoffeln
- 3 unbehandelte Zitronen
- 2 große weiße Zwiebeln
- 2 mittelgroße rote Zwiebeln
- 200 g grüne oder schwarze Oliven
- 400 g Kirschtomaten
- Lorbeerblätter
- Majoran
- Salz, Pfeffer
- nach Geschmack etwas Chili und Kapern
- 6 EL Olivenöl
- 2 EL weißer Balsamico
- frischer Thymian, fein gehackt

Heizen Sie den Backofen auf 200 Grad Celsius vor.
Die Kartoffeln schälen, in Spalten schneiden und in eine Auflaufform geben.
Die Zitronen in Scheiben schneiden und die Zwiebeln achteln.
Die Kirschtomaten halbieren.
Alles zusammen mit den Oliven zu den Kartoffeln geben.
Wer möchte, kann noch Chili und Kapern dazugeben.
Mit Lorbeerblättern, Majoran, Salz und Pfeffer würzen.

Zum Schluss Olivenöl und weißen Balsamico darüber träufeln, alles gut vermischen und in den Ofen geben.

Bei 180 Grad 30 Minuten backen bzw. so lange, bis die Kartoffeln gar sind.

Zwischendurch umrühren.

Ungefähr zehn Minuten vor dem Servieren mit Thymian bestreuen.

KNOBLAUCH-KARTOFFELN

SIE BRAUCHEN:
- 800 g Kartoffeln
- 50 ml Olivenöl
- 100 ml Zitronensaft
- 4 Knoblauchzehen
- 1 TL Oregano, getrocknet
- 1 TL Thymian, getrocknet
- Salz und Pfeffer
- etwas Wasser

Heizen Sie den Backofen auf 225 Grad Celsius vor.

Die Kartoffeln schälen, in Spalten schneiden und in eine große Auflaufform legen. Olivenöl und Zitronensaft darüber träufeln. Den Knoblauch schälen, fein hacken und zusammen mit dem Oregano, Thymian, Salz und Pfeffer über die Kartoffeln streuen. Alles gut vermischen und auf der mittleren Schiene etwa eine Stunde backen, bis die Kartoffelspalten knusprig braun sind. Von Zeit zu Zeit wenden und bei Bedarf etwas Wasser dazugeben.

Auf einer Platte anrichten und mit Tsatsiki servieren.

Weitere Rezepte aus Maierhofen

Aufstriche sind eine gute Ergänzung zu selbstgebackenem Brot. Bei den folgenden Rezepten ist es angebracht, sich an die Mengenangaben zu halten. Wenn Sie doppelte Mengen zubereiten wollen, dann bitte nacheinander. Die Mengenangaben sind so konzipiert, dass sie eine Portion für einen normalen Standmixer ergeben.

ZWIEBEL-NUSS-AUFSTRICH

SIE BRAUCHEN:
- 200g Nüsse (Haselnüsse, Walnüsse oder eine Mischung)
- etwas Öl zum Anbraten
- 2 mittelgroße Zwiebeln
- 2 TL getrockneter Majoran
- 1 TL getrockneter Thymian
- 1 gepresste Knoblauchzehe
- Salz, Pfeffer
- circa 25 g Bio Margarine

Die Zwiebeln bitte schälen und grob würfeln.

In eine Pfanne etwas Öl geben und die Zwiebeln darin anbraten, bis sie langsam braun werden.

Den gepressten Knoblauch und die Nüsse dazugeben und kurz schwenken.

Die Mischung dann in einen Mixer geben und auf höchster Stufe kurz mixen.

Die Kräuter und die Hälfte der Margarine hinzufügen und mixen.

Nach und nach die restliche Margarine dazugeben, bis der Aufstrich cremig ist.

Mit Salz und Pfeffer abschmecken.

Grüner Aufstrich

Sie brauchen:
- 250 g TK-Erbsen
- 1 gestrichener TL Meersalz
- 50 g Pinienkerne
- 1 rote Zwiebel
- ½ Bund frische Minze
- 7 EL Olivenöl
- schwarzer Pfeffer, frisch gemahlen aus der Mühle

Garen Sie die Erbsen in kochendem Salzwasser circa sieben Minuten, danach kalt abschrecken.

Die Pinienkerne in einer beschichteten Pfanne ohne Fett anrösten und aus der Pfanne nehmen.

Die fein gewürfelten Zwiebel in einer Pfanne mit zwei Esslöffeln Olivenöl circa drei Minuten glasig andünsten.

Die Minze verlesen, waschen, vorsichtig abtrocknen und sehr fein hacken.

Dann die Erbsen mit der Minze, fünf Esslöffeln Olivenöl und Salz pürieren und anschließend pfeffern.

Zum Schluss die Zwiebel und Pinienkerne untermischen.

Hummus

Sie brauchen:
- 1 große Dose Kichererbsen
- 2 EL Sesampaste
- 2 Knoblauchzehen
- 3 bis 4 EL Sonnenblumenöl
- 1 EL Curry
- 2 EL Kreuzkümmel
- etwa 10 EL Zitronensaft
- Chiliflocken nach Geschmack
- Petersilie
- Salz, weißer Pfeffer, Paprikapulver
- gehackte Petersilie

Die Kichererbsen abseihen und die Flüssigkeit in einem Glas auffangen.

Den Knoblauch grob würfeln.

Die Kichererbsen mit dem Knoblauch, der Sesampasta, den Chiliflocken, dem Curry, einer Prise Salz und dem Kreuzkümmel in den Mixer geben und pürieren.

Den Zitronensaft nach und nach dazugeben. Probieren Sie zwischendurch, das Hummus darf nicht zu sauer werden!

So viel Öl und Kichererbsenflüssigkeit dazugeben, bis ein cremiger Brei entstanden ist.

Bei Bedarf nachwürzen, eventuell nochmals mit Zitronensaft abschmecken und vor dem Servieren mindestens zwei Stunden ruhen lassen.

Vor dem Servieren können Sie das Hummus noch mit gehackter Petersilie garnieren.

REISSALAT

SIE BRAUCHEN:
- 250 g Reis
- je eine rote, gelbe und grüne Paprikaschote
- ½ Salatgurke
- 3 Tomaten
- 2 Frühlingszwiebeln
- 75 g schwarze Oliven
- 2 bis 3 TL Pesto
- 2 EL Balsamico oder Zitronensaft (nach Geschmack)

Den Reis im Salzwasser circa 20 Minuten kochen.

Währenddessen das Gemüse fein würfeln.

Den abgetropften Reis in eine große Schüssel geben und noch heiß mit dem Pesto vermischen.

Das Gemüse dazugeben, alles gut unterheben. Wer den Salat etwas säuerlicher mag, gibt zum Pesto noch Balsamico oder etwas Zitronensaft dazu.

MARINIERTER WEISSKRAUTSALAT

Wenn ein Rezept so einfach ist wie dieses, dann lebt es von guten Zutaten. Das heißt, Sie brauchen einen jungen, frischen Kohlkopf, wie er im Spätsommer frisch vom Feld kommt. Dazu das allerbeste Öl, guten Essig, gutes Salz und frisch gemahlenen Pfeffer.

Dieser Salat passt übrigens hervorragend zu den Tapsi-Kartoffeln.

Sie brauchen:
- 1 Weißkohl
- 6 EL Sonnenblumenöl
- 3 El Essig oder Zitronensaft
- Salz und Pfeffer

Den Weißkohl von den äußeren Blättern befreien und in sehr feine Streifen schneiden (oder ihn hobeln) und in eine Schüssel geben.

Aus Öl, Essig und den Gewürzen eine Vinaigrette zubereiten.

Diese über die Krautstreifen geben und nun – ganz wichtig – alles mit der Hand gut vermengen. Die Salatsoße sollte regelrecht in das Kraut »einmassiert« werden, dadurch wird das Kraut zart und mürbe.

Lassen Sie den Salat mindestens zwei Stunden durchziehen und schmecken Sie ihn danach nochmals ab.

Weisser Bohnensalat mit Tomaten

Sie brauchen:
- 2 Dosen weiße Bohnen
- 2 große Zwiebeln
- 4 Tomaten
- 2 EL Thymian
- 4 EL Olivenöl
- 2 EL Kräuteressig
- Salz, Pfeffer

Die weißen Bohnen in ein Sieb geben, mit kaltem Wasser kurz abspülen und abtropfen lassen.

Die Zwiebeln schälen und in Ringe schneiden.

Die Tomaten ebenfalls waschen und fein würfeln.

Basilikum abbrausen, trocken schütteln und hacken.

Bohnen, Tomatenwürfel, Zwiebelringe und Thymian in eine Schüssel geben und vermischen.

Aus Essig und Öl, Salz und Pfeffer eine Vinaigrette anrühren, über den Salat geben und ein wenig durchziehen lassen.

Gebratene Zucchini

Zucchini gibt es den ganzen Sommer über in fast jedem Gemüsegarten. Da ist es eine gute Idee, sie in vielfältiger Form aufs Büfett zu bringen. Gutes Essen muss nicht teuer sein, das beweisen die Zucchini-Rezepte.

Sie brauchen:

- 6 bis 10 nicht zu große Zucchini
- 4 bis 5 Knoblauchzehen
- etwas Olivenöl
- Salz, Pfeffer, Chilipulver
- Saft einer halben Zitrone

Die Zucchini gut waschen und in dünne Scheiben schneiden – je dünner, desto knuspriger!

Die Zucchinistücke mit den Knoblauchzehen im heißen Öl rasch braten, dabei ständig schwenken, damit sie rundum Bratspuren bekommen – Röstaromen sind hier das A und O des guten Geschmacks.

Mit Salz, Pfeffer, Chili würzen und aus der Pfanne nehmen.

Auf einer Platte anrichten und mit etwas Zitronensaft beträufeln.

G̲ebackene Zucchini mit Tomaten und Schafskäse

Zu diesem Gemüsegericht können Sie selbst gebackenes Brot reichen, auch Rosis Sesamkartoffeln passen prima dazu.

S̲ie brauchen:
- ❈ 1 kg kleine Zucchini
- ❈ 600 g Tomaten
- ❈ 300 g Schafskäse
- ❈ 5 EL Olivenöl
- ❈ Oregano, Petersilie, Knoblauch, Thymian
- ❈ Salz und Pfeffer aus der Mühle

Heizen Sie den Backofen auf 200 Grad Celsius vor.

Die Zucchini gut waschen, trocken tupfen, die Stielansätze entfernen und in circa einen halben Zentimeter dicke Scheiben schneiden. Die Tomaten ebenfalls gut waschen, die Blütenansätze keilförmig herausschneiden und die Tomaten in gleich dicke Scheiben schneiden. Den Schafskäse abtropfen lassen und klein würfeln.

Die Auflaufform mit Olivenöl ausstreichen, die Zucchini- und Tomatenscheiben im Wechsel in eine Auflaufform schichten. Den Schafskäse darüber verteilen und mit den Kräutern würzen. Das Olivenöl gleichmäßig über das Gemüse träufeln.

Im Backofen die Auflaufform auf die mittlere Schiene geben, circa 15 bis 20 Minuten backen, bis der Käse eine leichte Bräunung annimmt.

Paprika mit Schafskäse gefüllt

Diese gefüllten Paprika schmecken heiß aus dem Ofen genauso gut wie abgekühlt auf einem Salatbett.

Sie brauchen:
- 1 kg rote Paprikaschoten
- 500 g Schafskäse
- 6 EL Crème fraîche
- 2 EL Tomatenmark
- 4 Knoblauchzehen
- Salz, Pfeffer, Majoran
- 2 bis 3 EL Olivenöl

Heizen Sie den Backofen auf 200 Grad Celsius vor.

Die Paprikaschoten waschen, halbieren, den Strunk entfernen und die Schoten entkernen.

Den Schafskäse in einer Schüssel zerbröseln.

Den Knoblauch fein hacken und mit der Crème fraîche und dem Tomatenmark zu dem Schafskäse geben. Gut verrühren, bis eine glatte Masse entsteht.

Mit Salz, Pfeffer und Majoran abschmecken und die Paprikahälften gleichmäßig befüllen.

Die Paprikaschoten auf ein mit Backpapier ausgelegtes Backblech setzen, mit Olivenöl beträufeln und circa 20 bis 30 Minuten backen, bis die Paprikaschoten leicht braun werden.

Gebackener Schafskäse

Dieses Rezept lässt sich problemlos multiplizieren. Stapeln Sie die Alufolie-Päckchen einfach übereinander aufs Backblech.

Sie brauchen:
- 4 Scheiben Schafskäse
- 4 Tomaten
- 4 Knoblauchzehen
- 2 Zwiebeln
- 8 EL Olivenöl
- ½ TL Thymian, ½ TL Oregano, getrocknet
- ½ Bund Petersilie gehackt
- Pfeffer (Salz ist nicht nötig, da der Schafskäse salzig genug ist)
- Alufolie oder Pergamentpapier

Olivenöl in eine Schüssel gießen. Knoblauchzehen durch die Knoblauchpresse zum Olivenöl drücken.

Petersilie, Kräuter und Pfeffer dazugeben und alles gut verrühren.

Die Schafskäse-Scheiben nebeneinander in eine Auflaufform legen, mit der Marinade begießen und mindestens 2 Stunden ziehen lassen. Zwischendurch immer wieder mit der Marinade begießen.

Heizen Sie dann den Backofen auf 180 Grad Celsius vor.

Die Zwiebel schälen und fein würfeln. Die Tomaten waschen und ebenfalls würfeln.

Die Schafskäsestücke aus der Auflaufform nehmen und jeweils mittig auf circa 30 cm lange Stücke Alufolie legen. Die Tomaten und Zwiebeln auf den Käse geben und mit der Marinade überziehen.

Den Käse dann so in die Alufolie oder das Pergamentpapier einpacken, dass keine Marinade herauslaufen kann.

Die Schafskäsepäckchen auf ein Backblech setzen und 20 bis 25 Minuten backen.

Feta-Schnecken

So schnell, wie die Feta-Schnecken aufs Büfett gelangen, so schnell sind sie weggegessen. Deshalb können Sie dieses Rezept sorglos verdoppeln. Backen Sie dann einfach mehrere Bleche hintereinander.

Sie brauchen:
- 2 Packungen Blätterteig aus dem Kühlregal
- 700 g Fetakäse
- 2 Eier
- 3 Zehen Knoblauch, fein gehackt
- etwas Majoran, Thymian und Oregano, getrocknet
- Pfeffer
- Salz nur bei Bedarf
- Sesam zum Bestreuen
- etwas Wasser zum Bestreichen

Heizen Sie den Backofen auf 180 Grad Celsius vor.

Den Blätterteig ausrollen. In einer Schüssel den Feta-Käse zerkrümeln. Eier und Gewürze dazugeben und gut vermischen.

Nur bei Bedarf noch etwas salzen, der Fetakäse ist bereits salzig.

Die Masse auf den Teigplatten verteilen, dabei an der langen Teigseite circa zwei Zentimeter zum Aufrollen frei lassen.

Diese Ränder mit Wasser bepinseln und die Scheiben fest einrollen.

Die Rolle in circa ein Zentimeter breite Scheiben schneiden und auf die mit Backpapier ausgelegten Backbleche legen.

Die Scheiben nicht zu dicht nebeneinander auf das Blech legen. Zum Schluss mit Sesam bestreuen und circa 15 bis 20 Minuten backen.

Variation:
Durch die Zugabe von etwas Gemüse wird das Gebäck weniger gehaltvoll. Sie können zu dem Feta auch angebratenen, gut abgetropften Spinat geben. Gebratene, kleine Zucchiniwürfel eigenen sich ebenfalls. Wichtig ist nur, dass das Gemüse sehr fein geschnitten bzw. gewürfelt ist.

Schokoriegel im Blätterteig

Sie feiern ganz spontan ein Fest mit Freunden? Dann haben wir hier das schnellste Backrezept aller Zeiten für Sie.

Sie benötigen:
- 1 Packung Blätterteig aus dem Kühlregal
- 1 Packung Schokoriegel (z.B. Kitkat)
- 1 Ei

Den Backofen auf 180 Grad vorheizen.

Den Blätterteig ausrollen und in viereckige Stücke schneiden, die etwa rundum zwei Zentimeter größer als die Schokoriegel sind.

Die Schokoriegel in die Teigstücke »einpacken«, dabei

die Ecken nach unten einklappen und auf ein mit Backpapier belegtes Backblech legen.

Das Ei verquirlen, den Blätterteig bestreichen und circa 15 bis 20 Minuten backen, bis sie goldbraun sind.

Joghurt mit Honig und Nüssen

Sowohl griechischer als auch allgäuer Joghurt schmecken bestens. Wer der Gesundheit wegen auf Kuhmilchprodukte verzichten mag, nimmt einfach Sojajoghurt. Hier gibt es inzwischen sehr gute Alternativen – probieren Sie einfach aus, welche Sorte Ihnen am besten schmeckt.

Sie brauchen:
- 700 g griechischen oder allgäuer Joghurt, alternativ Sojajoghurt
- 80 g Walnusskernhälften
- etwas Zucker
- bei Bedarf Saft von ½ Zitrone
- 5 EL Honig

Rösten Sie die Nüsse in einer Pfanne ohne Öl kurz an, dann herausnehmen und auskühlen lassen.

Den Joghurt in einer Schüssel mit dem Zitronensaft verrühren. Bei Bedarf etwas Zucker hinzugeben.

Die abgekühlten Nüsse grob hacken.

Den Honig über den Joghurt fließen lassen und alles mit den Nüssen dekorieren.

Sie können Joghurt, Honig und Nüsse alternativ auch in kleinen Gläsern als Schichtdessert servieren.

JOGHURT MIT HONIG UND WEINTRAUBEN

SIE BRAUCHEN:
- 500 g griechischer oder allgäuer Joghurt, alternativ Sojajoghurt
- 300 g kernlose Trauben
- 1 Prise Safran
- 2 EL Honig

Die Trauben waschen, mit Küchenpapier trocknen und halbieren.

Den Joghurt in eine Schüssel geben und mit dem Safran verrühren.

Die Trauben dazugeben und vorsichtig unterheben.

Die Joghurt-Trauben Masse mit dem Honig beträufeln.

JESSYS ERFRISCHUNGSGETRÄNK MIT ZITRONEN

Dieses Rezept kann beliebig multipliziert werden und ist eine kostengünstige Alternative zu gekauftem Mineralwasser.

SIE BRAUCHEN:
- 2 unbehandelte Zitronen
- 500 ml Quellwasser

Die Zitronen gut waschen, in Scheiben schneiden und in eine Karaffe geben. Das Wasser hinzugeben und zwei bis vier Stunden im Tageslicht stehen lassen, damit sich der Geschmack, die Mineralien und Vitamine so richtig entfalten können. Danach zum Kühlen in den Kühlschrank stellen und servieren.

Natürlich können anstatt der Zitronen auch Orangen, Erdbeeren oder die saisonalen Lieblingsfrüchte verwendet werden.

Anmerkung

Auf die Idee, Reinhard »Kulinarische Bestimmungsübungen« durchführen zu lassen, brachte mich eine Veranstaltung des Slow Food Convivium Stuttgart im Sommer 2017.

lit.Love
LESEFESTIVAL ♥ MÜNCHEN
10. & 11. November 2018

Treffen Sie Petra Durst-Benning live auf der lit.Love – das Lesefestival für alle, die sich für Liebesromane begeistern

Am 10. & 11. November 2018 verwandeln sich die Räume der Verlagsgruppe Random House in einen Treffpunkt für Menschen, die Bücher und das Lesen lieben. Im kreativen Austausch mit deutschen und internationalen Autoren sowie mit zahlreichen Kollegen aus den Random House Verlagen können die Besucher der lit.Love einen Blick hinter die Kulissen eines Verlagshauses werfen. Dabei haben sie zwei Tage lang die Gelegenheit, die Autoren ihrer Lieblingsbücher persönlich kennenzulernen, spannende Podiumsdiskussionen und Lesungen zu erleben, neue Stoffe zu entdecken, in Workshops praktische Tipps und Tricks zu sammeln sowie in Meet & Greets die Geschichten hinter den Geschichten zu erfahren.

Alle Informationen zur lit.Love finden Sie unter:
www.litlove.de und www.facebook.com/lit.love.de

Tickets erhalten Sie auf: www.eventim.de

lit.Love – Das Lesefestival der Verlage Blanvalet, cbj, Diana, Goldmann, Heyne, Heyne fliegt, der Hörverlag, Penguin und Random House Audio

WeLove blanvalet

www.blanvalet.de

facebook.com/blanvalet

twitter.com/BlanvaletVerlag